Willa
A GAROTA DA floresta

ROBERT BEATTY

MOVA-SE SEM FAZER BARULHO.
DESAPAREÇA SEM DEIXAR VESTÍGIOS.

TRADUÇÃO: MONIQUE D'ORAZIO

WILLA OF THE WOOD BY ROBERT BEATTY. COPYRIGHT © 2018 BY ROBERT BEATTY. BY ARRANGEMENT WITH THE AUTHOR. ALL RIGHTS RESERVED.

COPYRIGHT © FARO EDITORIAL, 2021

Todos os direitos reservados.

Nenhuma parte deste livro pode ser reproduzida sob quaisquer meios existentes sem autorização por escrito do editor.

Milkshakespeare é um selo da Faro Editorial.

Diretor editorial: **PEDRO ALMEIDA**

Coordenação editorial: **CARLA SACRATO**

Preparação: **FERNANDA BELO**

Revisão: **GABRIELA DE AVILA**, **BARBARA PARENTE** e **VALQUIRIA DELLA POZZA**

Adaptação de capa e diagramação: **CRISTIANE | SAAVEDRA EDIÇÕES**

Dados Internacionais de Catalogação na Publicação (CIP)
Angélica Ilacqua CRB-8/7057

Beatty, Robert
   Willa : a garota da floresta / Robert Beatty ; tradução de Monique D'Orazio. — São Paulo: Faro Editorial, 2021.
   304 p. : il.

   ISBN 978-65-86041-74-3
   Título original: Willa of the wood

   1. Literatura infantojuvenil 2. Literatura fantástica I. Título
II. D'Orazio, Monique

21-1135   CDD 028.5

Índice para catálogo sistemático:
1. Literatura infantojuvenil

1ª edição brasileira: 2021
Direitos de edição em língua portuguesa, para o Brasil, adquiridos por FARO EDITORIAL

Avenida Andrômeda, 885 – Sala 310
Alphaville – Barueri – SP – Brasil
CEP: 06473-000
WWW.FAROEDITORIAL.COM.BR

As Grandes Montanhas Fumegantes

~ 1900 ~

Enquanto ouvia os dois homens discutindo se a Terra era plana ou redonda, Willa balançou a cabeça em negação. Ambos estavam errados. O mundo não era plano nem redondo, era feito de *montanhas*.

1

Willa andava rápido e se escondendo pela floresta escura, seguia o leve cheiro de fumaça de chaminé que pairava no ar da meia-noite. Os fios prateados das nuvens que passavam na frente da Lua sombreavam os seus movimentos, e ela fazia pouco barulho ao pisar nas folhas frias e úmidas que sentia sob os pés descalços. Durante toda a noite, Willa desceu a encosta da montanha para o pequeno vale onde viviam os colonos. Quando alcançou a margem rochosa do rio, sabia que estava perto do local que havia sido o motivo da sua jornada.

Não conhecia as condições do rio naquele lugar, então evitou as correntes escuras e perigosas e subiu nos galhos retorcidos das velhas árvores inclinadas, pedindo a ajuda delas. Quando os galhos se estenderam sobre a água para segurá-la, chacoalharam com o vento, conversando entre si, como se estivessem preocupados com o rumo que ela estava seguindo. Sua capa de palha trançada se dobrava com os movimentos de seu corpo enquanto ela subia, os galhos das árvores seguravam-na suavemente, entrelaçando seu pulso e braço, tornozelo e perna, e depois se desenrolando, ajudando-a a atravessar. Ela atravessou passo a passo acima da névoa do rio, e então deslizou por um tronco do outro lado.

— Obrigada — sussurrou para as árvores, tocando a casca de uma delas com a palma da mão ao deixá-las para trás.

Passando por um trecho de águas tranquilas e iluminadas pelas estrelas, entre as pedras na beira do rio, ela vislumbrou seu reflexo: uma mudinha de salgueiro de 12 anos, uma garota da floresta com cabelos longos e escuros, o rosto redondo de pele listrada e manchada, e olhos verde-esmeralda. Ao contrário da maioria de seu clã, que cobiçava os tesouros brilhantes de seus inimigos e até usava as roupas de seus mortos, Willa não usava nenhum tecido ou joia de qualquer tipo que pudesse brilhar na escuridão. Aonde quer que fosse na floresta, sua pele, seu cabelo e seus olhos assumiam a cor e a aparência das folhas verdes ao redor. Se ela parava perto do tronco de uma árvore, sua pele se tornava tão marrom e cascuda que ficava quase invisível. E agora, ao olhar para seu reflexo, viu seu rosto por apenas um segundo antes que ele assumisse a mesma cor da água e do céu noturno acima dela e sua imagem desaparecesse, suas bochechas se tornaram azul-escuras pontilhadas de estrelas reluzentes.

Seguindo na direção do que tinha vindo buscar, Willa se moveu bem abaixada e em silêncio por entre os arbustos da montanha, subindo a encosta ao lado do rio, seu coração batendo lento à medida que ela se aproximava da toca dos colonos.

Vinha de um clã de pessoas da floresta que os índios Cherokees chamavam de "os antigos" e sobre quem contavam histórias ao redor das fogueiras à noite. Os colonos de pele branca se referiam à sua espécie como *ladrões noturnos*, ou às vezes *espíritos noturnos*, embora ela fosse de carne e osso como um cervo, uma raposa ou qualquer outra criatura da floresta. Contudo, era raro ouvir o verdadeiro nome de seu povo. Na língua antiga — que agora ela só falava com a avó —, seu povo era chamado Faeran.

Willa parou no limite da floresta e misturou sua pele às texturas verdes que a cercavam. Ramos de folhas se enrolaram nela como tentáculos, o que a tornou praticamente invisível.

Os sons suaves dos insetos e sapos noturnos a cercaram, mas ela permaneceu alerta, desconfiada de cães com olhos redondos, de vigias escondidos e de outros perigos.

Olhou em direção à toca dos colonos. Eles a haviam construído com as árvores assassinadas e pregadas umas às outras em longas placas. Os corpos das árvores mortas formavam paredes retas com cantos quadrados, ao contrário de qualquer outra coisa na floresta.

Apenas pegue o que você veio buscar, Willa — disse a si mesma.

A toca tinha um telhado alto e inclinado, uma grande varanda cercada até a frente, com uma chaminé feita de rocha que os colonos haviam quebrado dos ossos do rio. Ela não viu lamparinas a óleo ou velas nas janelas, mas sabia, pela fina linha de fumaça cinzenta saindo da chaminé, que os colonos — a quem ela às vezes chamava de *povo do dia*, porque se recolhiam em suas tocas quando o sol se punha — provavelmente estivessem dormindo em suas camas compridas, planas e bem macias.

Sabia, por experiência própria, que os colonos naquela área trancavam as portas das tocas à noite, por isso Willa precisava ser esperta. Entrar por uma janela? Descer pela chaminé? Estudou a toca por um longo tempo, procurando uma maneira de entrar. E então ela viu. Na parte de baixo da porta da frente, o dono da toca havia construído uma porta menor para seu animal de estimação entrar e sair. E esse foi o erro do colono.

O coração de Willa começou a bater forte, pois seu corpo sabia que a hora havia chegado, as folhas ao seu redor se desenrolaram de sua volta. Ela saiu da proteção da floresta e disparou com velocidade pela área com grama aberta que cercava a toca, odiava áreas abertas. Suas pernas pareciam estranhas e desiguais enquanto ela corria pelo chão estranhamente reto. Subiu correndo os degraus da varanda de madeira. Em seguida, deslizou sobre as mãos e os joelhos, empurrou a pequena porta e engatinhou para dentro da toca escura para começar o assalto noturno.

Uma vez dentro da toca, Willa saiu correndo do alcance da luz do luar que atravessava a janela. Ela se agachou no canto escuro ao lado do lugar de comer, os pequenos espinhos da nuca se arrepiando enquanto seus olhos examinavam a escuridão em busca de perigo.

Onde está o cachorro que morde? — ela se perguntou. *Será que o povo do dia está todo lá em cima, nas camas?*

Prendendo a respiração, Willa deslizou pelo chão e olhou para o espaço principal da toca, em busca de agressores.

Esperou, observou e ouviu.

Se a pegassem dentro da toca, eles a matariam. Eles haviam cortado as árvores da floresta e caçado animais. Haviam assassinado sua mãe, seu pai, sua irmã gêmea e muitos outros da toca do Recôncavo Morto. O povo do dia não pensava. Não hesitava. Quer fossem os lobos que uivassem para encontrar seus entes queridos durante a noite, quer fossem as grandes árvores que erguiam seus galhos ao sol, o povo do dia matava tudo o que não entendia. E eles entendiam muito pouco da floresta que os rodeava.

Enquanto ela respirava lenta e firmemente, num controle preciso, ouviu o som da pequena máquina de metal tiquetaqueando na lareira e os lentos assobios das brasas moribundas que a haviam guiado até a toca.

O cheiro de algo surpreendentemente doce atingiu seu nariz. Tentou ignorar, mas o estômago roncou. Ela se virou para ver uma vasilha redonda em forma de pedra sobre uma superfície plana de madeira acima dela. Willa sabia que não deveria deixar que isso a distraísse, mas tinha passado o dia e a noite anteriores com muita fome.

Levantou-se com rapidez, ergueu a tampa do objeto e engoliu vários dos pequenos pedaços quebradiços que havia ali dentro como um roedor faminto. Quando sua boca se encheu de água por causa do sabor doce, ela não pôde evitar sorrir, mas teve o cuidado de não deixar migalhas que o povo do dia pudesse notar. Queria comer mais daquelas bolotas, mas enfiou metade do que restou em sua sacola e saiu correndo.

Quando ela entrou na sala principal, notou um retângulo de lata com uma imagem manchada de várias pessoas do povo do dia, como se tivessem olhado para o próprio reflexo no rio e nunca conseguido escapar: um homem barbeado, uma mulher de cabelos escuros, dois pequeninos de talvez 5 e 6 anos, e um bebê que ainda engatinhava nos braços da mulher. Mas Willa não olhou para eles por muito tempo, não gostava de pensar em suas almas dentro do metal.

Pegue o que veio buscar — ela voltou a dizer para si mesma, e continuou.

Olhando com nervosismo para a escada, enquanto seguia com pressa, procurou objetos de valor na sala principal. Encontrou uma pequena caixa de madeira cheia de uma substância úmida e marrom que tinha certeza de que era tabaco de mascar. Ela enfiou metade na sacola. Não era o tipo de furto que a animava, mas sabia que o padaran, o líder de seu clã, ficaria satisfeito com aquele presente especial. Ela podia se ver parada diante da figura tão poderosa, cujos olhos brilhavam de aprovação, enquanto esvaziava o conteúdo aos seus pés.

Sentindo-se satisfeita consigo mesma, ela continuou. Em uma sala muito pequena e bem fechada de todos os lados, cheia de roupas penduradas em estranhas formas, ela encontrou um casaco longo e escuro com uma carteira de couro e moedas nos bolsos e sorriu. Pegou metade das notas e metade das moedas. Aqueles eram os ganhos que o padaran a treinara para encontrar.

O padaran ordenava que ela e os outros jaetters — os jovens caçadores-ladrões do clã — saíssem todas as noites, e ele dava seu amor para aqueles que voltavam com as sacolas cheias de moedas ou qualquer outra coisa de valor.

Olhou novamente para a escada, sabendo que quando o perigo chegasse viria por aqueles degraus. Já havia conseguido uma boa soma de coisas e sabia que um jaetter sensato iria embora quando o momento para a partida era favorável, mas ela queria mais.

Quando retornara ao Recôncavo Morto na noite anterior, sua sacola estava leve; o padaran havia batido em seu rosto com as costas da mão e Willa tinha caído no chão, surpresa e envergonhada de estar limpando o sangue da boca. Nos últimos meses, ela achara que tinha se tornado a favorita dele, mas agora ele bateu nela, como o fizera com os outros jaetters, e ela ainda sentia o fogo ardendo na bochecha. Naquela noite, ela queria mais, mais do que já havia conseguido antes, para provar ao padaran e ao resto do clã do que ela era capaz.

Por fim, Willa foi até o pé da escada, colocou as mãos atrás das orelhas e fechou os olhos, prestando atenção para ver se havia ruídos nos quartos do andar superior. Ouviu um homem roncando, e provavelmente havia outros do povo do dia lá também, um pequeno grupo deles, dormindo noite adentro.

Mas onde está o cachorro? — ela se perguntou de novo. *O cachorro é morte.* Ela já tivera problemas com as feras com presas antes, com seus latidos altos e ataques ferozes que deixavam arranhões. *Posso sentir o cheiro da criatura miserável por aqui em algum lugar* — ela pensou. *Usei a porta dele para entrar, mas onde ele está? Por que não veio atrás de mim com seus dentes prontos para dar o bote?*

A maioria de seus colegas jaetters roubava coisas de carroças quando ninguém estava olhando, de pátios à meia-noite e de celeiros em manhãs escuras quando não havia ninguém do povo do dia por perto. Pouquíssimos ousavam se esgueirar para dentro das tocas do povo do dia, e não o fariam enquanto alguém estivesse dentro desses lugares. Os jaetters haviam sido treinados para sair juntos em pequenos grupos e nunca correr tais riscos. Mas ela colocou o pé no primeiro degrau e começou a rastejar escada acima, pisando o mais leve que conseguia nas superfícies estranhamente planas, tão diferentes de tudo que havia na floresta.

Quando alcançou o topo da escada, suas pernas tremiam conforme ia avançando devagar por um túnel estreito e em forma de caverna, em direção à porta aberta do primeiro cômodo. Na floresta, poderia usar sua camuflagem e seus outros poderes, mas eles não funcionavam no mundo interior do povo do dia. Ali, ela poderia ser vista, poderia ser capturada, poderia ser morta.

As palmas de suas mãos suavam enquanto ela espiava devagar o quarto do homem adormecido.

Havia notado, nas outras invasões, que o povo do dia parecia dormir em duplas. Mas aquele homem dormia sozinho, em um lado da cama grande, como se aquela com quem ele dormia tivesse partido. Mas ali ao lado dele encontrou o cão mordedor que procurava — um demônio peludo preto e branco, dormindo profundamente ao lado de seu mestre, as presas brancas e as garras afiadas visíveis ao luar.

O rosto do homem tinha bigode e ele estava deitado em cima das cobertas, as roupas rasgadas e amarrotadas, como se tivesse desmaiado de exaustão. Uma cadeira, uma mesinha e outras coisas do povo do dia estavam jogadas no chão como se tivesse acontecido algum tipo de briga. Havia um ferimento na cabeça do homem e um emaranhado de sangue seco no ombro do cachorro.

Vendo o sangue, o coração de Willa bateu forte no peito e ela engoliu em seco. Será que tinham atacado um dos animais da floresta e travado uma luta?

Mas então ela franziu a testa confusa. Se tivessem lutado contra algo na floresta, isso não explicaria os móveis derrubados naquele cômodo.

E então ela viu. Ali na cama, ao lado do homem e de seu cachorro, havia um longo pedaço de metal com um cabo de madeira e o que pareciam ser dois canos de ferro lado a lado.

Aquilo é um bastão de matar — ela pensou — *bem ali ao lado deles*. Willa prendeu a respiração irregular e instável e lutou contra a vontade urgente de fugir.

Willa olhou para o bastão de matar com pavor. Nunca tinha visto um tão de perto. Não sabia como funcionava, mas observara caçadores o suficiente na floresta para saber de seu poder perverso. Já tinha visto cervos serem mortos ao longe, falcões serem atacados no ar. Durante o inverno anterior, ela encontrara uma loba ferida deitada no chão da floresta e cobriu suas feridas com folhas de cura para que ela pudesse voltar para os filhotes famintos.

O homem estava deitado na cama com os olhos fechados. Suas mãos se moviam inquietas ao lado do corpo, tocando o bastão de matar e o cão exausto enquanto murmurava durante o sono agitado.

Willa sabia que deveria ir, mas também sabia que algumas das coisas mais valiosas na toca estariam naquele mesmo cômodo. Então, entrou deslizando até a cômoda e rapidamente pegou metade dos colares e brincos que encontrou na caixa de joias, gostando cada vez mais do peso de sua sacola.

Em seu clã, os pequenos que não roubassem, e que não roubassem bem, não eram alimentados. Era assim que o padaran comandava o clã desde antes de ela nascer. Se não retornasse à toca com a sacola cheia, não ganhava jantar, e, se isso acontecesse duas noites seguidas, a situação ficaria ainda pior. O padaran havia lhe dito muitas vezes que o povo do dia era rico e que eles não precisavam do dinheiro que tinham ou de seus pertences. Quando Willa olhava para tudo o que o povo do dia possuía, ela achava que deveria ser verdade, mas também que talvez fosse melhor pegar apenas metade do que encontrava, para o caso de o povo do dia e seus filhos também estarem com fome.

Havia roubado de muitas das propriedades ao longo daquele rio. Roubar apenas metade do que encontrava tornava seus atos menos perceptíveis. *Mova-se sem fazer barulho. Roube sem deixar vestígios.* Isso foi o que ela aprendeu sozinha. Se o povo do dia fosse realmente rico, então não notaria a falta de algumas coisas pela manhã. Claro, ela nunca poderia contar ao padaran sobre sua regra do meio a meio — ele a espancaria até que o riacho que corria sob sua toca ficasse vermelho —, mas era muito boa em roubar, e ele geralmente ficava satisfeito com o que ela levava. Willa sabia que era uma das favoritas do padaran e estava determinada a permanecer assim.

Sua avó, sua vovozinha, a quem ela amava de todo o coração, tinha lhe dito que houve uma época em que os Faeran viviam na floresta sem desejar nada além do que a floresta poderia fornecer. Mas, quando os colonos chegaram, cortando com seus machados e construindo suas casas à luz de velas na floresta, os Faeran começaram a mudar — suas palavras, seus desejos, seus costumes. Às vezes, quando Willa estava sozinha na floresta, separada do resto do clã, sentia o poder da floresta e das criaturas dali, e sabia que a vovozinha estava lhe dizendo a verdade.

O homem parecia agitado durante o sono, gemeu alto e respirou fundo de repente. Surpreendida, Willa saltou para trás, seus membros inundados de frio e medo, mas então o homem murmurou algo na escuridão, como se estivesse lutando contra algo em seus sonhos, o cão ajustou a posição, e os dois voltaram a dormir.

Quando Willa conseguiu respirar novamente, balançou a cabeça em uma descrença zombeteira. Aquele cachorro não valia *nada*! Não conseguia farejar coisa nenhuma! Ela estava bem ali ao lado deles e o cão nem percebia.

Sentindo-se mais confiante do que nunca, ela procurou no topo da cômoda por mais objetos de valor. Notou um livro preto fechado com uma longa fita vermelha pendurada entre as páginas. O livro tinha um título curto, com uma única palavra, que ela não conseguia ler. Sobre o livro havia um anel de ouro. Ela o pegou e o ergueu à luz do luar que brilhava através da janela. Era uma das coisas mais bonitas do povo do dia que ela já tinha visto.

Para que será que serve esta coisa brilhante? — ela se perguntou. *Qual é a sua magia?*

Percebendo um lampejo de luz com o canto do olho, ela olhou em direção à cama. O homem adormecido usava um anel de ouro idêntico no terceiro dedo da mão esquerda.

Ela sabia que deveria pegar o anel de ouro da cômoda e correr o mais rápido que pudesse. *Pegue e vá embora!* — Willa disse para si. Tinha que ser a coisa mais valiosa da toca e definitivamente seria a coisa mais valiosa que ela já havia levado consigo. Podia imaginar o sorriso cheio de dentes do padaran quando ela colocasse o anel de ouro brilhante em suas mãos. "Esta foi uma boa coleta, garota", ele assobiaria com prazer e todos os outros jaetters em volta se curvariam e choramingariam, a inveja deles se contorcendo como veneno e eles dirigiriam palavras grosseiras a ela e rosnariam.

Mas, enquanto segurava o anel de ouro na mão, uma sensação nauseante a invadiu. Willa tentou se convencer de que pegar um dos anéis não quebrava sua regra do meio a meio, mas havia algo ali que parecia estranhamente incerto. Às vezes, duas coisas não eram apenas duas coisas; elas formavam um par, e um par era uma coisa só. Ela acreditava que metade nem sempre era metade. Às vezes, a metade era algo inteiro.

Ela não sabia para que serviam os anéis, ou o que significavam, mas parecia errado pegar um só, separá-lo do outro — como arrancar uma asa de uma borboleta-rabo-de-andorinha dizendo a si mesma que ela ainda poderia voar.

Antes que pudesse mudar de ideia, Willa relutantemente colocou o anel de volta em cima do livro, onde o havia encontrado, e rastejou para fora do quarto do homem que roncava e de seu cachorro surdo e incapaz.

Moveu-se depressa para o cômodo seguinte, determinada a manter o foco.

O cômodo estava repleto de vestidos. Seu coração acelerou com o pensamento de que veria de perto uma garota do povo do dia. Um cheiro de menina pairava no ar, mas não havia nenhuma dormindo na cama do quarto. O fato de ser noite alta e a garota não estar ali parecia muito estranho. Apesar disso, Willa foi até a cômoda do quarto e pegou uma pulseira brilhante, um grampo prateado de cabelo, várias fitas de veludo, uma pequena boneca de porcelana e um medalhão.

Quando Willa disparou para o próximo quarto, sentiu imediatamente um cheiro de menino. Ela sabia que era um garoto do povo do dia, mas um garoto mesmo assim. Em um dia com brisa, ela podia sentir o cheiro de menino do outro lado de uma campina, fosse ele do povo do dia ou da noite. Mas essa cama também estava vazia, as cobertas, emboladas no chão.

Willa franziu as sobrancelhas. *Para onde foi o menino? E onde está sua pequena irmã que deveria estar no cômodo anterior? E por que o homem está dormindo com seu bastão de matar em cima da cama?*

Pegue o que você veio buscar — ela disse a si mesma, balançando a cabeça e continuando. Essas eram as palavras que usava sempre que ficava presa nos detalhes desconcertantes da vida do povo do dia. *Apenas pegue o que você veio buscar e vá embora, Willa.*

Vasculhou às pressas pelo quarto do menino em busca de objetos de valor.

A primeira coisa que encontrou parecia ser uma grande luva de couro feita para uma mão gigante. *A mão do menino deve ser grotescamente deformada e disforme* — ela pensou. Ao lado da luva, havia uma bola branca e uma espécie de bengala robusta de madeira. *As pernas do menino também devem ser tortas.* Sentiu um pouco de pena da pobre criatura aleijada, mas enfiou na sacola metade da coleção de moedas dele e metade das pontas de flecha Cherokee e disparou pelo corredor em direção ao quarto e último cômodo. *Pegue o que você veio buscar.*

Mas então sua orelha se contraiu e os espinhos de sua nuca se arrepiaram.

O ronco havia parado.

O homem havia acordado.

Ela ouviu o som abafado de movimento, as cobertas sendo movimentadas. Sentiu a vibração quando os pés dele atingiram o chão.

— Levante-se, garoto — sussurrou o homem com urgência para o cachorro. — Eles voltaram!

Willa explodiu em movimento. Saiu em disparada pelo corredor, tentando chegar primeiro ao topo da escada.

O homem saiu correndo de seu quarto trazendo o bastão de matar. Willa passou por ele como nada além de um risco escuro.

Ele deve ter ficado tão surpreso com ela quanto ela com ele, porque recuou alarmado. Willa mergulhou de cabeça pela escada escura, seus pés mal tocando os degraus.

Mas o homem assustado ergueu a arma e mirou cegamente na escuridão.

Um lampejo incendiou o ar e o som que saiu sacudiu o mundo.

A explosão a atingiu nas costas e a força a fez cair para a frente. Ela bateu contra a parede, na curva da escada, e caiu pelo resto dos degraus como um roedor alvejado de uma árvore.

O tiro de chumbo rasgou sua túnica e perfurou sua omoplata e braço, um raio incandescente de dor atravessou seu corpo quando ela caiu no chão na base da escada.

O homem enfurecido e seu cão rosnando estavam descendo a escada para acabar com ela.

Levante-se — disse a si mesma, tentando encontrar seu caminho através da dor. *Levante-se, Willa. Você tem que correr!*

Willa estava caída no chão ao pé da escada, a perna direita dobrada desajeitada embaixo da esquerda, o braço torcido sob o peso do corpo. A cabeça estava colada nas tábuas, o sangue escorria em seus olhos enquanto ela olhava para os móveis mortos e para as paredes mortas da toca em sombras. Enxergava através de seus olhos e ouvia o chiado do ar entrando e saindo de seus pulmões, mas não conseguia fazer com que os braços e as pernas se movessem. A única coisa que podia sentir era a dor da explosão irradiando por seu corpo trêmulo. Estava caída e indefesa, atordoada e sangrando no chão.

Willa sentiu os passos do homem descendo as escadas a sua procura. O cachorro vinha em disparada na frente em uma explosão de rosnados. O animal agarrou sua panturrilha com as presas, fazendo alastrar por sua perna novos raios afiados de dor, tirando-a de sua paralisia. Ela se virou gritando e o atacou com um movimento brusco. O cachorro se afastou um pouco tentando arrastá-la com os dentes, mas, com algum esforço, Willa se soltou. O animal, rosnando, avançou para uma segunda mordida, mas ela se afastou.

O cão a perseguiu, rangendo os dentes atrás dela, que, por sua vez, corria pelo chão da sala de comer. Ela mergulhou pela portinhola do cachorro, foi tropeçando pela varanda e correu, fugindo noite adentro, desesperada para alcançar a segurança da floresta.

O homem abriu a porta e saiu, apontando seu bastão de matar para a escuridão. Outro tiro explodiu o mundo, atravessando a noite com um lampejo de luz e um rugido ensurdecedor, enquanto Willa se afastava.

— Pegue-o, garoto! Pegue-o! — gritou o homem, e o cachorro voou da varanda atrás dela. — Eu vou te matar desta vez! — ele gritou.

Ela sabia que se movimentara tão depressa na escuridão da toca que ele não a tinha visto de verdade. Mas ele estava com raiva, muito mais irritado do que ela esperava de uma raça de seres supostamente tão ricos que não precisavam da maioria de seus pertences.

Vá para as árvores, vá para as árvores — ela pensou freneticamente, cambaleando pela grama em direção à floresta, mas se sentia zonza e desorientada, cheia de dor e pânico. Sua cabeça latejava. Quando a primeira explosão a atingiu fez com que ela colidisse contra a parede e caísse escada abaixo. Agora o sangue escorria da cabeça para os olhos embaçando sua visão.

Correndo quase cega, ela mergulhou no primeiro esconderijo que encontrou. Arrastou-se aos trancos e barrancos para um lugar pequeno e fechado, tentando recuperar o fôlego e esperando que o cachorro não a notasse.

Tudo o que queria fazer era fechar os olhos para se proteger da dor e se enrolar em uma pequena bola, mas sabia que se fraquejasse ali acabaria morrendo. Ela enxugou o sangue dos olhos e tentou olhar ao redor. Tinha se arrastado para dentro de um tronco oco? Talvez tivesse tido a sorte de encontrar uma toca de raposa.

Mas então sentiu o cheiro de algo. E não era de raposa.
Era de cabra.
Seu coração afundou. Só tinha conseguido chegar até o celeiro do colono.

Ao sair correndo do cercado, Willa acordou as cabras, que correram para fora berrando, e as galinhas voaram em uma explosão de penas. *Vá para a floresta!* — sua mente repetia, mas ela sabia que era tarde demais. Podia ouvir o homem e seu cachorro correndo em direção àquela construção. Willa se esgueirou ainda mais para as sombras do celeiro e se agachou para se esconder.

Um medo debilitante apertou seu peito.

— Se algum dia eles a pegarem sozinha no mundo deles, vão matar você, Willa — havia lhe dito o padaran. — Eles cortam árvores e as queimam com fogo. Eles mataram sua irmã e seus pais!

A porta do celeiro se abriu lentamente.

A luz tremulante da lanterna entrou primeiro e depois os reluzentes canos duplos do bastão de matar. O homem entrou devagar e com cautela. O povo do dia ficava estranhamente cego à noite. Ele ergueu a lanterna, esforçando-se para enxergar na luz fraca, a arma apontada à sua frente.

Willa estava encolhida, curvada no chão em um canto, ferida e sangrando, ofegando com uma exaustão tão devastadora que não conseguia se mover — como um cervo que havia levado um tiro no coração e estava deitado no chão dando seus últimos suspiros. Willa tinha o poder dos animais da floresta dentro de si, mas nenhum deles funcionava naquele lugar que não lhe era natural.

Percebeu pelo movimento cuidadoso do homem que ele não conseguia distinguir em qual tipo de homem ou animal havia atirado em meio à escuridão e encurralado em seu celeiro. Foi só depois de levantar a lanterna e a olhar de perto que ele conseguiu ter uma primeira boa visão do que ela era.

Willa mal podia imaginar o que ela deveria parecer para ele deitada na terra como um animal encurralado no canto do celeiro, trêmula de medo, os braços e as pernas esverdeados recolhidos junto ao peito, que subia e descia rapidamente em respirações irregulares, com o sangue escorrendo pelo rosto entre os olhos esmeralda.

Quando o homem finalmente a enxergou, e ela ergueu os olhos para ele, a expressão dele mudou de determinação severa para absoluto espanto. A maldade que o consumira momentos antes desapareceu enquanto ele tentava compreender o que via. Ela o observou entender, à luz de sua lanterna, que a coisa que havia aprisionado em seu celeiro não era um homem ou animal.

— O qu... — ele começou a perguntar, confuso. — O que você é?

Willa podia ouvir no tremor na voz dele a compreensão de que havia atirado em algum tipo de criaturinha da floresta — não apenas uma criatura, mas uma garota. Ela não sabia o que ele esperava, que tipo de inimigo ele pensava que havia invadido sua toca na calada da noite, mas não era isso, não *ela*.

Willa olhou para os canos duplos do bastão de matar apontados para ela. Aquele homem poderia atirar nela novamente ali, naquele momento, e acabar com tudo. Tudo o que ele precisava fazer era agir. Ou poderia estrangulá-la com as próprias mãos ou golpeá-la na cabeça com uma pá. Sem os poderes da floresta, ela não conseguiria se proteger. Estava indefesa; mas, ao olhar para o rosto dele, viu algo que não achava ser possível em um homem que fazia parte do povo do dia: *bondade*.

— Eu... eu não entendo — disse ele, perplexo. — De onde você veio? Quem é você?

Sou Willa — ela pensou, mas não respondeu à pergunta em voz alta. O padaran havia trazido os sons do inglês para seu clã muito antes de ela nascer e ela conhecia os sons bem o suficiente para entender o que o homem dizia, mas quer estivesse usando a linguagem antiga, quer a nova, Willa falava com as árvores, não com os homens que as matavam. Como o dia poderia compreender a noite? Como a escuridão poderia conhecer a luz? Como ela poderia dizer seu nome para um homem como aquele?

— Espere um pouco... — disse ele com gentileza, observando-a com olhos firmes ao se ajoelhar ao lado do corpinho trêmulo. Ele colocou o bastão de matar e a lanterna no chão de terra do celeiro. Toda a raiva e o medo que o tinham consumido momentos antes pareciam ter desaparecido agora.

Era perversamente rápido como aqueles humanos pareciam alterar seu espírito.

— Vou dar uma olhada no ferimento... — disse ele, puxando um pano branco do bolso e se aproximando dela como se fosse tentar estancar o sangramento.

Mas ele era humano. Willa sabia que não podia confiar nele.

Ela ficou completamente parada. Não se mexeu enquanto a mão dele se aproximava cada vez mais.

Seu coração estava disparado no peito. No momento em que ele a tocou, ela se colocou em pé de repente. Assustado, ele recuou com surpresa; ela passou por ele em disparada. O cachorro investiu contra ela, mas não a alcançou.

Com uma última explosão de energia moribunda, Willa correu pela porta do celeiro e saiu para a escuridão. Atravessou a grama. No momento em que ela alcançou o limite da floresta, fundiu-se à noite e desapareceu.

A última coisa que o ouviu dizer enquanto agarrava a lanterna e o bastão de matar foi:

— Vamos, garoto. Nós vamos atrás dela.

Willa sabia que a escuridão da floresta atrapalharia o homem e o cachorro por alguns minutos, mas não por muito tempo. O humano marcharia pesadamente pela floresta, iluminando o caminho com sua caixa de chamas capturadas enquanto carregava seu metal matador, como todo o povo do dia fazia. O que mais a preocupava, porém, era a velocidade do cachorro pela vegetação rasteira e seu poderoso olfato, que ela sabia ser parecido com o seu. Havia sido tola em zombar dele enquanto dormia pesado, mas agora que ele tinha provado seu sangue nada poderia detê-lo. Willa já havia sido caçada por cães antes. Eles eram animais simplórios, mas implacáveis no rastro de algum cheiro. Pegou um punhado de terra, levou-o à boca, enchendo-o com seu hálito; em seguida, jogou-o bem atrás dela, dispersando o cheiro da direção que ela havia tomado.

Tropeçou, embrenhando-se mais fundo na floresta, enfrentando os espasmos de dor do tiro de chumbo que atingira a parte de trás de seu ombro e braço. Triturava folhas e quebrava pequenos gravetos sob os pés, fazendo um barulho que normalmente não faria, mas tinha que se mover depressa. Precisava escapar.

Por fim, chegou aos espelhos d'água na margem rochosa do rio. Não tinha forças para subir nos braços das árvores e cruzar por cima como fizera, e estava muito fraca para enfrentar as corredeiras, mas tinha que cruzar a água de alguma forma para tirar o cachorro de seu rastro. A terra que lançara atrás de si iria confundi-lo por um tempo, mas, quando ele chegasse ao rio, correria para cima e para baixo na margem com persistência cega e farejadora até encontrar seu rastro novamente.

Ao longe, atrás dela, Willa podia ouvir o som dos pés do homem vindo em sua direção.

Avistou a linha tênue de uma trilha de cervos que corria ao longo da margem do rio. Sabia que os cervos nunca cruzavam ou mesmo entravam em águas velozes, então ela seguiu a trilha esperando que a levasse ao que precisava.

Quando alcançou uma passagem rasa que corria sobre as pequenas pedras arredondadas do leito do rio, ela sabia que era sua única chance. Começou a cruzar imediatamente, mas mesmo ali o rio a arrastava com raiva, a água branca se acumulava como montanhas ao redor de seus joelhos, puxando-a, tentando arrastá-la para dentro. Ela lutou contra a correnteza, tentou continuar avançando, mas então perdeu o equilíbrio e desabou no rio, assolada pela dor, e o poder frio da água tomou conta dela e a levou embora.

Willa esperneava e ofegava tentando respirar em meio à água agitada, apavorada com a possibilidade de se afogar, mas então a corrente a puxou rapidamente para a frente e a jogou contra uma rocha. Ela se agarrou. A água furiosa de imediato quis arrancá-la, puxá-la para seus confins mais escuros, mas ela cerrou os dentes e se agarrou à superfície dura e fria da rocha. Firmou-se segurando-se a ela. *Suba, Willa!* — disse para si mesma. *Suba!*

Ela estendeu a mão, encontrou uma fenda com os dedos e puxou, arrastando-se lentamente para fora do rio.

A parte de trás de seu ombro latejava. Seu braço direito e a lateral inteira do seu corpo pareciam entorpecidos, como se todo o sangue tivesse escorrido para as águas turbulentas e escuras do rio ganancioso. Ela se agachou entre as pedras grandes, irregulares e quebradas que se acumulavam na margem do rio e pediu sua proteção. As rochas lascadas e cobertas de musgo se elevaram sobre sua cabeça criando cavernas onde Willa poderia se esconder. Ela sempre tinha amado a sensação de escalar entre rochas como aquelas, e lhe dava conforto descansar ali agora, mas sabia que não poderia ficar. A correnteza do rio abafava muitos sons, mas ela sabia que o homem e seu cachorro ainda estavam vindo em seu rastro e que a encontrariam. Ela tinha que continuar, mas estava exausta e sangrando.

Sua toca e seu clã estavam a quilômetros e quilômetros acima, nas montanhas, além de seu alcance. Não conseguiria nenhuma ajuda de lá.

Mas ela não podia desistir. Willa precisava encontrar uma maneira de fugir.

Vivera na floresta por toda a sua vida e tinha orgulho de ajudar os animais que precisavam de seu cuidado, mas percebeu que, desta vez, era *ela* quem precisava de ajuda, ou iria morrer.

Willa ergueu a cabeça, inclinou o rosto na direção da lua brilhante e começou a uivar. Foi um pequeno som baixinho e lamentável no início. Estava fraca e não costumava fazer barulho, especialmente quando os inimigos estavam no seu encalço, mas logo ela sugou a dor de seus ferimentos, direcionou-a para a garganta e soltou um uivo longo e queixoso. Uivou da maneira que tinha sido ensinada, não por sua mãe, que fora morta anos antes, ou mesmo por sua avó, que a criara, mas por uma outra mãe, com quem ela tinha feito amizade no inverno anterior.

Quando o som de seu uivo ecoou pelo ar noturno, ela pôde imaginá-lo atraindo predadores a quilômetros de distância, criaturas com garras afiadas prontas para atacar a coisa fraca e ferida que ela se tornara. E ela podia imaginar o cão rastreador e o homem matador erguendo a cabeça em direção ao som e sabendo que estavam chegando perto.

No início, tudo o que ela podia ouvir era a voz implacável e impetuosa do rio, mas então percebeu um som fraco ao longe. Ela saiu do meio das rochas em direção à floresta, colocou as mãos atrás das orelhas e ouviu novamente.

Lá — ela pensou — *bem longe daqui.*

Ela ouvia outro uivo. Willa uivou de volta.

O uivo de retorno soava muito mais próximo agora. Fosse o que fosse, estava se movendo rápido, correndo. Seu coração estava disparado no peito. Mesmo sendo ela quem tinha começado o uivo, não conseguia evitar que suas pernas tremessem. Uma parte de si lhe dizia que ela havia cometido um erro, que deveria correr agora, fugir rapidamente ou mergulhar de volta nas rochas e se esconder.

Ela ouviu o animal feroz abrindo caminho em sua direção através da vegetação rasteira da floresta. Sabia que o que tinha feito era perigoso, que aquilo poderia matá-la.

Bem perto agora, um par de olhos prateados e iluminados pelo luar a espreitava na escuridão da floresta.

Willa deu um respiro longo e profundo, e usou seus poderes para desacelerar conscientemente o coração e tentar manter a calma. *Você não pode desistir agora* — ela disse a si mesma. *Você deve terminar o que começou.*

Mas então mais trinta pares de olhos apareceram na floresta, todos a olhando fixamente. Não tinha vindo apenas um, mas *muitos*.

Ela olhou para o par de olhos mais próximo que a observava da escuridão.

— *Un don natra dunum far* — sussurrou na língua antiga Faeran. *Preciso de sua ajuda, minha amiga.*

Mas, naquele momento, a luz da chama do homem surgiu tremeluzindo por entre as árvores.

*U*ma grande loba surgiu do meio da floresta, alguns metros à frente dela, seus olhos cinza-prateados estudando Willa atentamente.

E então, atrás da líder do bando, ela viu os outros — os olhos azul-claros dos lobos mais jovens e os olhos castanho-dourados dos lobos mais velhos.

Esses eram os grandes guerreiros da floresta, os que arranhavam e que mordiam, e em qualquer outra noite eles poderiam ter encontrado o rastro de Willa e derrubado uma criatura pequena como ela.

Mas Willa olhou nos olhos da líder do bando, agachou-se no chão à frente dela e disse-lhe as palavras novamente:

— *Un don natra dunum far.*

A líder da matilha a encarou. Era um belo animal, com uma espessa pelagem cinza-escura e músculos de muitas caçadas. Tinha o focinho e a boca fortes e erguia as orelhas para cima, alerta para o perigo que se aproximava — o homem e seu cachorro que vinham na sua direção pela floresta. Os lobos e os outros animais da floresta não tinham nomes na língua do povo do dia, mas na língua antiga, Willa sabia que o nome dela era Lúthien. A loba parecia muito diferente do inverno anterior, quando Willa a conhecera e ajudara, ao encontrá-la deitada no chão da floresta, baleada por um caçador e ferida por seus cães. E agora, com a passagem do tempo, tudo havia mudado.

Lúthien se abaixou tão perto de Willa que a menina podia sentir o calor da pele da loba em seu ombro. Estremecendo de dor, mas sabendo que era sua única esperança de viver, Willa rastejou sobre as costas do animal.

O homem do dia a tinha visto em sua toca e a ferido. Willa não entendia por que ele havia tentado ajudá-la no celeiro, que tipo de truque ou perturbação o havia levado a tal ato, mas sabia que não podia confiar em um humano. E sabia que agora que a tinha visto não a deixaria ir embora. Ele e seu cachorro que rosnava, sua caixa que emanava luz capturada e seu metal assassino estavam chegando; agora, a instantes de distância, debatendo-se pela floresta, pisoteando folhas e quebrando galhos, para capturá-la e puxá-la de volta para seu mundo.

Quando Lúthien se levantou, Willa colocou os braços em volta da espessa nuca da loba.

— O cachorro da matilha do homem tem a capacidade de nos farejar — disse Willa na língua antiga, com a certeza de que a loba saberia o que fazer.

Quando o homem e seu cachorro atravessaram a vegetação rasteira da floresta, Lúthien se virou e olhou para os outros lobos da matilha. Inclinando a cabeça e virando o corpo, ela deu o comando. Os outros lobos se viraram e correram em uma dúzia de direções para a floresta, uivando e ganindo, como se convidassem o inimigo que se aproximava a persegui-los.

No momento em que partiram, Lúthien se lançou na escuridão, saltou e pegou velocidade de corrida. De repente, Willa estava voando pela floresta, seu cabelo chicoteando atrás dela. O ombro queimava de dor e o sangue do corte na cabeça pingava na pelagem espessa de Lúthien, mas Willa sentiu também a alegria daquele momento, agarrada às costas da loba, disparando pela floresta mais depressa do que nunca. Os troncos das árvores passavam por ela rapidamente. Grandes pedras salientes eram como borrões. As folhas dos arbustos, apenas lufadas de ar que sopravam em seu rosto. Sentia os batimentos do coração da loba contra o seu, o ar subindo para os pulmões e o calor emanando de sua boca aberta enquanto ela corria, os dentes reluzindo ao luar.

Willa olhou para a floresta à sua esquerda e à sua direita e encontrou dois lobos machos fortes correndo com elas, protegendo-a em ambos os lados. Ao esticar o pescoço, viu que dois filhotes vinham seguindo logo atrás.

Não conseguia mais ver os outros lobos da matilha, mas sabia que eles estavam presentes, correndo pela floresta em direções opostas. Não tinha como o mais perspicaz cão farejador seguir todos eles.

— Os lobos nos ensinam a trabalhar juntos — dissera a ela sua vovozinha. — Eles caçam juntos, defendem seu território juntos, brincam juntos e criam seus filhotes juntos. É o amor de um pelo outro que os faz sobreviver.

Willa sabia que não era uma loba e nunca poderia ser, mas esse era o tipo de parentesco que sempre desejara ter.

Deixando a margem do rio bem para trás, Lúthien ia subindo pelas cristas rochosas e arborizadas do terreno elevado, carregando Willa para cima pela encosta que o povo Faeran chamava de a Grande Montanha. Os Cherokees a chamavam de *Kuwa'hi*, mas o povo do dia a chamava de Clingmans Dome em seus mapas feitos da carne moída das árvores. Parecia que todos os locais em seu mundo tinham muitos nomes, antigos e novos, nomes da noite e nomes do dia, como se eles também lutassem para tomar posse daqueles locais antigos. Raramente era usado, mas um de seus nomes favoritos para aquele lugar era Montanha Fumegante. Afinal, ela já tinha visto a montanha dizer o próprio nome muitas vezes: no amanhecer de cada nova manhã, a névoa branca da respiração da Montanha Fumegante flutuava perto do topo arredondado e se espalhava pelo mundo, fluindo para cavernas ocultas e vales extensos, para as outras montanhas e cordilheiras, e para baixo, através das árvores cobertas de bruma e sobre os rios turbulentos e enevoados, como se a própria Montanha Fumegante soprasse a vida para o mundo toda manhã e a tomasse de volta toda noite.

O Recôncavo Morto, a toca oculta de seu povo, ficava no alto da encosta norte da Grande Montanha, um lugar tão remoto e coberto por uma floresta fechada e espinhaços íngremes que ninguém do povo do dia jamais havia pisado ali.

Mas, enquanto ela olhava ao redor com seus olhos borrados de sangue, Willa percebeu que não era para onde os lobos estavam seguindo.

— Para onde estamos indo? — ela tentou perguntar na língua antiga, mas sua voz estava muito esgarçada e rouca para ser ouvida.

Agarrada às costas de Lúthien, Willa percebeu que estava ficando mais fraca e sentia cada vez mais frio, o sangue pegajoso vertendo de seu ferimento e descendo pelo lado do corpo. Ela se agarrou desesperadamente ao calor da pele de Lúthien, mas seus olhos se fecharam e ela começou a desmaiar. Tudo o que conseguia sentir era o movimento ondulante da loba correndo.

Quando Willa abriu os olhos novamente, ainda estava agarrada às costas de Lúthien. Não tinha certeza de onde estavam ou quanto tempo havia passado, exceto que o sol estava nascendo no céu oriental e o sangue ainda escorria de seu corpo dolorido.

Os lobos da matilha haviam voltado para junto dela e de Lúthien e eles estavam sobre uma grande rocha que se erguia a partir do terreno que os cercava. Todos os lobos olhavam na mesma direção.

Estremecendo de dor, Willa levantou a cabeça devagar.

Os lobos estavam voltados para uma direção de onde tinham uma larga visão das montanhas, as longas cordilheiras azuis cascateando em camadas, ao longe, as nuvens brancas pairando baixas nos vales, com os picos e as cristas escuros subindo entre elas.

Ela sabia: os lobos de uma matilha que estavam distantes de sua toca não olhavam para o horizonte sem motivo. Quando estavam longe de casa, eles agiam com propósito. Corriam com propósito, seguiam atrás da presa com propósito. E agora eles aguardavam com um propósito.

Parecia que eles estavam esperando algo específico acontecer, mas Willa não sabia o que era.

Então ela viu um velho urso preto descendo a encosta de uma colina próxima.

Todos os lobos da matilha viraram a cabeça ao mesmo tempo e olharam para o urso.

Era por isso que tinham ido para lá.

Mas eles não se mexeram.

Não atacaram.

Esperaram e observaram.

O urso se movia devagar, com movimentos árduos, como se cada passo fosse doloroso ao descer da encosta até o vale mais próximo. Parecia doente de gota ou ferido de alguma forma.

Será que os lobos iriam atacar e matar o urso ferido? — ela se perguntou, pois lobos e ursos eram inimigos naturais.

No entanto, os lobos não avançaram. Eles ficaram perfeitamente silenciosos e imóveis, observando o urso até que ele desaparecesse na névoa do vale.

Lúthien pareceu observar com atenção o local onde o urso havia sumido. Então olhou para os lobos da matilha e se moveu naquela direção. Compreendendo o significado daquilo, os outros lobos se esgueiraram atrás dele e o seguiram em fila única.

Quando Willa olhou para trás, percebeu que os dois lobos machos ficavam mais próximos de Lúthien, no mesmo compasso, fortes e firmes, seus corpos abaixados, os músculos tensos e os olhos em alerta. Os dois filhotes de olhos azul-claros se esgueiravam logo atrás, cautelosos e incertos, um deles visivelmente trêmulo e com o rabo entre as pernas.

Willa não sabia para que tipo de perigo eles se encaminhavam, mas podia sentir que seu corpo respondia ao deles, os pelos de seus braços se eriçando, as orelhas formigando, as têmporas latejando.

Os lobos seguiram o rastro do urso doente para dentro da parede branca de nevoeiro espesso e desceram para o vale. As cores da floresta se fundiram todas em um tom cinzento.

Com as rochas e as árvores ao redor deles desaparecendo na névoa, Willa sentiu os músculos de Lúthien enrijecerem, prontos para lutar.

Conforme a longa linha de lobos em fila única se movia através da névoa, Willa não conseguia ver nada além de branco à frente, de cada lado e atrás dela. Também não conseguia conter a pontada de medo. Para onde os lobos a levavam?

Ela se segurou ao pescoço de Lúthien quando a loba abaixou o focinho no solo e seguiu as grandes pegadas do urso ferido.

Anos antes, quando sua vovozinha ainda podia andar, Willa lembra de se agachar na vegetação rasteira da floresta com sua irmã gêmea, Alliw, as duas observando os dedos enrugados da vovozinha tocando de modo reverente as pegadas no solo — os cervos com seus cascos partidos, os pumas e os lobos com suas quatro garras, e as enormes pegadas de urso com cinco garras distintas em cada pata.

Onde a terra era macia, as pegadas ficavam fáceis de ver, mas onde o urso atravessara era um terreno rochoso, e os rastros se atenuaram e depois desapareceram. Apesar disso, Lúthien manteve o focinho no solo e continuou farejando-o. Nenhum animal na floresta, exceto o próprio urso, tinha um olfato melhor que o do lobo.

Um zumbido, um assobio, passou no alto. Willa olhou para cima, tentando descobrir o que era aquele barulho, mas a névoa era muito densa para que ela conseguisse enxergar qualquer coisa.

Olhou então para trás e viu os dois filhotes observando timidamente a névoa; eles também não sabiam o que era o barulho.

Quando Lúthien parou, os outros lobos se reuniram em torno dela, a líder da matilha. E quando a névoa se dissipou, todos olharam na mesma direção.

Willa ergueu os olhos. Olhou com admiração para um corpo de água plano e prateado-cintilante: um vasto lago que se estendia até onde a vista alcançava antes de desaparecer na névoa.

A água escorria de fontes naturais nas rochas circundantes, mas a superfície do lago permanecia perfeitamente lisa. Enquanto grandes bandos de mergansos, marrecos e outros patos faziam voos circulares no alto, seus reflexos rodopiantes eram como peixes escuros e alados nadando na água lisa do lago logo abaixo.

Willa olhou para a água serena com espanto. Tinha vivido a vida toda em um mundo de riachos sussurrantes, rios que jorravam e cachoeiras que cascateavam — onde a água estava *sempre* em movimento —, mas aquele lago plano e imóvel era uma surpresa que ela nunca tinha visto.

Percebendo uma forma escura descendo a encosta, ela se virou para ver o velho urso doente caminhando em direção à margem arenosa do lago. O urso caiu pesadamente na água e então afundou o corpo nela, grunhindo o ar pelo nariz em sons de imenso alívio. A água parecia aliviar a dor de seu corpo dolorido.

Willa voltou o olhar para a margem do lago. Havia outros ursos ali também, muitos deles marrons ou pretos, mas alguns cor de canela ou azul-acinzentados, para cima e para baixo da margem, outros nadando ou espojando-se na água, outros apenas sentados na areia molhada na beira do lago.

Lúthien estremeceu surpresa quando um enorme urso-branco se levantou na frente dela rugindo de raiva. Willa prendeu a respiração, assustada, e se agarrou com força às costas de Lúthien, pressionando o rosto no pelo grosso do pescoço da loba, mas, em vez de recuar ao ver o urso gigante, Lúthien saltou para a frente com os dentes arreganhados em um rosnado selvagem. O rosnado da loba vibrou pelo corpo de Willa. Ela se apertou contra Lúthien vendo o urso se elevar nas patas traseiras e rugir, indignado com o fato de os lobos terem ousado vir àquele lugar sagrado. Os outros lobos da matilha recuaram e os filhotes ganiram e se espalharam, mas Lúthien se manteve firme.

Willa podia ver que aquele urso era muito maior e muito mais velho do que qualquer outro. Aquele era o lago *dele* e ele o protegeria de intrusos como aqueles lobos. Um único golpe de sua enorme pata facilmente mataria um lobo ou uma garota Faeran.

Mas então, para sua surpresa, ela percebeu que o urso não estava apenas olhando para Lúthien; estava olhando para *ela*.

Sua pele e seu cabelo se fundiram por reflexo na cor e na textura do pelo de Lúthien. Na aparência, ela havia se tornado parte da loba.

Apesar disso, o urso parecia capaz de sentir seu cheiro e os olhos escuros miravam sua direção. Havia uma incerteza na expressão dele, como se talvez soubesse o que ela era, mas ele não via gente do povo de Willa fazia muito, muito tempo.

O urso-branco lentamente parou de rosnar; Lúthien fez o mesmo.

Ele olhou para Willa. Ela queria desviar o olhar, virar a cabeça. Ela queria *fugir*, mas sustentou o olhar.

Por fim, o urso-branco baixou o corpo e se apoiou nas quatro patas com um grunhido abafado; Willa soltou um suspiro de alívio.

— Obrigada — disse ela na língua antiga, alto o suficiente para o urso ouvir. — Meu nome é Willa. Minha avó me contou sobre sua força e sabedoria. É uma honra conhecer você.

O urso-branco fez um som rouco baixo e virou a cabeça e o corpo em direção ao lago.

— Ele está nos deixando passar — Willa sussurrou para Lúthien.

Enquanto Lúthien caminhava lentamente em direção à água, os outros lobos permaneceram onde estavam, até mesmo os dois machos que serviam como guardas. Eles pareciam entender que apenas Willa e Lúthien tinham permissão para passar, e contrariar essa ordem resultaria em uma batalha que nem os lobos nem os ursos queriam travar.

Quando Willa e Lúthien passaram com cautela pelo urso-branco, ela percebeu que ele era extremamente velho. Não parecia fraco ou decrépito, mas Willa podia notar a sabedoria em seus olhos e as listras cinzentas do tempo na face envelhecida. Ela sentiu que ele vivia há muito mais tempo do que qualquer Faeran ou animal que ela já conhecera.

Por muitos anos, sua vovozinha tinha levado Willa e a irmã Alliw pelas catedrais das tsugas, ensinando-as a falar com as árvores de mais de 500 anos. Willa sabia que os ursos normalmente não viviam tanto quanto os Faeran, mas tinha a sensação de que aquele urso em particular era um filhote quando as árvores antigas eram apenas pequenas mudas.

Quando Lúthien a levou até a beira do lago, os braços de Willa se arrepiaram. Sabia que a água seria fria. Cada córrego da montanha em que ela já havia entrado tinha sido chocante, revigorante e frígido, como neve derretida.

Mas, enquanto Lúthien a abaixava devagar no lago, Willa percebeu que a água era quente e relaxante. Era como se a luz do sol tivesse se tornado líquida.

Assim que se inclinou para trás na água e deixou apenas o rosto para fora, seu corpo pareceu leve, os braços subiram e boiaram ao lado do corpo, o cabelo flutuou ao redor da cabeça.

Ela suspirou de alívio e ondas lentas e suaves se propagaram uma após a outra por seu corpo, aliviando a dor. Willa sentiu a pele rasgada de suas feridas lentamente se recompondo, como se um mês de cura tivesse ocorrido em questão de instantes.

Sua avó tinha contado a ela e a Alliw sobre um lago escondido que os Cherokees chamavam de *Atagahi* e sobre um grande urso-branco que o protegia. De longe, o lago parecia nada mais do que um dos muitos vales cheios de névoa, mas escondido sob as nuvens estava um lugar de cura poderoso onde ursos doentes e feridos buscavam refúgio. O grande urso-branco encorajava seus parentes ursinos a ir ao lago sagrado, mas o protegia ferozmente de todos os outros.

Enquanto Willa flutuava na água, deixando os poderes curativos percorrerem suas feridas doloridas, o urso-branco se ergueu sobre as patas traseiras em alarme e olhou para o limite do vale.

Os espinhos na nuca de Willa ficaram eriçados enquanto ela rapidamente levou as pernas para baixo do corpo e se agachou na água.

Não podia acreditar. Era o homem que havia atirado nela! Ele estava em pé na crista rochosa, segurando seu bastão de matar e olhando para o vale cheio de névoa. Seu cachorro vinha a seu lado. Estava claro que eles a haviam seguido até ali e ainda a procuravam.

Lúthien a carregara por uma grande distância por meio de um terreno íngreme e rochoso que devia ter sido extremamente difícil para o homem escalar. Ele devia ter corrido o mais rápido que pôde para persegui-la. Que tempestade de raiva e ódio sombrios o havia levado a segui-la a uma distância tão longa?

Lúthien deu um passo à frente, rosnando em alerta, seus ombros arqueados para o ataque. Os lobos da matilha se posicionaram para a batalha. O urso-branco gemeu um rosnado baixo e ameaçador, os dentes rangendo enquanto os outros ursos se juntavam ao seu lado, prontos para lutar.

— Não nos enxergue — Willa sussurrou olhando fixo para o homem, seu coração se enchendo de pavor, não apenas do humano e de seu cachorro, mas do que aconteceria se eles descessem para o vale. — Não nos enxergue — ela repetiu.

Willa sabia que se o homem visse os lobos e os ursos ficaria com medo, atiraria com o bastão de matar para todos os lados e seria atacado de volta. O homem e o cachorro, e muitos dos lobos e ursos, morreriam.

Nenhum homem ou mulher do povo do dia já tinha visto o lago curativo dos ursos. Eles podiam ter ouvido falar a respeito nas histórias dos Cherokees. Podiam até ter procurado por ele, mas nenhum tinha vivido para contar.

— Apenas vá embora — Willa sussurrou olhando para cima através da névoa em direção ao homem. — Seja você quem for, o que quiser comigo, para o seu próprio bem, por favor, vá embora.

9

Quando o homem finalmente se virou e seguiu em outra direção, Willa pensou: *Sim, vá. Leve seu bastão de matar e seu ódio daqui.*

Os pelos eriçados de Lúthien abaixaram e Willa afundou de volta na água.

Os ursos também voltaram a se remexer nas águas rasas próximas, sob o olhar do urso-branco.

Ela gostava de como o urso-branco era mais velho e mais forte do que os outros, mas ele os estava *servindo, ajudando, protegendo*. Sua vovozinha tinha contado a ela histórias sobre como no passado ocorria o mesmo com os Faeran, todos os membros do clã trabalhavam juntos, se protegiam, cuidavam uns dos outros.

Quando o lago, enfim, estancou o sangramento e acalmou a dor de seus ferimentos, Willa subiu nas costas de Lúthien.

— Eu gostaria de poder ficar aqui — disse Willa na língua antiga —, mas preciso voltar para o meu clã. Eles vão começar a procurar por mim.

Willa percebeu que o urso-branco ficou observando enquanto Lúthien a tirava da água e a carregava para a margem. Ela sabia que aquele urso tinha visto coisas demais — a época do primeiro Cherokee, muito tempo atrás, com seus dardos de sopro que perfuravam a pele e seus *atlatls*, disparadores de lanças; então os colonos, abrindo caminho pela selva com suas lâminas afiadas e seus bastões de matar; e agora os recém-chegados com suas feras fumegantes de metal. Enquanto o urso-branco a olhava, parecia estar pensando: *E você também percebe, não é, pequenina? Você entende.*

Quando Lúthien e Willa se juntaram à matilha, os lobos circularam ao redor delas em saudação, e então todos partiram juntos, com Lúthien liderando o caminho.

Viajaram por várias horas, até os recônditos escuros da Grande Montanha, seguindo ravinas isoladas ao longo de rios que lavavam as pedras cinza-ósseas, e subiram por meio de rampas de rocha antiga por onde antes a água já havia fluído.

Willa e os lobos chegaram a um desfiladeiro onde um esqueleto gigantesco de uma árvore morta estava pendurado de cabeça para baixo, preso entre duas faces de rocha, no local em que uma inundação veloz a havia depositado anos antes. Suas raízes se erguiam no ar e seus galhos pendiam na direção da terra. A água tinha baixado fazia muito tempo, mas o tronco cinzento e os galhos da árvore permaneciam. Seu povo a chamava de Sentinela, pois a árvore invadia a trilha sinuosa que subia pelo desfiladeiro rochoso até a entrada da toca do Recôncavo Morto.

Quando Lúthien parou, Willa desceu com relutância das costas da loba.

Olhando o desfiladeiro acima na direção da toca de seu clã, Willa sentiu o estômago revirar. Ela não queria retornar para lá; queria voltar para o lago dos ursos. Queria ficar com os lobos. Preferia fazer qualquer outra coisa a ter que regressar, mas sabia que não podia. Um Faeran só poderia sobreviver por meio de seu clã. O padaran disse muitas vezes:

— Não existe *eu*. Só existe *nós*.

Seu lugar era com seu clã. E, mais do que qualquer coisa, ela precisava voltar para a avó. Sua vovozinha precisava dela, e ela precisava de sua vovozinha. *Não existe eu, apenas nós.*

Os lobos da matilha se reuniram em torno dela para se despedir, e ela se ajoelhou na frente de Lúthien.

Willa sabia que ser tocada por um lobo era um privilégio, mas ser *carregada* por uma loba como Lúthien era uma grande honra. Lúthien tinha salvado sua vida e arriscado a própria para fazer aquilo.

Willa passou os braços ao redor do pescoço de Lúthien e a abraçou, sentindo a espessura do pelo da loba contra sua bochecha.

Quando Lúthien se aninhou a ela, Willa soube que a loba entendia. A menina sentiu uma lealdade tão grande da loba que jurou lembrar-se disso para sempre.

— Eu nunca vou esquecer o que você fez por mim, Lúthien — Willa disse na língua antiga. — Que sua matilha seja forte.

Nos momentos que se seguiram, ela observou Lúthien e os outros lobos se virarem e desaparecerem lentamente na floresta.

Quando, enfim, eles se foram, ela sentiu uma pontada de solidão no peito. Não queria ser deixada para trás. Queria gritar para eles, levantar a cabeça e uivar para que voltassem para ela.

Ao se virar e olhar para o caminho que a levaria de volta ao Recôncavo Morto, a toca do clã em que havia nascido, Willa sentiu um medo sombrio crescendo como raiz negra na boca do estômago.

10

*A*ntes de voltar para casa, havia mais uma coisa que ela precisava fazer. Quando os jaetters partiam para roubar, todas as noites, geralmente saíam em pequenos grupos para ficar de olho uns nos outros, uma regra que o padaran havia estabelecido muito antes de ela nascer. Nada no clã se fazia sozinho. Ela, porém, cada vez mais, escapava desacompanhada, e os outros jaetters não gostavam disso. Com frequência, eles ficavam à espreita esperando ela retornar.

Willa olhou ao redor, pela floresta que a circundava, para ter certeza de que ninguém a havia seguido, então foi até a Sentinela, a árvore presa de cabeça para baixo no desfiladeiro. Agarrou os galhos mais baixos e começou a subir, estremecendo de dor no ombro. Ela sabia que a escalada poderia abrir a ferida que o lago havia aliviado e começado a cicatrizar, mas não tinha escolha.

Escalou os galhos com as mãos, seguindo a árvore por todo o caminho até chegar a um grande buraco alongado que havia sido aberto no tronco. Olhando para dentro da cavidade, ela viu as carinhas minúsculas e angulosas de cinco pica-paus filhotes olhando para ela.

— Como vocês estão nesta manhã, meus pequeninos? — ela sussurrou.

Mas foi um erro descuidado. Assim que os cumprimentou, todos eles começaram a gritar e piar, animados em vê-la.

— Shh, shh, shh — sussurrou ela. — Baixinho agora, não me denunciem. Preciso que guardem uma coisa para mim.

Mas, quando ela puxou a sacola do ombro, a mãe pica-pau veio voando em uma explosão de penas pretas e brancas e se agarrou ao tronco da árvore com suas garras poderosas. Willa ficou surpresa ao ver que algo havia acontecido com ela desde que a vira pela última vez. A área ao redor de seu olho esquerdo sangrava e sua asa estava muito dobrada, amassada perto do corpo. Era impressionante que ela conseguisse voar.

— Venha aqui... — disse Willa, agarrando-se à árvore com as pernas, estendendo a mão e pegando o pássaro do tamanho de um corvo. — Deixe-me dar uma olhada em você.

A mãe pica-pau sabia que Willa estava tentando ajudá-la e não lutou nem tentou fugir. Um emaranhado de barbante fibroso estava enrolado firmemente ao redor da asa e do corpo da ave, cravado cruelmente na pele e impedindo seus movimentos; mas, à medida que Willa investigava com mais atenção, ela podia ver que não eram apenas pedaços de barbante, eram pedaços de algum tipo de rede.

— Minha nossa, quem fez isso com você? — perguntou Willa, ao desenrolar cuidadosamente a asa da ave dos fragmentos retorcidos. Teria levado dias para matá-la, mas a mãe pica-pau não sobreviveria àquilo, nem seus filhotes famintos. — Você deve ter lutado muito para sair dessa rede! — disse, e a mãe pica-pau a olhou com os olhinhos piscando depressa enquanto Willa trabalhava. — Prontinho, você está totalmente livre agora. Espero que se sinta melhor. — A pica-pau balançou a cabeça e foi cuidar dos filhotes.

Por que alguém estaria utilizando uma rede na floresta? — Willa se perguntou. *É algum tipo de nova arma cruel ou armadilha que o povo do dia está usando?*

Sabendo que precisava voltar para o que tinha vindo buscar, Willa examinou a área abaixo dela uma última vez para se certificar de que ninguém estava olhando. Em seguida, enfiou a sacola na cavidade junto com os pica-paus filhotes, tomando cuidado para não os bloquear ou machucar de alguma forma.

— Eu sei que ficou cheio aí dentro — disse ela aos pequeninos —, mas eu volto logo. Não se preocupem.

Esconder objetos de valor nas árvores era um truque que ela e sua irmã haviam aprendido quando brincavam com os corvos anos antes, mas Willa se orgulhava de sua inteligência. Nem mesmo os poderosos corvos pensariam em usar um buraco de pica-pau ocupado como esconderijo.

O que ela trouxe de volta para a toca em sua sacola era uma boa pilhagem, algo de que deveria se orgulhar, mas ela sabia que estava cansada demais para defendê-la de Gredic e de seus outros rivais jaetter.

Quando desceu da árvore, a luz do sol atingiu o pico no desfiladeiro e seu estômago se torceu de preocupação. Se o sol já estava na ravina, significava que a manhã já ia avançada. O padaran ficaria zangado por ela ter passado a noite toda fora e não ter comparecido à reunião matinal. Os outros jaetters viriam procurá-la, sentindo sua fraqueza. Tinha que voltar ao seu refúgio assim que pudesse.

— O que você está fazendo? — veio uma voz sibilante atrás dela, assim que ela pisou no chão.

Os espinhos na nuca de Willa se eriçaram quando ela se virou para se defender.

Quatro jaetters a cercaram com seus longos bastões.

— Não tente fugir, Willa — Gredic sibilou as palavras em inglês, a única língua que ele conhecia, enquanto a empurrava com força contra a parede rochosa da ravina.

Anos antes, ela e Gredic haviam sido iniciados nos jaetters ao mesmo tempo, mas ele era um ano mais velho e pelo menos 15 centímetros mais alto do que ela hoje em dia, com dedos que acabavam em garras e pele cinza pegajosa e cheia de pintas. Como a maioria dos Faeran de seu clã, a pele de Gredic não mudava de cor para combinar com seu entorno. *Fundir-se* — ou *entrelaçar-se*, como sua vovozinha chamava esse artifício — era um resquício do passado que estava morrendo no clã. Sua mãe, pai, irmã e vovozinha tinham essa habilidade. E Willa a possuía também. Era um traço forte dentro das famílias, mas poucos dos outros Faeran a tinham. E os jovens jaetters de seu clã nunca a deixavam esquecer como ela era diferente deles.

— Olha só, ela está ficando toda marrom como pedra! — incomodou-a o irmão gêmeo de Gredic, empurrando a cabeça de Willa contra a pedra. — Vamos fazer o rosto dela mudar de cor também!

Seu nome era Ciderg e ele era o maior e mais brutal dos jaetters. O nariz torto e as maçãs do rosto esmagadas na face mutilada de Ciderg eram resquícios da luta selvagem que ele travara no ano anterior, na qual tinha derrotado o rival de seu irmão e com isso colocado Gredic no comando dos jaetters.

Mas eram os desagradáveis Kearnin e seu irmão, Ninraek, que mais apavoravam Willa.

— Acho que você a está assustando... — Kearnin rosnou em um grunhido, inquieto de prazer por trás dos outros dois jaetters, limpando o nariz com as costas da mão nodosa. Kearnin e seu irmão eram criaturas de olhos negros e ansiosos, de onde saía uma substância pegajosa semelhante à seiva. Fascinados por tudo o que Gredic fazia, eles gostavam de observar, quer ele estivesse puxando as asas de um pardal, quer estivesse prendendo Willa contra uma pedra e fazendo-a se contorcer de dor.

Willa se encolheu e tentou se afastar, mas Gredic agarrou os braços dela com as mãos firmes. Sempre fora frustrante para ela o fato de ele ser muito mais forte.

— Onde está sua sacola, Willa? — ele sibilou, inclinando o rosto tão perto que seu hálito fedorento penetrou nas narinas dela como sanguessugas.

— Sim, sim, onde está sua sacola? — Kearnin murmurou atrás dele, sempre repetindo as palavras de Gredic.

— Você está com medo, Willa? — Gredic sussurrou no rosto dela. — Consegue sentir seu coração batendo e o sangue bombeando?

— Vamos tirar o sangue dela! — guinchou Kearnin.

— Ela já está sangrando! — disse Ciderg, batendo com o bastão na ferida das costas dela, enquanto o irmão a segurava.

Gredic puxou-a pelo braço e olhou para ela.

— Você está ferida... — disse ele, surpreso, estreitando os olhos para ela com desconfiança.

— A monstrinha está ferida... — Kearnin sibilou.

Quando Gredic cravou seus dedos investigando a ferida ensanguentada, provocou em Willa uma onda de dor aguda que subiu pelas costas. Ela tentou se esquivar, mas ele agarrou seu braço com mais força e a chacoalhou.

— Aonde você foi, Willa? Me conta!

— Me deixe em paz — disse ela, tentando se afastar dele.

Mas ele a segurou com firmeza e baixou a voz ao apertá-la com o corpo.

— O que você fez, Willa? — ele sussurrou. — O que você está escondendo?

Gredic era muito mais inteligente do que os outros jaetters e ela podia ouvir o medo infiltrado na voz dele. Ele frequentemente usava sua raiva como poder, gritando com Willa e com os outros jaetters para conseguir o que queria, mas com a mesma frequência era gentil com ela, quase delicado como quando sentia pena ou a ajudava — isto é, quando seu poder estava garantido. No entanto, a gentileza desaparecia quando achava que ela estava se fechando contra ele de alguma forma, ou demonstrando ferocidade. Ele sabia que aquela ferida vinha de um lugar diferente e significava que, aonde quer que ela tivesse ido naquela noite, o que quer que tivesse feito, ela o tinha feito sem ele. E isso ele não iria permitir.

Ela e Gredic haviam passado juntos as noites famintas e as duras sovas da iniciação dos jaetters e, nos anos seguintes, quando os jaetters saíam para roubar à noite, ele se certificava de que os dois estivessem no mesmo grupo. *Não existe eu, apenas nós.*

Gredic a puxou para encará-lo de volta e pressionou as costas de Willa contra a parede com um empurrão forte.

— Me diga o que você fez! — ele exigiu novamente, apertando-a com seu peso enquanto deslizava as mãos compridas e ossudas com força ao redor do pescoço dela.

11

Willa se debateu contra ele, mas sabia que não poderia lutar contra Gredic. Não tinha como superar a força dele. Não conseguiria atingi-lo com um golpe para derrotá-lo. Ele era forte demais. E com seu irmão bruto Ciderg, o desagradável Kearnin e todos os outros jaetters que o seguiam, ele tinha aliados demais.

Quando ele a pressionou contra o paredão de rocha, as saliências irregulares da pedra se cravaram em suas omoplatas provocando uma pontada de dor na ferida. Ele a empurrava com tanta força que ela mal conseguia expandir o peito o suficiente para respirar, mas, quando os dedos de Gredic lentamente apertaram sua garganta, ela pronunciou algumas palavras:

— Deixe-me falar, Gredic... — ela chiou.

Gredic aproximou o rosto do dela e olhou-a nos olhos.

— Estou avisando: sem truques, Willa. Não tente correr!

— Eu não vou correr — disse ela, a voz falha e rouca por entre os dedos dele.

— Jure! — exigiu ele.

— Eu juro que não vou correr.

Finalmente, Gredic afrouxou o aperto em sua garganta e se afastou dela.

— Agora, me diga o que aconteceu com você ontem à noite. Onde está sua sacola?

Naquele momento, Willa se fundiu com a cor e a textura do líquen agarrado à rocha. Ela se entrelaçou tão completamente no ambiente ao seu redor que desapareceu. Sua pele, seus olhos, seu cabelo... ela sumiu.

Embora a tivessem visto fazer isso antes, os meninos Faeran ofegaram, tanto de raiva quanto de surpresa. Gredic imediatamente estendeu a mão para agarrá-la de novo, mas ela já havia caído no chão e se enrolado em uma pequena bola na base da rocha.

— Para onde ela foi? — gritou Ciderg, brandindo o bastão para a frente e para trás no ar, onde a vira pela última vez.

— Ela nos enganou! — guinchou Kearnin.

— Encontrem-na logo! — Gredic gritou de frustração, enquanto vasculhava o terreno ao seu redor.

Willa tinha prometido que não iria correr.

E ela não correu.

Em vez disso, ela *rastejou* devagar e invisível para longe dos garotos jaetter.

Eles procuraram loucamente por ela, agitando os braços ao redor e espetando os bastões. Espetaram as facas no chão e as cravaram nas árvores. Sacudiram arbustos e chutaram terra, mas seus esforços foram inúteis, pois não conseguiram encontrá-la.

Por fim, Gredic disse:

— Vamos. Ela vai ter que voltar para a toca mais cedo ou mais tarde, e aí nós a pegamos.

— E aí nós a pegamos — Kearnin repetiu, limpando o nariz com a mão enquanto se afastavam.

— O padaran vai queimar de raiva por ela não ter voltado para casa ontem à noite — disse Ciderg, parecendo saborear a ideia. — Não há como escapar disso.

— Talvez não — disse Gredic. — Mas, independentemente de qualquer coisa, precisamos pegar a sacola dela antes que ela encontre o padaran. Ela deve ter algo bom para estar fazendo tudo isso.

Os meninos jaetter subiram pelo desfiladeiro rochoso, seguindo o caminho que passava por baixo da Sentinela dependurada entre as paredes rochosas, e enfim desapareceram, embora ela soubesse que não seria a última vez que os veria. Eles estariam esperando, prontos para roubar sua sacola e arrastá-la de mãos vazias diante do padaran, para sua vergonha.

Sua vovozinha tinha lhe dito que muitos dos jaetters não tinham pais ou avós para criá-los e que tinham perdido o rumo. E, assim como fazem com os humanos, aquilo que os jaetters não entendiam, eles destruíam. E isso significava Willa.

Quando teve certeza de que os jaetters tinham ido embora e achou que era seguro sair de seu esconderijo, Willa voltou a escalar a árvore gigante e pegou sua sacola na toca dos pica-paus. Sabia que era perigoso carregá-la, mas percebeu naquele momento, mais do que nunca, que iria precisar dela assim que voltasse para o Recôncavo Morto.

Logo que começou a descer, ouviu vozes abaixo dela. Olhou do alto, de onde a visão era privilegiada, para o desfiladeiro e viu um bando de guardas do padaran serpenteando ao longo da trilha e saindo para a floresta. Eles se moviam depressa e com um propósito, carregando suas lanças, bem como outros equipamentos que ela não conseguia distinguir. Ela nunca tinha visto nada assim. Os guardas pareciam estar em algum tipo de grupo de caça, mas os Faeran não caçavam os animais da floresta.

Ela sabia que não podia pegar o caminho principal para a toca, então, quando por fim desceu, seguiu um dos caminhos indiretos e partiu sozinha pela floresta íngreme e rochosa.

Escalou e passou por cima da serra de um matagal fechado, seu braço e ombro doendo por todo o caminho. O lago de cura dos ursos havia estancado o sangramento e salvado sua vida, mas as varas afiadas e os dedos perscrutadores dos garotos jaetter reabriram a ferida. Ela podia sentir o sangue pegajoso escorrendo por suas costas.

Finalmente, pôde ver a toca de seu povo. A distância, a parte da toca do Recôncavo Morto que era visível na superfície parecia um vasto ninho de vespas, tinha a mesma forma irregular, marrom-acinzentada e angulosa, mas, em vez de ser feita do material grudento de um ninho de vespas, as paredes da toca eram feitas de uma malha de milhares de gravetos entrelaçados. Já tinham sido verdes e vivas, tecidas juntas e sustentadas vivas pelas fadas da floresta do passado Faeran. Elas usavam a mesma arte da floresta poderosa que sua vovozinha lhe havia ensinado, a mesma linguagem que ela usava para pedir às árvores que a ajudassem a cruzar o rio ou para se entrelaçar ao seu redor quando ela precisava desaparecer, mas as paredes da toca estavam mortas havia muito tempo — mortas há mais de 100 anos, sua vovozinha tinha dito — os gravetos retorcidos pelo tempo e as raízes apodrecidas, pois a arte da floresta necessária para manter as paredes vivas havia desaparecido dos costumes Faeran já fazia muito tempo. Simplesmente não existiam mais fadas da floresta o suficiente para manter a toca verde e viva. O próprio nome *fada da floresta* havia se tornado um insulto de desprezo, até mesmo de medo, para muitos no clã, além do padaran ter proibido os costumes antigos.

Willa desceu para o desfiladeiro na parte de trás da toca, onde poucos Faeran se esgueiravam. Ela encontrou o local de que sua vovozinha havia falado, onde três grandes pedras tinham caído do paredão da ravina e deixado um pequeno buraco triangular que parecia nada mais do que uma rachadura na pedra.

Abaixando-se sobre as mãos e os joelhos, ela engatinhou para dentro. A rachadura se tornava tão apertada que ela precisou se apoiar em um ombro e se contorcer como uma centopeia.

Quando finalmente alcançou o outro lado, Willa rastejou para fora da fenda de pedra e se viu encolhida em um pequeno recinto fechado com paredes de varas retorcidas, úmidas e apodrecidas. Ela apertou os lábios em repulsa ao sentir o fedor úmido de galhos em decomposição que enchia o ar. Uma lama pútrida gotejava do teto.

Aquela área da toca tinha sido abandonada havia décadas e era estritamente proibida pelo padaran, era perigoso demais para integrantes do clã entrarem ali.

Ansiosa para sair daquela parte miserável da toca, ela seguiu um túnel estreito. A passagem virou, e então virou de novo, até que ela chegou a uma divisão que levava a várias direções. Willa escolheu a que subia e continuou percorrendo-a. Precisava voltar para casa, para sua vovozinha.

O interior da toca do Recôncavo Morto consistia em um labirinto de túneis feitos de gravetos entrelaçados, pretos e pegajosos pelos anos de uso, que serpenteavam pela garganta do desfiladeiro até os pequenos quartos escuros e as cavernas isoladas de seu povo. No passado, tinha sido o lar de muitos milhares de Faeran, mas agora apenas algumas centenas restavam e havia muitos lugares escuros e vazios como aquele que agora estavam abandonados, antigas áreas de armazenamento e tocas onde os Faeran tinham vivido, preenchidos com nada além dos ecos daqueles que vieram antes. Os túneis da toca se conectavam uns aos outros como buracos de minhoca que se retorciam e se contorciam na terra.

Enquanto Willa tentava se orientar de volta para casa, a ferida em seu ombro começou a latejar. Uma onda de tontura a percorreu e ela quase caiu no chão. Agarrou-se à parede para recuperar o equilíbrio e descansar. Quando tocou a ferida das costas com a mão, seus dedos voltaram vermelhos e escorregadios com sangue fresco. Graças ao lago de cura dos ursos, ela sentia uma dor latente em vez de uma dor aguda, mas seu ferimento voltara a sangrar. Se não conseguisse encontrar o caminho por aqueles túneis antigos, morreria ali e ninguém saberia. Precisava continuar.

Willa chegou a um lugar onde o túnel se dividia em três direções, e não tinha certeza de qual caminho seguir. Ela farejou o ar de cada um deles. No túnel à esquerda, pensou que podia sentir os odores distantes de seu clã. Esperava que a levasse para cima, em direção às partes mais ativas da toca, mas então ouviu um som lamuriento e perturbador vindo do túnel que descia para a direita.

Ela parou e ficou quieta tentando identificar o barulho. Não era o vento uivando como um fantasma através dos túneis vazios, como às vezes acontecia. Parecia um animal ferido.

Quando ela ouviu o som de novo, o medo se infiltrou em seu corpo. Enxugou os olhos com as costas da mão. Havia algo naquele túnel. Ela podia *sentir o cheiro*.

Sua vontade era de ir na direção oposta. Sua vontade era de voltar para casa. *Tinha* que ir para casa, mas o som...

Não era um animal choramingando.

Ela ouviu novamente.

Era uma voz.

Willa deu alguns passos incertos para dentro do túnel e colocou as mãos atrás das orelhas para filtrar o som.

Ouviu algo se arrastando pelo chão trançado de gravetos.

Então escutou algo respirando.

Seu peito começou a subir e a descer com mais força, puxando o ar para os pulmões.

Ela inclinou a cabeça e cheirou, o odor era estranhamente familiar.

Mas não pertencia àquele lugar.

Não *àquele* lugar.

A palma de suas mãos começou a suar.

Era o cheiro de um *humano*.

Como é possível? — ela se perguntou em confusão. *Não pode ser.*

Deu mais alguns passos pelo túnel em direção aos ruídos que tinha ouvido. Havia portas de gravetos trançados de cada lado, com trepadeiras espinhosas prendendo-as para que, o que quer que estivesse dentro, não pudesse sair.

Enquanto espiava através da treliça de gravetos, ela percebeu que não havia uma sala de verdade do outro lado de cada porta, mas um pequeno cercado, algum tipo de cela de prisão.

Então ela viu.

Apertado naquele buraco — trancado por paredes impenetráveis de gravetos trançados — estava um garotinho Cherokee, de cerca de 10 anos, olhando para ela com olhos arregalados e suplicantes.

12

Esse garoto humano não deveria estar aqui — Willa pensou. O povo Faeran não atacava os humanos. Eles não capturavam humanos e os mantinham prisioneiros.

Willa queria se afastar daquilo tudo. Queria correr. Não deveria estar ali. Aquela era uma parte proibida da toca. Se os guardas do padaran a pegassem ali, ela teria problemas ainda piores do que já tinha naquele momento. E a ferida em suas costas doía. Seus braços, suas pernas e todo o seu corpo pareciam fracos e pegajosos, efeito da perda de sangue.

Apesar disso, Willa ficou completamente imóvel por vários segundos, apenas tentando respirar, tentando entender enquanto os olhos castanho-escuros do menino Cherokee a encaravam.

Por que há um humano aqui? — ela se perguntou. *O que estão fazendo com ele?*

Podia ver as mãozinhas morenas agarradas à porta de gravetos que o prendia. E quando Willa espiou mais para dentro no buraco, viu que o menino estava magro, sujo e sangrando.

Ela sentiu a pontada de uma emoção estranha e desagradável se retorcendo em suas entranhas, mas rapidamente fortificou a mente. Se fosse um animal ou um Faeran naquela cela, estaria certa em sentir pena, mas não era. Era um *humano*. Inimigo do clã. Assassino de seu povo. Não era um *garoto*. Era uma *coisa*. E ela estava proibida de ter qualquer tipo de contato com aquela coisa.

— Pode me ajudar? — a coisa sussurrou com voz fraca e desesperada, afastando os longos cabelos negros do rosto.

Willa deu um passo para trás, assustada. Ela sabia que os Cherokees falavam as palavras em inglês, assim como a própria língua, mas o som daquela voz a alarmou. Ela podia ouvir a fraqueza, o medo, a fome da coisa. Podia ouvir tudo. E não queria ouvir.

— Você tem comida? — a coisa perguntou.

A criatura está morrendo de fome — ela pensou com repulsa.

Era como se alguém tivesse capturado um lince selvagem e o colocado em uma gaiola. Não importava o que se fizesse com o lince, ele continuava sendo um lince. Precisava de carne para sobreviver.

Lá fora, no mundo, nos vales do povo do dia, onde ela fazia as pilhagens noturnas, nunca passaria pela sua cabeça a ideia de ajudar um menino humano, ou mesmo de *alimentar* um deles. Os humanos eram assassinos de árvores. Como ela poderia ajudar uma criaturinha tão bestial?

Não podia dar comida àquele menino; não tinha nenhum alimento humano para dar. Willa nunca tinha visto ou ouvido falar que seu povo fazia prisioneiros, mas o padaran e seus guardas deviam ter capturado aquele humano e o colocado ali por algum motivo, algo importante para o clã. Seria um ato de grande desobediência alimentá-lo sem permissão.

Ela sabia de tudo aquilo! E também não tinha comida. Não tinha o que fazer.

— Eu como qualquer coisa — implorou o menino. — Estou com muita, muita fome. Por favor!

— Cale a boca — ordenou ela, a mente disparando de um pensamento a outro, tentando encontrar sentido no que estava acontecendo.

Então ela se lembrou.

Ela tinha algo na sacola.

Willa olhou para o corredor, primeiro para um lado e depois para o outro.

Deve ser algum tipo de prisão — ela pensou — *escondida ali na parte antiga da toca, mas se for uma prisão, deve haver guardas...*

Pensou que os guardas poderiam vir pelo corredor a qualquer momento e encontrá-la ali. E eles a puniriam por sua desobediência ao clã. Eles a trancariam em um daqueles buracos viscosos e fechariam a porta como tinham feito com o menino. Ela *não* podia ajudar aquele garoto! Era impossível.

Pegue o que você veio buscar, Willa — disse a si mesma com raiva. *Vá para casa.*

Mas não adiantou. Ela se ajoelhou no chão.

— Você tem que ficar quieto! — ela disse ao menino enquanto abria a sacola.

Observando as mãos dela, ele concordou obediente.

Quando os dedinhos dele agarraram os galhos que o prendiam, ela percebeu o marrom sob as unhas, quando ele havia tentado arranhar o seu entorno para conseguir fugir. Ela podia sentir o cheiro do seu suor e do sangue de suas feridas.

Willa enfiou a mão na sacola e tirou uma das bolotas que havia roubado da toca do homem. Em seguida, empurrou a comida esfarelenta pela treliça de gravetos que a separava dele.

O menino pegou a bolota agradecido e a enfiou na boca.

Ela o alimentou com outra bolota, e ele a comeu ainda mais rápido do que a primeira, pois aprendeu a confiar em Willa, a aceitar o que quer que ela lhe desse.

— Isso é uma delícia, obrigado — disse a criatura ao mastigar e engolir a bolota seguinte.

— Não fale comigo — ela o repreendeu ferozmente, seu rosto avermelhando-se ao se lembrar, de repente, da tolice que estava cometendo.

O garoto, assustado, recuou para a cela.

— Por que estou aqui? — ele perguntou. — Por que vocês me pegaram?

Os olhos de Willa se arregalaram em surpresa.

— Eu não peguei você! — respondeu ela.

E assim que disse essas palavras, ela se sentiu tão deslocada, tão desobediente por estar se separando do clã daquela forma tão rebelde. *Não existe eu, apenas nós.* Havia o *clã.* Havia o *nós* e o *eles.* Não havia *eu*. *Eu* era uma pessoa sozinha. *Eu* era uma impossibilidade. *Eu* era algo que murchava sozinho e morria. Somente por meio da cooperação do clã um Faeran sobrevivia.

Mas ela tinha dito aquilo, e tinha dito com força.

— Eu não peguei você — ela repetiu.

Ela sabia que fazia parte do clã, mas não queria estar relacionada com aquilo. A coisa certa era fugir dos humanos. Esconder-se deles. Roubá-los, mas não os *machucar*. Não se fazia *isso* com eles.

— Se você não é um deles, quem é você? — perguntou o menino.

A pergunta atingiu a mente de Willa como um golpe. *Quem é você?* Era a segunda vez que um humano fazia essa pergunta.

— Meu nome é Willa — disse ela, sem saber por que estava se permitindo falar com o humano.

O menino Cherokee pressionou o rosto contra a treliça de gravetos que formavam a janelinha da porta. E agora ela podia ver que a criatura a estudava, olhando para a terra em seus braços e suas pernas, e as manchas de sangue seco em seu rosto.

— Você parece estar com muita fome também — disse ele. — Você deveria comer alguns dos biscoitos.

— Coma você — disse ela, empurrando os dois últimos pelas treliças para ele. — Vou ter comida logo, logo, quando voltar para casa.

— Obrigado — disse a criatura, ao comer com gratidão os dois últimos pedaços. — Meu nome é Iska. O que vai acontecer comigo? Por que estou aqui? Por favor me aj…

O som de passos se aproximando interrompeu as palavras do menino. Willa se levantou com um salto. Os guardas da prisão estavam vindo.

13

Os dois guardas a viram na frente da cela do menino quando viraram a esquina. Eram Faeran altos e magros, de rosto severo e cinzento, braços e peitos musculosos e lanças pontudas e afiadas.

— O que você está fazendo aqui embaixo? — um deles gritou para Willa. — Pare aí!

Desobedecer às ordens de um dos guardas do padaran era uma grande ofensa ao clã, mas ela era um coelho sob as garras de um falcão. Willa fugiu rasgando pelo corredor, seguindo na única direção que poderia seguir, mais fundo na prisão, cada músculo de seu corpo estalando de medo, seus pulmões sugando o ar em um ritmo frenético.

Os guardas indignados a perseguiram, determinados a pegá-la, a perfurá-la com suas lanças. Eles a arrastariam para envergonhá-la diante do padaran por sua desobediência ou a empurrariam para uma de suas celas escuras.

Ao dobrar uma esquina, Willa ouviu os passos dos guardas atrás de si, sentiu a vibração de seus pés batendo e correndo no chão de gravetos trançados.

Ela se apoiou contra a parede e tentou se acalmar. Seu corpo inteiro zumbia. Ela fechou os olhos e tentou se fundir à parede.

Fique parada — disse a si mesma enquanto forçava seu coração a bater em um ritmo controlado. *Apenas fique parada.*

Eu sou a parede, eu sou a parede — ela repetiu em sua mente e suplicou para que fosse o suficiente.

Quando Willa conseguiu acalmar o coração e prender a respiração, os guardas passaram correndo por ela, um deles tão perto que ela sentiu o movimento do ar em sua bochecha.

— O que aquela garota estava fazendo aqui? — um dos guardas perguntou ao outro enquanto corriam, sua voz tão alta na mente silenciosa de Willa que pareceu que poderia derrubá-la da parede.

— Você viu o rosto dela? — perguntou o outro.

— Parecia uma das garotas jaetter.

— Temos que contar ao padaran.

Quando o som dos guardas desapareceu com a distância, Willa respirou fundo e se afastou da parede.

Ela imediatamente foi na direção oposta à deles, ansiosa para sair da prisão, mas, enquanto caminhava pelo corredor, passou por muitas portas de celas e viu rostos nas paredes de gravetos trançados. Eram estranhos rostos brancos com olhos azuis e olhos castanhos olhando para ela enquanto passava, seus dedos brancos como aranhas agarrados às varetas que os prendiam. Muitos outros meninos e meninas do povo do dia estavam presos em minúsculos e escuros buracos de prisão. Os rostos estavam imundos e magros pela fome. Alguns deles repletos de sangue ou desfigurados por feridas. O estômago de Willa se agitou com uma confusão apertada e retorcida enquanto ela se forçava a continuar em frente.

Ela correu de volta pelo túnel na direção de onde tinha vindo, desesperada para sair da prisão e encontrar seu caminho até as áreas onde ela e os outros membros do clã tinham permissão para estar. Nunca deveria ter entrado nos domínios proibidos da toca.

Quando finalmente alcançou um túnel ativo, seu coração se encheu de gratidão. A maioria dos túneis do Recôncavo Morto estava vazia e abandonada, mas alguns ainda eram usados com frequência pelos poucos Faeran que restavam.

Ela avistou dois deles, adultos, caminhando à sua frente, ambos carregando tinas de alimentos folhosos recolhidos pelo clã. Ela tentou parecer um membro normal do clã cuidando dos próprios assuntos, mas era difícil.

— Vá mais devagar — disse um deles para Willa enquanto ela passava correndo com a cabeça baixa.

Sua mente continuava tentando encontrar sentido no que tinha visto na prisão atrás dela, mas sabia que precisava bloquear esse pensamento. Não era assunto seu. Não era da sua conta. Eles eram prisioneiros do clã. Eram *humanos*. Eram o inimigo. O que quer que estivesse acontecendo lá embaixo, devia ser algo que o padaran queria que acontecesse. Willa nem mesmo deveria estar lá. E ela jurou que nunca mais entraria naquele lugar horrível novamente.

Enquanto corria pelos túneis da toca, com outros Faeran passando por ela de um lado para o outro, ela se manteve calada e não parou.

Ela ansiava por voltar para seu lar, para seu refúgio, para sua vovozinha, apenas para vê-la, para cair em seus braços gentis e ouvir suas palavras suaves, para voltar para a única pessoa no mundo que realmente a amava.

Mas sabia que aquele não seria o fim de tudo.

Um peso surgiu no seu peito, uma sensação sombria de mau presságio como ela nunca havia sentido antes. Dessa vez tinha passado dos limites. Não fora intencional, mas Willa tinha *visto* coisas demais. Tinha sido tão desobediente de tantas maneiras contra as leis do clã e contra a vontade do padaran que não tinha ideia do que aconteceria com ela, só sabia que não seria nada bom.

14

Quando Willa finalmente chegou ao túnel que descia para a área da toca que ela compartilhava com a avó, uma sensação morna e gentil de alívio se espalhou por seu corpo.

O que tinha visto na prisão ainda a perturbava, mas o imediatismo de seu medo e confusão começou a desaparecer enquanto ela seguia o caminho familiar para seu lar.

As paredes no trajeto para seu refúgio não eram de gravetos trançados como no restante do Recôncavo Morto, mas um labirinto de túneis de pedra perfurados e esculpidos pelo fluxo de um antigo rio.

Alguns dos túneis levavam a pequenas cavernas; outros, a becos sem saída. Um dos túneis, sobre o qual sua vovozinha a advertira várias vezes, descia para um abismo escuro. Alguns membros do clã acreditavam que o buraco sombrio do abismo era a boca de uma antiga criatura da terra. Outros achavam que era um poço sem fundo no qual a queda seria eterna. Ela e sua irmã, Alliw, costumavam se esgueirar e rastejar até a borda para espiar dentro do buraco. Uma vez, as duas jogaram uma pedra na escuridão e esperaram, mas nunca a ouviram bater no fundo. A verdade era que ninguém realmente sabia o que existia lá embaixo.

Havia muitos poços e perigos no labirinto, mas Willa conhecia o emaranhado de túneis sinuosos e interconectados de pedra melhor do que ninguém, porque era o único caminho para o refúgio onde vivia.

Finalmente, chegou ao conhecido túnel perto de seu lar, onde o teto era permeado por buracos lisos e redondos. No passado, a água do rio jorrava por eles, mas agora feixes de sol penetravam nessas aberturas e salpicavam a pedra a seus pés como raios de luz que brilhavam através das folhas de grandes árvores tocando o chão da floresta. Aquela parte do labirinto tinha sido habitada pelos Faeran no passado e, de todos os lugares na toca, era nos túneis que ela se sentia mais em casa.

As paredes de pedra eram cobertas por desenhos a carvão e pinturas coloridas das pessoas que viveram ali havia milhares de anos. Em uma parede havia muitas figuras semelhantes a palitinhos com os braços e as pernas estendidos, nadando em rios que agora eram ravinas secas. Outra mostrava multidões olhando maravilhadas para um sol escaldante bloqueado por uma forma redonda, com estrelas e planetas visíveis ao fundo. Em uma terceira parede, havia homens, mulheres e crianças Faeran de pé entre árvores altas contemplando rebanhos de grandes animais com chifres que não existiam mais no mundo.

Mas a pintura mais impressionante de todas representava o que parecia ser um rio que corria ao longo de uma das paredes do túnel; contudo, em vez de linhas curvas de água, o Rio das Almas se formava de milhares de impressões de mãos, algumas grandes, outras pequenas, algumas colocadas lá mil anos antes, e outras mais recentes.

— É bom ver você, irmã — Willa sussurrou inclinando-se e pressionando as mãos abertas nas duas menores e mais recentes marcas de mãos na parede. Quando fechou os olhos, teve uma memória perfeita de quando ela e Alliw tinham apenas 5 anos, sua vovozinha cobrindo as mãos delas com tinta vermelha — a mão esquerda de uma e a direita da outra —, e então, como se tivessem um único corpo, as pressionaram lado a lado no antigo rio do tempo.

— Nunca se esqueçam de que vocês estão para sempre entre seu povo — sua vovozinha tinha dito a ambas. — No passado, no presente e no futuro que virá.

As marcas das mãos dela e de Alliw continuavam ali, tão pequenas agora em comparação às mãos vivas de Willa, como fantasmas de quem ela e sua irmã tinham sido, mas Willa sabia que ela e Alliw permaneciam juntas em suas almas, pois entre os Faeran, que sempre nasciam aos pares, a relação entre irmãos gêmeos era sagrada. Os gêmeos sempre cuidavam um do outro, protegiam um ao outro. Não havia ato mais nobre do que apoiar um gêmeo, e nenhum crime mais asqueroso do que abandoná-lo. Era o vínculo que não poderia ser quebrado.

Sempre que ela descia por aquele túnel era como se estivesse entrando em uma época diferente, um tempo muito, muito distante, quando os Faeran e o mundo eram um só, e uma verdadeira união de parentesco mantinha o clã unido.

Willa morava ali sozinha com a avó havia tanto tempo quanto sua memória conseguia lembrar com clareza. O que viera antes disso era uma lembrança distante e nebulosa.

A irmã gêmea de sua mãe, que normalmente teria ajudado a criá-la junto com seus pais, havia morrido da doença do fungo do carvalho antes de Willa nascer. Seu pai, Cillian, e sua mãe, Nea, haviam sido mortos pelo povo do dia quando ela tinha 6 anos. E os humanos assassinaram Alliw naquela mesma noite.

Ela se lembrava da avó transtornada e devastada pela dor, andando aos tropeços dentro do refúgio da família, pegando-a nos braços e sussurrando na língua antiga:

— Sua irmã e seus pais faleceram, minha criança. Agora só restaram você e eu, e precisamos tomar conta uma da outra. Você será minha gêmea e eu serei a sua.

Willa não sabia naquela noite o que aquelas palavras queriam dizer, o que significava alguém "falecer", e não entendia como sua vida mudaria, mas aprendeu nos dias sombrios que se seguiram. Era como se alguma coisa tivesse sido arrancada dela, deixando-a sangrando, em carne viva. Ela continuou procurando por uma irmã que não estava mais lá. Continuou tentando falar com uma mãe e com um pai que não mais podiam ouvi-la. A angústia e a tristeza que ela sentia eram uma de suas memórias mais antigas e mais poderosas. Pelo resto da vida, ela sentiu um vazio sombrio em sua alma, como se algo que deveria estar ali estivesse faltando.

Já não conseguia mais se lembrar muito bem dos pais e não entendia como ou onde eles tinham sido mortos, mas os fragmentos fugazes de sua vida com a irmã gêmea antes de ela morrer a assombravam como sons de crianças brincando ao longe.

Sua vovozinha, porém, a "mãe de sua mãe", havia ficado ao seu lado durante toda a sua vida. A vovozinha tinha sido sua professora antes da morte de seus pais e de sua irmã, e cuidado dela sozinha todos os dias desde então. Ela a ensinara a falar, a se fundir, e a como se localizar entre as árvores.

Quando Willa cruzava a porta e entrava no refúgio, sabia que, custasse o que custasse, não importava como se sentisse, ou o que tivesse feito, ela podia contar com uma coisa: sua vovozinha estaria lá esperando por ela.

15

— Venha aqui, criança — a vovozinha sussurrou na língua antiga enquanto Willa entrava na toca que dividiam. Sua vovozinha era uma criatura pequena e enrugada, incapaz de ficar em pé ou de andar, mas Willa foi até ela imediatamente e passou os braços em sua volta, sabendo que ela não era tão frágil quanto parecia.

A avó tinha 137 anos, uma das Faeran mais velhas do clã e uma das últimas remanescentes das fadas da floresta dos tempos antigos. Tinha a mais bela pele escura, marmorizada com listras castanhas, pretas e brancas, e era fortemente manchada de pintinhas ao redor das bochechas e dos olhos. Sua pele era enrugada e texturizada não apenas pela idade, mas pelos anos entrelaçando-se com o ambiente ao seu redor. Os fios de seu cabelo longo e finamente trançados eram em sua maioria pretos, mas entrecruzados de cinza, marrom, vermelho e dourado, como se ela tivesse dentro de si a essência de cada pessoa que já tinha vivido.

— Onde você esteve a noite toda? — sua vovozinha perguntou com gentileza, o tom de sua voz esgarçado de amor, alívio e repreensão, tudo ao mesmo tempo.

— Me desculpe, eu tentei, mas não consegui chegar em casa, vovozinha — Willa sussurrou nas palavras antigas ao abraçá-la.

Ela e sua vovozinha sempre falavam na língua Faeran quando estavam sozinhas dentro das paredes de pedras lisas e curvas de sua toca, mas tinham o cuidado de nunca usar o dialeto na frente de outros integrantes do clã. O padaran havia proibido o uso da língua antiga décadas antes de Willa nascer, insistindo que todos aprendessem os costumes do povo do dia para a sobrevivência da toca, mas a língua Faeran foi a primeira que Willa aprendeu a falar com seus pais e avós em casa. As palavras em inglês e algumas das palavras em Cherokee, que chegaram em sua vida mais tarde, sempre foram uma dificuldade para ela, sempre retorcendo sua língua, o que tornava ainda mais difícil se integrar aos outros jaetters.

— Você está ferida — disse a vovozinha, passando as pequenas e trêmulas mãos pelo corpo de Willa. — Deite-se aqui... — ela sussurrou, dando um tapinha no espaço ao seu lado, e Willa imediatamente obedeceu, deitando-se no casulo de bambu tecido que pendia do teto por meio de trepadeiras.

Quando a maioria dos membros do clã olhava para sua avó, eles viam uma velha decrépita que não conseguia andar, mas Willa sabia que ela tinha sido alguém dada a viagens longas e distantes pelas montanhas, era uma entrelaçadora habilidosa que poderia desaparecer em qualquer plano de fundo em questão de um instante, além de ser amiga de muitos dos animais mais sagrados da floresta. Ela carregava o conhecimento da floresta dentro de si — em seu corpo antigo, em sua mente, em sua alma sonhadora — e Willa sempre tinha sido tão ávida por esse conhecimento quanto um brotinho é ávido pela luz.

Quando a avó contava histórias longas e tortuosas do passado, os outros membros do clã — especialmente os jovens jaetters — se reviravam de tédio, ou mesmo zombavam dela, mas Willa queria ouvir. Ela queria ser capaz de fazer o que sua vovozinha já havia feito. Ela queria saber o que sua vovozinha sabia.

Mas, à medida que Willa crescia, passando de uma muda a uma árvore, tornando-se cada vez mais forte em suas habilidades na floresta, sua vovozinha ficava cada vez mais fraca, o corpo afundando para o chão como um velho salgueiro cujos galhos estavam fracos demais para se sustentar.

A maioria dos integrantes do clã se alimentava da comida que os coletores traziam da floresta para a toca, mas sua vovozinha sempre tinha saído em busca do próprio alimento. Quando sua vovozinha não pôde mais sair para a floresta e encontrar comida por si mesma, Willa passou a sair e trazê-la para ela. Quando sua vovozinha perdeu o uso das pernas, Willa fez para ela uma tipoia de junco trançado para mantê-la em pé. Quando as mãos de sua vovozinha tremiam, Willa as firmava nas suas.

— Conte-me o que aconteceu com você — disse a avó enquanto examinava as feridas de Willa.

Mas Willa ficou quieta.

Sua vovozinha havia lhe dito muitas vezes como o povo do dia podia ser perigoso.

— Eu sei que o padaran espera que você roube deles — a vovozinha dissera quando Willa tinha 10 anos —, mas quando os ouvir chegando você deve correr. Quando você os vir, deve se esconder. Eles não são deste mundo, então me prometa que você não vai chegar perto deles.

A última coisa que Willa queria fazer agora era dizer à sua vovozinha aonde tinha ido e o que tinha feito. Ela ficou deitada como um cervo ferido, encolhida em silêncio enquanto sua avó cuidava dos ferimentos.

Como precisava de suprimentos, sua vovozinha usou a força de seus braços para se arrastar até um pequeno nicho na parede de pedra onde a luz se infiltrava por buracos redondos no teto até tocar uma série de plantas frondosas e pequenas árvores que ela havia plantado ali anos antes. Ela cuidava daquelas plantas desde então. Quando sua vovozinha se aproximava delas, as plantas se erguiam, não apenas em direção à luz do sol, mas também em direção a suas mãos nutridoras e a sua voz murmurante, movendo-se para a frente e para trás entre seus dedos abertos como se as folhas estivessem sendo acariciadas por uma brisa suave.

Uma das plantas era uma árvore em miniatura que crescia em uma pequena tigela de pedra. Tinha finas gavinhas de raízes crescendo para dentro da terra, um pequeno tronco curvado e uma extensão de galhos delicados para o alto que eram cobertos por minúsculas folhas verdes brilhantes.

— Obrigada, minha amiga — sussurrou sua vovozinha enquanto pegava cuidadosamente uma única folha da árvore e a levava para Willa.

Willa conhecia aquela pequena árvore por toda sua vida e tinha falado com ela muitas vezes. Sempre tinha sido uma de suas amigas mais próximas. Sua vovozinha havia lhe dito que, embora fosse pequena, aquela árvore tinha mais de 600 anos e, de certa forma, era mais poderosa do que toda a toca acima. Ela disse que a estivera protegendo, escondendo, mantendo diminuta, até que um dia ela pudesse sair para a luz do mundo e crescer como deveria.

A vovozinha pôs a folha minúscula na própria boca por um momento, depois a tirou de novo, amassou-a entre os dedos e começou a aplicá-la aos poucos nas feridas de Willa. A dor do ferimento imediatamente começou a diminuir. O lago dos ursos havia estancado o sangramento e salvado sua vida, mas agora era sua vovozinha que continuava o processo de cura.

Aquele único cômodo, aquele pequeno refúgio onde ela havia crescido com sua vovozinha desde que os pais e a irmã tinham morrido, era seu lugar de proteção, seu lar. Era o único lugar onde o mundo exterior nunca entrava. Era o único lugar onde ela se sentia verdadeiramente segura e o único lugar onde se sentia verdadeiramente amada.

Mas no meio do trabalho sua vovozinha fez uma pausa. Willa ouviu o chiado de sua respiração quando ela suspirou.

Willa estremeceu um pouco quando os dedos da avó cutucaram com cuidado a ferida e dela puxaram um pequeno pedaço de metal do tamanho de uma pedra diminuta.

Era um pedaço de bala de chumbo.

A avó franziu a testa.

— Willa — disse ela. — Você deve me ajudar a entender isso tudo. O que estou vendo aqui? Como você foi ferida? Tem algo que você não está me dizendo?

16

Quando Willa respirou fundo para falar, um arroubo de vergonha encheu seu peito.

— Fui baleada por um colono, vovozinha — disse ela, sua voz falhando e o lábio tremendo.

— Ah, criança... — lamentou a vovozinha ao abraçá-la. — Mas como é possível que essa ferida já esteja cicatrizando?

— Pedi ajuda aos lobos — disse Willa.

— Os lobos... — repetiu a vovozinha, a voz com vestígios de respeito.

— Eles me levaram para o lago dos ursos.

— Entendo — disse a vovozinha, erguendo as sobrancelhas com surpresa. — E os ursos permitiram...

— O urso-branco estava lá, vovozinha, assim como a senhora disse que ele estava. Ele não ficou feliz em ver os lobos, mas me deixou descer para o lago.

— O urso-branco salvou sua vida... — afirmou a vovozinha.

— E a loba também. O nome dela é Lúthien. Nós nos tornamos boas amigas.

Quando Willa olhou para o rosto de sua vovozinha, percebeu o orgulho brilhando em seus olhos; porém, em seguida, a expressão da idosa assumiu um ar mais sério.

— Mas ainda tem uma coisa que eu não entendo — disse ela. — Como o homem com o bastão de matar a enxergou bem o suficiente na floresta para atirar em você?

O coração de Willa afundou no peito. Aquela era uma situação da qual ela não conseguiria escapar fundindo-se ao ambiente.

— Não me diga que você chegou perto de uma das tocas deles… — disse a avó, inclinando a cabeça e estreitando os olhos para ela.

Willa não queria responder, mas a cor avermelhada de sua pele respondeu por ela. Havia momentos em que a cor era uma maldição.

— Eu entrei! — Willa desabafou desesperada. — Eu tive que entrar!

— Já lhe disse que é muito perigoso! — a avó a repreendeu. Willa podia ver sua vovozinha movendo os lábios enquanto tentava encontrar as palavras. — Você não é você lá dentro — disse ela, por fim. — Os poderes antigos não funcionam nas tocas dos novos. Você sabe disso!

— Sim, eu sei — Willa suplicou.

— Então por que você fez isso, Willa? Por quê?

— Eu queria provar ao padaran que eu era capaz, que eu poderia roubar algo bom!

— Ah, criança — disse a avó, e balançou a cabeça de um lado para o outro, colocando a mão suavemente no braço de Willa. — O padaran não merece você.

Willa franziu a testa em confusão e olhou para a avó.

— Mas ele é o padaran.

— Sim, mas não permita que ele controle o que está aqui — disse a vovozinha, tocando o peito de Willa com os dedos. — Eu sei que você está tentando fazer parte do clã. Isso é bom. Permanecer unido é um instinto do nosso povo.

— Mas o quê? — Willa a pressionou. — O que eu fiz de errado? Não entendo.

— Há muitos perigos fora da toca — disse a vovozinha com gravidade —, mas receio que haja ainda mais do lado de dentro.

— O que a senhora quer dizer, vovozinha? — perguntou Willa. — Eu não entendo o que está acontecendo.

— O padaran está fazendo mudanças na toca — disse a vovozinha.

— Eu vi um bando de guardas saindo esta manhã — respondeu Willa —, e encontrei um pássaro emaranhado em uma rede. O povo do dia está usando as redes ou é nosso próprio povo que está fazendo isso? Eles não estão tentando realmente machucar pássaros e animais, estão?

— Você sabe que não é o costume Faeran machucar nenhum dos animais da floresta — disse a vovozinha.

Finalmente criando coragem, Willa decidiu contar à avó tudo o que tinha visto.

— No caminho de volta para casa, quando eu estava em uma das partes abandonadas da toca, vi crianças humanas em celas de prisão.

Sua avó parou o que estava fazendo e ficou muito quieta, como se estivesse tentando absorver o que Willa acabara de lhe dizer.

— Crianças humanas... — sussurrou ela, como se até mesmo dizer as palavras em voz alta pudesse fazer com que os guardas do padaran entrassem correndo em seu refúgio.

— Por que, vovozinha? — Willa perguntou. — Por que os guardas estão aprisionando aqueles humanos?

— Não sei — disse a vovozinha —, mas sinto que são as decisões de uma mente desesperada.

Mente desesperada de quem? — Willa se perguntou.

— O padaran não daria ordens para uma coisa dessas, daria? O povo Faeran não faz mal ao povo do dia. Não fazemos mal a ninguém.

— Muito pouco acontece no Recôncavo Morto que o padaran não controle — disse a avó. — Você deve ter muito cuidado, Willa, principalmente agora. Muitos do nosso povo estão morrendo. Às vezes, até mesmo *saber* de algo traz a morte.

Willa estava ficando cada vez mais assustada com as palavras de sua vovozinha e com o tom de sua voz. *Saber traz a morte* — Willa ficou pensando repetidamente.

— O clã está inquieto — avisou a vovozinha.

— As equipes de coletores não têm conseguido comida suficiente para todos — disse Willa. — Eles estão irritados e infelizes. Não entendo por que o padaran não permite que mais pessoas saiam para a floresta e procurem alimentos por conta própria.

— Dizem que é muito perigoso — afirmou a avó.

— Mas é realmente tão perigoso assim sair para procurar o próprio alimento na floresta? Eu saio para roubar todas as noites, seja com os outros jaetters, seja sozinha. Os antigos Faeran não se alimentavam da floresta?

— Eu tentei ensinar a você segundo os costumes antigos, para que não ficasse em dívida com ninguém — disse a vovozinha. — Mas a maioria dos membros do nosso clã não tem mais as habilidades para sobreviver na floresta.

Willa se lembrou do que tinha acontecido com sua amiga Gillen, uma colega jaetter com quem ela costumava sair para roubar. Gillen era uma das jaetters mais duronas que ela já tinha conhecido, rápida e forte; mas, uma noite, Willa foi com ela para a floresta a fim de procurar comida. Willa encontrou algumas amoras e começou a comê-las, porém, quando olhou para Gillen, viu que a garota havia pegado um lindo cogumelo esbranquiçado. Willa saltou sobre ela, empurrou os dedos em sua boca e tirou o alimento à força.

— Cuspa! Cuspa! — ela gritou.

O cogumelo que Gillen havia escolhido era uma cicuta-verde. Um único bocado engolido a teria matado.

Willa olhou para sua vovozinha.

— A senhora se lembra de quando eu levei Gillen para procurar alimento comigo?

— Gillen não tem mãe para ensiná-la — disse a vovozinha.

— Ou uma avó — acrescentou Willa, sorrindo para a vovozinha.

— Ou uma avó — disse a idosa, retribuindo o sorriso.

— Ensinei Gillen a diferenciar os cogumelos bons dos ruins naquele espaço específico da floresta — disse Willa. — Mas estavam todos crescendo na mesma área e muitos deles eram parecidos.

— Há muito que ensinar, não é? — sua vovozinha disse gentilmente, e Willa teve a sensação de que ela não estava falando apenas de Gillen.

Willa vinha aprendendo com a vovozinha a vida toda, mas ela sabia que ainda havia muito que aprender. A avó sempre teve o cuidado de ensinar apenas o que ela pensava que Willa poderia realmente entender e usar com sabedoria.

— Uma árvore deve crescer para alcançar o céu — costumava dizer com frequência.

Os pensamentos de Willa voltaram-se para Gillen. Sua amiga morava em uma parte distante da toca, onde muitos dos jaetters dormiam amontoados em bolsões apertados, tremendo juntos durante as noites frias de inverno, gerando o calor que os mantinha aquecidos o suficiente para sobreviver. *Não existe eu, apenas nós.*

— A senhora e meus pais já moraram nas partes superiores da toca, vovozinha? — ela perguntou.

— Você, seus pais e sua irmã viviam aqui embaixo no labirinto comigo e muitas das famílias mais antigas, incluindo minha própria irmã gêmea, meu marido e muitos outros que já faleceram.

Sua vovozinha a avisara para não fazer muitas perguntas sobre como as pessoas haviam falecido, especialmente seus pais e sua irmã, para que seu coração não ficasse muito enredado em coisas que ela não podia controlar. No entanto, Willa não podia evitar.

— Os humanos descobriram a toca do Recôncavo Morto e a atacaram? Foi isso que aconteceu? Foi assim que minha irmã e meus pais foram mortos?

A vovozinha olhou para ela, mas não falou. Era como se a avó não tivesse ideia de como responder à sua pergunta, como se soubesse que a resposta em si levaria a uma série de consequências terríveis demais para se pensar.

— A senhora viu acontecer? — Willa sussurrou, seu peito apertando enquanto ela se inclinava em direção à vovozinha. — O que o padaran e os guardas fizeram quando o povo do dia atacou? Como eles defenderam a toca?

17

— Eu não vi seus pais e sua irmã morrerem, Willa — disse a avó.
— Mas a senhora tinha que ter estado lá... — disse Willa.
— Houve uma reunião do clã no grande salão naquela noite — disse sua vovozinha. — E todo mundo estava lá. Seu pai era um dos anciãos mais respeitados do clã, um guardião dos costumes antigos. Logo após a reunião, sua mãe, seu pai e sua irmã deixaram a toca pela entrada principal, que passa por baixo da Sentinela.

— Para onde eles foram? — Willa perguntou, raiva transparecendo na voz. — Por que eu não estava com eles? Por que eu estaria separada da Alliw?

— Você estava aqui, comigo — sua vovozinha disse com suavidade. — Decidi que havia chegado a hora de você aprender o canto da arvorezinha.

Willa olhou para a árvore sobre o nicho de pedra, com a luz do sol descendo pelo orifício do teto. Os Faeran do passado usavam palavras para conversar e persuadir os antigos guardiões da floresta, mas as palavras cantadas na língua Faeran eram ainda mais poderosas. Fazia tanto tempo que ela havia esquecido, mas Willa de repente se lembrou de fragmentos da música que a avó lhe ensinara para a arvorezinha, uma melodia suave e bonita. Mas a bile subiu na garganta de Willa quando ela se deu conta. Havia ganhado uma música e perdido uma irmã.

— Você se lembra agora? — sua vovozinha perguntou gentilmente.

— Lembro — afirmou Willa, sua voz falhando enquanto ela enxugava as lágrimas dos olhos. Ela não queria chorar naquele momento. Queria respostas da vovozinha.

— Sinto muito, Willa — disse a idosa. — Lamento tudo o que aconteceu naquela noite. Os três tinham saído para a floresta, mas nunca mais voltaram.

Willa olhou para ela.

— Mas o que aconteceu com eles?

— O povo do dia os pegou e os matou.

— Mas como? — Willa insistiu. — Todos eles conseguiam se fundir.

— Não sei — respondeu a mulher. — Você sabe que eu mesma ensinei sua mãe e também ensinei a Alliw. Se os inimigos viessem, eles deveriam ser capazes de se esconder...

A avó parou abruptamente, incapaz de continuar. De repente, Willa percebeu a dor que habitara nela durante todos aqueles anos, o tremor em sua mão.

— E então eu me tornei uma jaetter... — Willa sussurrou, tanto para si mesma quanto para a avó.

Willa não conseguia mais se lembrar de todos os detalhes daquela parte de sua vida, além do pesadelo vivo da iniciação — a súplica, o isolamento, a fome, o longo treinamento durante a noite.

— É a lei do padaran que todos os filhos do clã se tornem jaetters — disse a vovozinha em voz baixa, olhando-a nos olhos. — Tentei dizer a ele que era muito cedo, que você era muito jovem, que precisava de um tempo para o seu luto. Seu pai nunca teria permitido que você fosse uma jaetter se ainda estivesse vivo, mas sua iniciação começou um dia depois que seus pais morreram... Você tinha apenas 6 anos...

A voz dela sumiu e, por um momento, seus olhos se fecharam e seus lábios se apertaram. Quando voltou a abrir os olhos, ela disse:

— Você foi a última jaetter a ser iniciada no clã do Recôncavo Morto.

— Eu e Gredic.

— Sim — disse a vovozinha —, o menino também.

— Pelo menos Alliw não teve que passar por isso — comentou Willa. — Isso teria partido meu coração.

Apesar de tudo o que havia acontecido e da tristeza que sentia, Willa sabia que não era a única que tinha sofrido na toca que habitavam. O clã do Recôncavo Morto estava morrendo; definhava fazia décadas. Por causa do povo do dia assassino, dos predadores da floresta, da fome, de comer comidas venenosas, do fungo do carvalho e de outras doenças — de milhares de causas eles estavam morrendo. Os corredores vazios e os recintos sombreados da vasta toca do Recôncavo Morto eram um lembrete constante. Willa, Gredic e os outros jaetters eram os mais jovens Faeran do clã. Os poucos pares de bebês que tinham nascido nos últimos doze anos eram criaturas pequenas e doentes que não sobreviviam. Willa nunca tinha visto um bebê com os próprios olhos, e nunca tinha ouvido algum deles rir ou chorar.

Repleta de pensamentos, ela olhou para sua vovozinha.

— A senhora acha que o padaran pode nos salvar?

Ela sabia que era uma pergunta tola, claro que a resposta era "sim". A resposta *tinha* que ser sim.

Devolvendo o olhar com firmeza, sua vovozinha fez silêncio por um instante e respondeu, muito baixinho:

— Não, eu não acho.

— Mas... — Willa começou, querendo discutir.

— O padaran não pode nos salvar — sussurrou a vovozinha. — Mas você nunca deve falar sobre isso. Não deve nem mesmo pensar esse tipo de coisa. Saber traz a morte. Você entende?

Willa não entendia e começou a fazer outra pergunta, mas foi interrompida por um som fraco ao longe.

Ela se levantou de súbito.

Era o som de muitos passos vindos pelo labirinto de corredores em direção ao refúgio delas.

— O que é isso? — sua vovozinha perguntou. — Quem vem aí?

— Eles estão vindo atrás de mim, vovozinha — disse Willa, sua voz cheia de pavor.

— O que aconteceu, Willa? — a idosa perguntou, consternada. — Aonde você foi na noite passada? O que você fez?

O som tenso e amedrontado na voz da vovozinha fez Willa querer chorar, mas não tinha tempo para isso.

— Eles vão me levar para o padaran — disse ela enquanto rapidamente esvaziava um dos velhos sacos de medicamentos da avó e o enchia com o conteúdo de sua sacola. Tudo o que deixou dentro foram duas moedas de cobre que enfiou no fundo do bolso interno.

— Mas o que você fez? — repetiu a avó.

— Coisas demais — disse Willa.

A avó estendeu a mão e a puxou para trás, protegendo-a fisicamente com o próprio corpo aleijado.

— Lembre-se: fale apenas em inglês!

— Eu vou falar, vovozinha — disse Willa, mudando para palavras em inglês.

Gredic e Ciderg invadiram o refúgio, sibilando e rosnando. Quatro dos guardas do padaran seguiam logo atrás.

— Lá está ela! — gritou Gredic, apontando o dedo em forma de garra para Willa.

Quando os guardas a alcançaram, a avó rapidamente se moveu e parou no caminho para bloquear o acesso.

— Não a machuquem! — gritou a vovozinha, mas eles a empurraram para o lado e a jogaram no chão de gravetos trançados.

Essas foram as últimas palavras que Willa ouviu da vovozinha, quando os guardas estrondosos e os jaetters sibilantes a agarraram com suas mãos ossudas e ferrenhas e a arrastaram pelo túnel em direção ao Salão do Padaran.

18

Os guardas a arrastaram pelo chão, de joelhos, até o cavernoso corredor central da toca do Recôncavo Morto. Desde que ela conseguia se lembrar, entrar naquele lugar a enchia de pavor, quer sua sacola estivesse cheia, quer não. Era como se sempre soubesse que um dia chegaria àquilo.

Eles a arrastaram pela multidão fervilhante Faeran — o grupamento de jaetters, guardas e centenas de membros do clã — e a jogaram no chão, para sua vergonha, na frente do trono vazio, à espera do padaran.

Gredic, Ciderg e dois dos guardas a seguraram no chão. O ranhento Kearnin enxugou a gosma pegajosa que pingava do canto de sua boca com a mão nodosa enquanto o irmão batia os dentes pequenos e afiados e golpeava Willa com o bastão.

As bochechas dela queimavam com humilhação quando olhou para a multidão Faeran, todos a encarando agora, fechando o espaço ao seu redor, se juntando para o espetáculo de sua punição e desgraça.

Os rostos na multidão eram em sua maioria Faeran de meia-idade, com poucas avós e avôs entre eles. Muitos dos anciãos tinham falecido nos últimos anos e não havia crianças além dos jaetters sibilantes. Tendo passado a maior parte da vida dentro das paredes escuras da toca, iluminadas apenas por tochas decadentes, em vez dos prados iluminados pela lua da floresta, muitos dos Faeran possuíam a pele cinza-escura manchada, pegajosa e muculenta, como sapos viscosos, e seus cabelos caíam da cabeça grisalhos e desgrenhados. Outros tinham pele esverdeada semelhante à dela.

A maior parte dos Faeran na multidão a encarava com expressões carrancudas, ansiosos para ver sua queda. Outros acompanhavam com o olhar desesperado e temeroso, cheio de tristeza. As pessoas vinham porque tinham que vir. Assistiam porque tinham que assistir. Precisavam fazer parte do clã, não importava o que o clã estivesse fazendo. Se o clã torcia, todos deveriam torcer. Se o clã vaiava, todos deveriam vaiar. Não havia escolha — não havia como se colocar contra as ordens do padaran ou contra a vontade do clã. *Não existe eu, apenas nós.*

Muitos deles não sabiam o motivo pelo qual ela havia sido levada para lá, mas ainda gritavam e zombavam dela, pois o padaran e seus seguidores mais fervorosos haviam mostrado a eles ano após ano que ser fraco, ser arrastado, estar no chão era, em si, algo merecedor de vergonha aos olhos da toca.

— É uma dos jaetters! — um Faeran na multidão murmurou para alguém próximo.

— É a pequena fada da floresta — disse outro. — Olhe para ela! Eles realmente a pegaram.

— O que ela fez?

— Ela desapareceu durante a noite.

— Ela não deveria fugir por aí à noite sozinha.

— É aquela velha bruxa que lhe ensina isso.

— O padaran enviou grupos de busca durante a noite.

— Ouvi dizer que ela estava morta.

Mas aqui estou eu — Willa pensou, ferida e fraca, sob os cortes e golpes de mãos que a agarravam, e das palavras sussurradas, presa à força no centro do salão para que todos pudessem ver, cercada pela multidão repreensiva e murmurante; todos à espera do padaran.

Willa olhou em volta para os rostos carrancudos à procura de qualquer um que pudesse defendê-la, qualquer um que pudesse lembrar aos outros de sua lealdade ao clã ou que implorasse aos guardas para demonstrar misericórdia. Ela viu sua amiga Gillen. Tinha certeza de que ela correria para a frente da multidão, empurraria Gredic para longe e falaria com os guardas em sua defesa, mas Gillen estava parada ali apenas observando, assustada demais para se mover.

— Gillen —Willa a chamou, olhando para ela.

Gillen a encarou por um momento, seus olhos implorando para que Willa entendesse, e então desviou o olhar com vergonha.

A mente de Willa se encheu de desespero. Nem mesmo Gillen iria ajudá-la.

Willa abaixou a cabeça e lançou o olhar através do chão de gravetos emaranhados em malha, até o riacho que corria abaixo, se perguntando se ela poderia, de alguma forma, escapar para os espaços escuros sob a toca, escorregar para o riacho que a levaria para longe daquele lugar miserável.

No entanto, sabia que não havia escapatória. Nunca houve e nunca haveria. Ela fazia parte daquele clã, e o clã era parte dela, tão enredado quanto a raiz e o solo. Willa olhou para cima, além da multidão Faeran que a rodeava, em direção ao teto. O salão tinha sido construído para que muitos milhares de pessoas se reunissem ali, mas os que restavam eram um número muito menor. As paredes do grande salão se erguiam ao redor, vastas extensões de gravetos entrelaçados marrom-escuros alcançando um grande buraco aberto para o céu no alto. O que restava do teto e das paredes decadentes era sustentado pelas antigas e maciças esculturas de gravetos trançados em formato de árvores gigantes, seus troncos em colunas se elevando até um dossel estendido no alto. Milhares de folhas curvadas à mão cintilavam em verde-esmeralda, e caleidoscópios brilhantes de pássaros ornamentados de todas as formas, tamanhos e cores pareciam estar voando através dos galhos das árvores. Fazia décadas que o nome havia sido mudado para Salão do Padaran, mas na língua antiga o grande salão já havia sido chamado de Salão dos Pássaros Cintilantes. As paredes do grande salão agora estavam irregulares pela podridão; as fadas da floresta que as fizeram estavam mortas havia muito tempo, e muitas das esculturas dos pássaros se desintegraram. As únicas aves que permaneceram intactas eram as vivas — os abutres negros comedores de carniça que circulavam no buraco acima, pairando sobre o calor esfumaçado e fumegante do ar que subia, esperando por outro corpo Faeran.

Quando Willa desviou o olhar dos abutres no alto, ela notou uma pilha de trapos marrons esfarrapados no chão perto da base de uma das árvores de gravetos trançados, e então percebeu que não era apenas uma pilha de trapos. Quando olhou com mais atenção, viu o longo cabelo preto e a pele morena escura combinando com a cor e textura do que havia ao redor. Era uma mulher Faeran muito velha caída no chão, e ela estava se *fundindo*.

Vovozinha — Willa pensou, seu coração dando saltos.

De alguma forma, sua avó havia se arrastado pelo chão com os braços, trazendo as pernas inúteis atrás dela, e feito todo o caminho até o corredor, sua sacola esfarrapada de medicamentos pendurada no ombro.

Para o resto do clã, ela era um toco de mulher velha e encovada, muito rústica e enrugada para que se preocupassem em sequer notá-la; mas, para Willa, ela era uma gavinha de esperança verde e viçosa.

— *Obrigada, vovozinha* — sussurrou Willa.

Naquele momento, o salão mudou. Todas as faces na multidão empalideceram de pavor. Centenas de pares de olhos se arregalaram. Corpos ficaram imóveis e os sussurros silenciaram.

Willa se virou para ver o padaran surgindo de uma passagem atrás do trono.

O padaran se movia com uma tranquilidade autoritária, curvado com ombros gigantes, seus braços e suas pernas robustos e cheios de músculos, e os espinhos na parte de trás de seu pescoço saliente tão grossos e afiados como um porco-espinho. Sua pele não era cinzenta como a de muitos, ou listrada e salpicada de verde como a dela, mas de um bronze amadeirado. Enquanto a multidão o observava com admiração, seu rosto parecia quase reluzir em cor, cintilar como o reflexo da água em movimento no sol da manhã. Ele era o deus do clã, seu líder sagrado, seu padaran.

Willa nunca tinha visto ou ouvido falar de outro Faeran como ele. Dizia-se que ele era muito velho, embora não parecesse. Era o Faeran mais forte e vibrante que ela conhecia. Alguns acreditavam que ele era o que os Faeran costumavam ser. Outros, que era o que os Faeran se tornariam. Mas ninguém ainda vivo parecia saber, ou estava disposto a falar sobre isso, sobre quem ou o que ele era de verdade. Para os habitantes da toca, o padaran não era um ser mortal. Diziam que ele nunca tinha sido um menino ou um Faeran normal. Ele não tinha esposa, nem filhos, nem irmão gêmeo, nem nome. Ele havia descido da Grande Montanha para liderá-los e mantinha o clã unido com seu poder absoluto.

Os guardas do padaran estavam a postos para suas ordens, e seu bando de jaetters resmungões enxameava ao seu redor, mas o padaran ignorava todos eles. Ele sentou-se em seu trono de gravetos enegrecidos, retorcidos e apodrecidos, que rangeu sob seu peso. Fez um gesto em direção a Willa com um movimento do dedo em forma de garra. Gredic e os guardas imediatamente a arrastaram para a frente e a jogaram no chão aos pés do padaran.

Enquanto ele a olhava com seu olhar ardente, Willa quis murchar e se tornar uma bolinha.

O deus do clã se inclinou para a frente e pairou sobre ela com seu rosto longo, quadrado e protuberante e suas mandíbulas enormes e mordazes.

— Por que meus guardas trouxeram você perante mim dessa forma? — rosnou ele. — Onde você esteve, jaetter?

19

Willa queria permanecer forte. Queria ser corajosa, confrontá-lo, mas não conseguia evitar que o corpo tremesse. O olhar ameaçador do padaran era quase insuportável.

— O que você fez, jaetter? — rosnou ele, em voz baixa.

Willa sabia que o padaran já estava ciente de muito do que ela havia feito. Ele queria que ela se explicasse, implorasse por perdão; porém, mesmo estirada no chão diante dele, sob a ameaça de sua presença, Willa não conseguia encontrar o lugar escuro e submisso dentro de si para pronunciar as palavras que ele queria ouvir.

— Não sei por que seus guardas me trouxeram aqui — disse ela, contrariada. — Sou um membro leal do clã.

A multidão ofegou boquiaberta com aquela insolência. Nada além de subserviência e pedidos de desculpas eram permitidos aos pés do padaran.

Gredic se lançou e a espetou com o bastão, indignado por ela não estar choramingando em submissão.

O salão inteiro irrompeu em murmúrios, mas o padaran ergueu a mão de dedos em forma de garras aberta e a fechou, lançando o salão em silêncio imediato.

O padaran pegou sua longa lança de aço com a mão direita. Os jaetters, os guardas e todos na multidão o tinham visto usar a lança do poder muitas vezes para matar os Faeran que cometiam crimes ou agiam contra a vontade do clã. A lança do padaran era o único metal permitido no Recôncavo Morto, além dos que os jaetters traziam de volta em suas sacolas, e cada pilhagem deveria ser sempre entregue ao padaran no momento do retorno.

Ainda segurando a lança, o padaran olhou para Willa caída no chão à sua frente.

— Vou lhe dizer por que você está aqui — disse ele, sua voz com um tom sombrio e severo, os olhos percorrendo rapidamente a multidão que acompanhava. — Na noite passada, você passou pela Sentinela. A Sentinela vê tudo, e eu também. Você não apenas saiu da toca sem minha instrução ou permissão, mas também sem os outros jaetters. Você saiu para roubar sozinha.

Os olhos do padaran se moveram de um lado para o outro percorrendo os rostos da multidão, avaliando a reação enquanto falava.

— E quando você enfim voltou, entrou de volta na toca sorrateiramente como um rato, sem se reportar a mim ou aos meus guardas. Você entrou em lugares na toca onde sabia que não tinha permissão e fez coisas que sabia que eram erradas.

Quando ele chegou ao último dos crimes de Willa, seu tom era um rugido cruel.

— Qual é o significado desse comportamento, jaetter?

As paredes do salão pareciam vibrar com o poder de sua voz e as pessoas se encolheram de medo.

Willa queria gritar com ele dizendo que tinha se machucado e que precisava da ajuda dele, mas sabia que ele não se importaria, e, se descobrisse que ela havia sido baleada por um colono, isso o irritaria ainda mais.

Ela podia ouvir os murmúrios de hostilidade direcionados a ela se propagarem na multidão, e o padaran parecia sentir também. Ele se inclinou em direção a ela e gritou:

— Este é o seu clã, jaetter! Este é o seu povo! Tudo o que você fizer deve ser para o benefício alheio! Você compreende o mal que causa a eles quando se separa de mim e dos demais membros do clã, quando faz essas coisas por conta própria? Os membros de um clã devem ficar juntos. Devemos lutar uns pelos outros! Cuidar uns dos outros! Não existe eu, apenas nós.

Ao dizer essas palavras, sua voz ribombou e sua pele reluziu, e as pessoas olharam para ele com adoração no olhar.

Quando ele se empertigou mais uma vez e deu um passo em direção a ela com a lança na mão, o enxame da multidão recuou de medo. Os jaetters se encolheram. O coração de Willa batia forte no peito. Ele enfiaria a ponta da lança de aço no corpo dela a qualquer momento.

— Você deseja morrer, é isso? — ele questionou. — E, depois de tudo o que fez de errado, você não veio até mim quando voltou para a toca. Você foi arrastada para o meu trono pelos meus guardas contra a sua vontade. E parece ter vindo de mãos vazias. Você não tem *nada*! Você já foi uma boa jaetter, mas agora não vejo nada diante de mim além de uma criatura sem clã.

Essas foram as mais duras das palavras. Um Faeran sem clã não sobrevivia. E as palavras do padaran não eram apenas um castigo ou uma repreenda. Eram uma ameaça. Com um golpe da lança, ele poderia matá-la, mas, com o rugido de uma ordem, ele poderia expulsá-la — um destino que grande parte dos Faeran considerava mais cruel do que a própria morte.

— Você deseja morrer de fome, é isso? — ele perguntou. — Você deseja congelar sozinha no frio do inverno? — continuou, levantando a voz enquanto o enxame ao redor sibilava e zombava dela. — Você age como uma garota que não entende o valor do clã que a protege!

Vendo que não havia como ela se defender, Gredic correu e agarrou a sacola de Willa. Tentou arrancá-la, mas ela estava em alerta esperando o ataque e se colocou em pé com um salto, pressionando a sacola ao lado do corpo. O padaran recuou para deixar os dois jaetters lutarem entre si, mas o irmão de Gredic, Ciderg, avançou. Ele a golpeou com tanta força que ela caiu no chão, ofegante, com as costelas queimando. Ciderg arrancou a sacola de suas mãos e a entregou ao irmão.

Gredic a ergueu para que todos conseguissem ver.

— Está muito leve! — ele exclamou triunfante, e a multidão gritou e urrou em resposta. Todos ali tinham sido testemunhas da rivalidade entre os jaetters por anos, todos os truques e arrancadas, ascensão e queda.

Mas, enquanto Gredic vasculhava a bolsa, ficou claro pela expressão sombria em seu rosto que algo estava errado.

— Não pode estar vazia — resmungou ele confuso. — Não pode ser...

Mas então ele silvou de prazer.

— O monstrinho sorrateiro escondeu alguma coisa em um bolso secreto... Ela está tentando ficar com isso! Está tentando roubar do clã!

Então Gredic ficou em silêncio.

Sua expressão mudou.

Ficou evidente para todos que ele havia descoberto algo tão deliciosamente perverso na sacola que nem ele conseguia acreditar na própria sorte.

Ele ergueu duas pequenas moedas marrons acima da cabeça.

— Depois de todos os problemas que ela causou, tudo o que Willa conseguiu ontem à noite foram essas duas moedas de cobre! — ele gritou acima do clamor crescente da multidão. — Duas moedas de cobre! Isso foi tudo o que ela conseguiu!

Enquanto Willa se recompunha lenta e dolorosamente, ficando de joelhos e depois se levantando, o padaran se moveu em sua direção com a lança em punho.

Diante dele, Willa não desviou o olhar como os outros sempre faziam. Ela o encarou de igual para igual.

Meu nome é Willa — ela pensou, desafiadora.

Mas, enquanto o padaran a estudava, a maldade na expressão dele pouco a pouco se transformou em algo mais cauteloso e incerto, não apenas zanga. E essa agora era a única esperança de Willa.

Ela havia entrado furtivamente na casa do colono e roubado seus pertences para chamar a atenção do padaran e ganhar seus elogios. Entretanto, agora que o sol havia nascido e o brilho forte do olhar do padaran estava focado nela, seu coração batia forte no peito.

Haveria elogio ou punição?

A pele cor de bronze no rosto do padaran parecia reluzir quando ele se virou para Gredic. Olhou para as duas moedas na mão dele e depois para a multidão. E então, finalmente, seus olhos se voltaram para ela.

— É realmente isso que você me trouxe? — perguntou o padaran. — Você foi uma jaetter forte e eficaz para este clã, rápida nas mãos e hábil no pensamento. Mas, duas noites atrás, você falhou, voltou com uma sacola vazia. E na noite anterior ela também estava leve. E agora isso... É essa a pilhagem que você trouxe para o seu padaran?

Willa encontrou o olhar dele e o sustentou tão firmemente quanto conseguia, mas não falou.

— Me responda — ele ordenou com um rosnado. — É isso que você me trouxe, Willa?

20

— Não, meu padaran — Willa disse, por fim, com suavidade e muito respeito. Mas então sua voz assumiu um tom mais intenso. — Isso é o que eu trouxe para Gredic.

Gredic sibilou e se moveu na direção dela, mas o padaran apontou o dedo com garras para o jaetter.

— Você, fique bem aí — rosnou ele, e Gredic parou no meio do caminho, assustado demais para dar outro passo.

Quando o padaran olhou para Willa, uma expressão de quem aos poucos entendia o que estava acontecendo apareceu em seu rosto.

— Gredic e os outros jaetters têm roubado sua pilhagem...

Willa concordou.

— Sim, meu padaran. Ele conseguiu suas duas moedas desta vez, como eu sabia que ele conseguiria.

— É mentira! — gritou Gredic. — Trago para casa uma boa pilhagem todas as noites! O senhor sabe disso! A monstrinha está mentindo!

— Se me permite, meu padaran — disse Willa —, gostaria de sua permissão para caminhar até aquela árvore ali para que eu possa lhe mostrar uma coisa.

O padaran olhou em direção à coluna de gravetos trançados e depois para Willa, seus olhos se estreitando de curiosidade.

— Você pode ir — disse ele.

Willa percebeu que os olhos do padaran perpassaram pelo salão. Não tinha certeza, mas parecia quase como se ele estivesse tentando avaliar a reação da multidão ao que estava acontecendo. Ela havia notado no passado que, embora ele fosse o grande líder do clã, parecia muito preocupado com o que seus súditos estavam vendo quando olhavam para ele, o que pensavam naquele momento.

Caminhando até a árvore de gravetos trançados, ela sentiu e ouviu o momento em que as pessoas na multidão atrás dela perceberam que, na verdade, havia uma velha deitada na base da árvore.

— Posso pegar sua sacola emprestada, avó? — Willa perguntou, usando o título mais formal que pôde para sua vovozinha, lembrando as pessoas de uma forma singela e tranquila que ela mesma era apenas uma menina, com uma avó e um clã, e que respeitava os costumes antigos de seu povo. Willa sabia, de observar o padaran, que as palavras tinham poder, o poder de persuadir e o poder de enganar.

Quando sua vovozinha lhe entregou a velha e esfarrapada sacola, encontrou o olhar de Willa. *Tenha cuidado, minha criança* — ela parecia estar dizendo.

— Obrigada, avó — disse Willa.

— Que tipo de truque é esse? — Gredic sibilou em protesto quando Willa voltou com a sacola de medicamentos de sua vovozinha e a ajeitou diante do trono. — Eu trouxe isto para o senhor, meu padaran...

— E o que é? — perguntou o líder.

Tomando isso como sua deixa, Willa se adiantou e colocou a mão dentro da sacola.

— Meu padaran, o senhor pode, por favor... — ela perguntou baixinho, e então, diante dos olhos da multidão, Willa despejou uma cachoeira de moedas de prata nas mãos abertas em concha do padaran.

Gredic se contorceu de angústia.

— É um dos truques sujos da monstrinha!

— Você se saiu muito bem, pequenina — disse o padaran, usando o termo "pequenina" para Willa como se ela não fosse apenas uma ladra jaetter, mas novamente uma filha do clã que deveria ser protegida e honrada. *As palavras têm poder,* Willa voltou a pensar. Ele sabia. E ela também.

— Mas isso não é tudo, meu padaran... — disse ela enquanto tirava maços de notas verdes amassadas da sacola e os colocava nas mãos dele.

A multidão explodiu em sons de satisfação com as riquezas que ela trouxera. Então ela puxou as pontas de flecha Cherokees, altamente valorizadas no clã, que podiam ser usadas na ponta de lanças.

— Você deixou o padaran satisfeito, minha filha — disse o deus do clã, enquanto Willa enchia suas mãos de tesouro, o elogio jorrando dele como veneno de uma ferida purulenta.

Willa podia ver sua avó, que a observava, e o padaran com olhos firmes, como se estivesse vendo desenrolar o enredo de uma peça.

— Mas isso não é tudo... — Willa acrescentou.

Enquanto ela lentamente puxava as joias de prata cintilantes que roubara da toca do homem e as colocava nas mãos do padaran, os olhos dele se arregalaram e sussurros de aprovação percorreram a multidão.

Não restava dúvida agora, tinha sido uma pilhagem grande e generosa, mas não era importante apenas porque o padaran e seus guardas poderiam vender e negociar esses objetos para o benefício do clã. Não se tratava apenas de dinheiro e bens de valor. O tamanho e a tradição da pilhagem de um jaetter eram o símbolo de sua lealdade ao padaran, seu acolhimento e aceitação de tudo o que mantinha o clã unido.

Contudo, enquanto o padaran, os jaetters e todos na multidão a olhavam com olhos brilhantes, Willa sentiu uma vergonha estranha e persistente.

Muita coisa passara a depender de sua pilhagem a cada noite: se era maior ou menor que a de Gredic, se o padaran ficaria satisfeito ou furioso; mas, no fundo, ela não conseguia evitar de se perguntar que diferença tudo aquilo fazia para ela, para seu povo e para a floresta em que todos viviam.

Gredic rastejou no chão ao se aproximar do padaran como uma criatura escorregadia.

— O senhor sabe que sou seu servo leal, meu padaran...

Willa observou os olhos do padaran desviarem com relutância para ele.

— O senhor sabe que pode confiar em mim... — disse Gredic.

— Fale o que você tem em mente — contrapôs o padaran, ríspido.
— O que a monstrinha disse não é verdade. Nós não temos roubado a pilhagem dela. Ela é quem tem roubado a nossa. Esta pilhagem é nossa, nossa para entregar ao padaran. Ela a roubou de nós e escondeu com a velha bruxa. Todos nós sabemos que a monstrinha também é uma fada da floresta. Ela não consegue esconder.

A gangue de jaetters a cercou e começou a emitir um silvo lento e constante em uníssono com as acusações de Gredic contra ela, e o coração de Willa se apertou um pouco. Sabia que agora não importava mais o que dissesse ou fizesse, a maioria deles apoiaria a reivindicação de Gredic contra ela.

Willa olhou para Gillen. Os olhos da amiga brilhavam de raiva pela forma como os jaetters se voltavam contra ela. No entanto, quando Gillen avançou para defendê-la, Kearnin e os outros jaetters a empurraram para trás. Willa então se voltou para sua vovozinha, mas o que a idosa poderia fazer por ela? Como poderia salvá-la?

O padaran se virou para Willa, seus olhos se movendo do rostinho listrado e manchado para a pele cor de folha em seus braços e suas pernas, para sua cabeça de cabelos longos e escuros.

— Seu colega jaetter fez uma acusação contra você — disse o padaran. — Você pode provar que esta foi a sua pilhagem? Pode provar que não a roubou de Gredic?

Willa encontrou os olhos do padaran. Ela sabia que ele era muito mais inteligente do que as outras pessoas no salão, muito mais inteligente do que Gredic, e que ele já sabia a resposta para todas as perguntas que fazia. Sabia que aquela era a pilhagem de Willa. Sabia que ela havia ludibriado Gredic, mas queria vê-la enfrentar esse novo desafio.

Willa sustentou o olhar do padaran em silêncio por vários segundos, seu peito apertando de frustração. Agora ela precisava provar; não apenas se aventurar no vale a quilômetros de distância e se esgueirar para dentro da toca de um homem assassino. Não apenas levar um tiro e rastejar de volta ao Recôncavo Morto, lutar, se esconder, se fundir e correr. Ela sentiu aquilo fervendo dentro dela. Agora tinha que *provar*, *provar* que ela realmente tinha roubado aquelas coisas, *provar* que era leal ao clã, *provar* que era leal ao padaran.

Willa olhou para Gredic e para os outros jaetters, e para a multidão Faeran que aguardava sua resposta. Então olhou para a avó, que observava ela e o padaran.

Por fim, ela concordou.

— Sim, acho que posso — afirmou.

Em seguida, ergueu a sacola e a segurou acima da cabeça.

— Se o que você diz é verdade, Gredic, que roubei esta pilhagem de você, então não terá problema para contar a todos aqui o que resta dentro desta sacola.

Ela podia ver Gredic furiosamente tentando entender o que ela estava fazendo. Podia vê-lo tentando pensar em tudo aquilo. Ela já havia colocado tantos tesouros nas mãos do padaran, como poderia haver mais ainda na sacola?

O rosto de Gredic se transformou numa careta de incerteza.

— É outro truque! — ele declarou.

— Você afirma que esta é a sua pilhagem — disse ela para que todos ouvissem. — Então, ainda resta alguma coisa na sacola ou está vazia agora?

21

*G*redic a estudou com seus olhos estreitos, enquanto o rosto se contorcia lutando com a pergunta dela. Ele olhou para a sacola murcha e depois de volta para Willa.

— Está vazia — disse ele. — Não sobrou nada de valor aí dentro.

— Gredic está certo — Willa declarou em voz alta, enquanto olhava para os rostos na multidão.

Mas então ela deu as costas e se voltou para o padaran.

— Ele está certo ao dizer que o que resta na sacola tem pouco valor monetário; com certeza não tem nenhum valor para *ele*. É um presente pessoal meu para o padaran, para agradecer-lhe por tudo o que fez por mim e por nosso povo.

Todos observaram Willa enfiar a mão na sacola e puxar uma bolsinha de tecido marrom. Ela inclinou a cabeça em um gesto de respeito e entregou ao padaran o tabaco de mascar que tinha roubado da toca do homem do povo do dia.

Willa sabia que o tabaco que os humanos usavam era um dos prazeres mais privados e amados do padaran. Os ombros dele se moveram com uma ansiedade fervente enquanto puxava o tabaco para suas mãos cobiçosas, não apenas porque estava contente com o presente, ou porque as palavras dela o haviam sensibilizado, mas porque amava a forma conspiratória com que ela enganara seus rivais. Ele era o deus do clã, mas Willa sabia que, no fundo, ele se nutria do deleite de pensar que ela havia aprendido o poder do engano com ele. E a verdade era que ela tinha mesmo. Willa o observara durante toda a sua vida, aprendendo a como ganhar seus sorrisos e evitar seus ataques, como não apenas perseverar, mas prevalecer no mundo que ele havia criado.

— Esta é uma pilhagem muito boa, Willa — disse o padaran, usando o nome dela da maneira mais poderosa.

Gredic e os outros jaetters explodiram em desprezo, silvando e rosnando. Eles balançavam os corpos e rangiam seus dentinhos afiados. Apesar de todos os erros que ela cometera contra o clã, mais uma vez ela havia mudado suas cores e escapado sorrateiramente. Ela era o rato que sempre fugia das garras de todo mundo!

E os jaetters sabiam que as palavras dela para o padaran faziam parte de sua astúcia. *Eles* eram os leais, não ela!

Mas o pior de tudo, Gredic, Ciderg, Kearnin e os outros sabiam que o tempo de Gredic como o líder dos jaetters estava minguando.

No entanto, apesar de todas as vitórias, Willa não conseguia sentir a glória do momento do jeito que achava que sentiria. No fundo, as ações que executara e as palavras que dissera a haviam deixado fria e vazia. Trouxera para casa a sacola mais cheia do que nunca, estava cercada por seu clã e fora elogiada pelo padaran. Era o que ela sempre havia desejado; mas só conseguia pensar — e a única sensação que queria sentir — era na amizade dos lobos, na aceitação dos ursos e na visão do lago brilhante. E então — para sua surpresa —, ela pensou no que o menino humano havia chamado de "biscoito". Naquelas pequenas bolotas peculiares que ela havia passado através da malha de gravetos da cela da prisão.

Por alguma razão, parecia que *isso* — ajudar o menino humano confinado nas prisões escuras de seu clã —, essa coisa estranha e perigosa que vinha do interior mais profundo do seu ser, o *eu* em vez do *nós* do clã, tinha sido sua recompensa mais satisfatória do que voltar para casa com a sacola cheia.

Sua mente sempre retornava para um pensamento: a maneira como o homem com seu bastão de matar havia olhado para ela quando a encontrou ferida no celeiro. Ela se lembrou do jeito como ele tinha falado com ela em tons suaves e encontrado um pano para cuidar de sua ferida. Todos os outros pensamentos se transformaram em um vão turvo e confuso, mas aquele único ato de bondade ainda habitava sua cabeça e seu coração como nada antes já havia habitado.

Enquanto os jaetters desdenhavam dela, o padaran a fitava e o resto do clã assistia a tudo, Willa se virou para a avó na extremidade do salão.

Os olhos da avó estavam fixos nela, agarrando-se a Willa com todas as forças que conseguia reunir; mas o olhar dela não era de orgulho ou felicidade ou mesmo de alívio por suas realizações. Estava cheio de preocupação. Parecia que sua vovozinha pensava: *Você está se fundindo de uma maneira que eu nunca lhe ensinei. Mas está nos mantendo vivas.*

Quando Willa se voltou para o padaran, ficou surpresa ao ver que ele não olhava para a multidão como normalmente fazia, ou mesmo para ela, mas para o outro lado do salão, onde estava a idosa.

Willa sabia que a avó tinha vivido uma vida tranquila e pacífica por muitos anos, mesclando-se ao resto do clã, nutrindo as plantas em seu refúgio e criando a neta; mas agora os olhos dele estudavam sua avó como se ele estivesse se perguntando que tipo de trapaça a velha tinha trazido para seu salão.

Então ele voltou devagar a olhar para Willa.

— Venha cá, Willa — ele ordenou, num tom cheio de comando que fez o sangue dela gelar.

Com essas palavras simples e contundentes, o salão ficou em silêncio. O peito de Willa se apertou.

Não tendo escolha, ela deu um passo em direção à presença iminente do grande líder.

— Quero que me diga de onde foi que conseguiu essa pilhagem — disse ele.

— Eu roubei, meu padaran — disse ela, tentando soar orgulhosa, mas sua voz tremia. Era uma verdade, a qual Willa sabia que deveria se orgulhar aos olhos dele. Tinha sido ele quem a ensinara a roubar, a enganar; mas ela sentiu o calor subindo para suas bochechas. Ele tinha visto alguma coisa. Ele tinha *sentido* alguma coisa.

— Onde você roubou isso? — ele perguntou.

Ciente de que ele se enfureceria se descobrisse que ela havia se arriscado entrando na toca de um colono, ela não respondeu.

— Onde você conseguiu tudo isso, Willa?

O padaran sabia que ela não queria divulgar seus segredos para os rivais, mas ele a pressionou mesmo assim. Ele parecia sentir que alguma coisa que ela tinha visto ou feito no mundo a havia transformado de algum modo.

Quando ele se aproximou dela, uma gota de suor pingou de seu rosto para o cabelo de Willa. Ele estava tão perto que ela podia sentir o cheiro almiscarado que emanava dele. Willa queria desesperadamente se encolher para longe, mas sabia que não podia.

Ele inclinou o rosto no pescoço dela e a farejou.

— O que é esse cheiro que sinto em você? — ele questionou.

— Nada, meu padaran — disse ela o mais rápido que pôde.

— Você andou tocando algum tipo de... — ele fez uma pausa, aproximou a cabeça e a farejou de novo — ... algum tipo de animal? Que tipo de animal é esse que estou farejando?

— Nada, meu padaran — ela repetiu.

Ele agarrou seu ombro com a mão esmagadora.

— Você virá comigo.

22

Era um comando do padaran, então Willa não teve escolha a não ser segui-lo. O deus do clã a puxou para trás do trono e através de um arco de gravetos trançados que levava a uma passagem estreita.

Ela tentou abaixar os espinhos arrepiados em sua nuca com a palma da mão, temendo que mostrassem a crescente sensação de pavor que percorria seu corpo naquele momento.

Ainda carregando a lança do poder, o padaran a conduziu ao santuário interno de sua toca particular, uma parte fortemente protegida a qual ela e os outros membros do clã nunca tiveram permissão para entrar. Era uma grande honra, mas ela não podia evitar perceber que não estava sendo convidada; estava sendo trazida à força.

Cada instinto de seu corpo dizia para ela correr, para ficar longe dele; mas o padaran caminhava rápido e firmemente, atraindo-a com a força sombria e invisível da sua vontade.

Dois guardas a pressionavam a seguir em frente com as lanças afiadas apontadas para suas costas. Um deles era Lorcan, o comandante dos guardas do padaran.

Lorcan era o guarda Faeran mais alto que ela já tinha visto, com pernas e braços longos e finos. Tinha um cabelo bagunçado da cor de galhos podres, a testa alta como uma rocha protuberante e olhos negros esbugalhados. Ele já servia ao padaran muito antes de Willa nascer.

Presa entre o padaran à sua frente e os dois guardas atrás, ela foi subindo pelo estreito e sinuoso túnel de gravetos trançados, tão estreito que os ombros do padaran arranhavam as paredes e tão íngreme que suas panturrilhas queimavam. Quando finalmente chegaram ao recinto no topo, ela ofegou diante do que viu.

A sala brilhava com a luz alaranjada de muitas tochas acesas. E estava abarrotada do chão ao teto com centenas de objetos do povo do dia: desde ferramentas que ela vira em celeiros de colonos até estranhos instrumentos mecânicos de todas as formas e tamanhos. Não tinha ideia de para que serviam todas aquelas coisas confusas ou por que estavam ali.

Ela pensava que o padaran vendia e trocava seus ganhos com o povo do dia por comida e outras necessidades do clã; mas agora via que ele vinha adquirindo esses objetos ano após ano e os escondera por todo esse tempo.

— Se queremos sobreviver — disse o padaran —, devemos entender as ferramentas e as armas do nosso inimigo.

Ela alcançou um dispositivo de metal de aparência complicada com círculos de metal, raios e muitas alavancas, mostradores e botões de girar.

— Os recém-chegados usam isso para olhar o terreno e planejar os caminhos das estradas que constroem — disse ele. — Os humanos parecem não conseguir compreender o mundo, ou mesmo encontrar o seu caminho através dele, até o terem medido e marcado nos seus mapas.

Enquanto ele falava, seus longos dedos em garras acariciavam as rodas e os botões do dispositivo possessivamente. Ele não parecia saber como usar a máquina, mas a segurava como se dominasse e controlasse seu poder interno.

Em seguida, o padaran foi até uma coleção de martelos, cravos e outros acessórios de ferro.

— Os homens barulhentos usam isso para estender os longos trilhos de aço que as feras fumegantes seguem para dentro da floresta — disse ele, pegando um dos cravos de ferro. — Este é o futuro — declarou, enquanto olhava o objeto de metal com verdadeira reverência no semblante.

Era difícil não se deixar levar pela confiança e pelo conhecimento que o padaran tinha do mundo exterior, mas ela não entendia. Ele estava querendo dizer que o futuro pertencia àqueles que controlavam o metal? Ou que mais daquelas coisas chamadas de feras fumegantes por ele estavam chegando? Ou que o ferro era a direção que ele tomaria para o clã do Recôncavo Morto? Ou que o próprio cravo possuía algum tipo de poder mágico?

Mas o mais perturbador de tudo era que ela nem tinha certeza se *ele* sabia a resposta. O padaran parecia convencido de que o poder dos humanos residia naqueles estranhos objetos de metal, mas não parecia realmente entender o propósito dos dispositivos ou como usá-los. Era como se achasse que apenas os possuindo ou os tendo por perto ele absorveria seu poder de alguma forma.

Ela havia observado o padaran durante toda a vida. Ele era a coisa mais próxima que ela tinha de um pai. Ele sempre havia sido um líder forte e enérgico para o clã, alguém que ela admirava, alguém que ela temia; mas aparentemente ele passara incontáveis horas naquela sala, segurando aqueles objetos nas mãos, estudando-os, tentando adivinhar seus segredos ocultos. Aquelas coisas haviam se tornado uma obsessão em sua mente.

Quando os olhos dela foram atraídos para um longo tubo de latão reluzente montado em um suporte de três pernas, ele disse:

— Dê um passo à frente e o examine.

Parecia um dos poucos dispositivos que ele realmente descobrira como usar.

Incerta, Willa estudou a engenhoca se perguntando se o seu propósito era arrancar os olhos das meninas quando elas agiam contra a vontade do clã.

Vendo Willa vacilar, ele colocou a mão sobre o aparelho para firmá-lo e mantê-lo sob seu controle, como se para deixar claro que só através dele o objeto seria seguro para ela usar.

Acalmando a respiração o melhor que pôde, Willa se aproximou, inclinou-se devagar para a frente e colocou o olho na extremidade do longo tubo. Quando ela piscou, o movimento fugaz de seus cílios a assustou tão fortemente que ela saltou surpresa para trás.

— Agora vença o seu medo e tente de novo — disse ele. — Feche o olho esquerdo e olhe pelo direito.

Quando ela se inclinou para a frente, apertou primeiro um olho e depois o outro, até que começou a ver a luz passando pelo tubo. Então ela teve um vislumbre de vários Faeran parados conversando entre si. Ela se afastou com espanto. Aquelas pessoas não estavam na sala, mas ela as via claramente!

— Os humanos chamam isso de telescópio — disse ele, mostrando a ela uma pequena abertura na parede pela qual o tubo estava apontado. Quando olhou pelo buraco, Willa viu os Faeran reunidos no Salão do Padaran bem abaixo deles, como abelhas em uma colmeia lotada. Daquele ponto de vista privilegiado, o padaran poderia espionar todos os Faeran no grande salão, mas outros usos para o dispositivo imediatamente surgiram na mente de Willa.

Observando-a, o padaran perguntou:

— Você entende o poder dessa máquina?

— Entendo — ela respondeu, animada. — Se o senhor a levasse para o topo da Grande Montanha e apontasse para fora, poderia ver a borda do mundo.

Os olhos do padaran se arregalaram um pouco. Ela percebeu que não era uma ideia que lhe havia ocorrido.

— Agora me siga — disse ele, arrastando-a pelo braço, os dois guardas seguindo-os de perto.

Ao deixarem o tesouro de objetos de fabricação humana do padaran para trás, eles cruzaram uma série de salas escuras e vazias com teto em ruínas e paredes em decomposição; uma interligada à outra, uma vasta colmeia de centenas de tocas Faeran abandonadas. O mundo sombrio dos quartos vazios e gotejantes tinha sido antigamente as câmaras mais luxuosas dos Faeran do passado, mas agora cheirava a um mofo preto que escorria.

Quando ela olhou para trás, os guardas pareciam tão ansiosos para deixar aquele lugar decadente quanto ela.

O padaran se moveu rapidamente pelos recintos abandonados, com a intenção de alcançar algum ponto distante do outro lado.

Finalmente, eles chegaram a uma área onde as paredes das salas e dos corredores ainda estavam quase intactas e um pouquinho de luz se infiltrava por pequenos orifícios no teto de madeira. Eles cruzaram um recinto que parecia diferente de qualquer refúgio Faeran que ela já tinha visto. Limpo e seco, era adornado por móveis humanos — uma mesa, uma cadeira, um espelho, um castiçal para vela de cera, uma pequena caixa decorativa para guardar tabaco, até travesseiros e cobertores de lã. Willa ficou assustada ao entender que aquele parecia ser o quarto de um humano dentro da toca do Recôncavo Morto.

Mas o quarto não cheirava a humanos.

Cheirava ao padaran.

Era a toca particular do padaran; mas o que a surpreendia era que não havia um casulo de juncos trançados como aquele em que ela e os outros Faeran dormiam. O padaran parecia dormir em uma grande cama de madeira do povo do dia!

— Venha por aqui — disse ele, puxando-a pelo quarto rumo ao seguinte.

Eles alcançaram uma passagem estreita e subiram um túnel sinuoso em direção a algo que tinha cheiro de ar fresco, mas a mente de Willa não conseguia ignorar o que ela acabara de ver.

A coleção de objetos do povo do dia do padaran... A cama humana na toca dele... Por que ele acha que não vou contar a ninguém sobre o que estou vendo aqui? — ela se perguntou. *Para onde ele está me levando?*

Saber traz a morte. As palavras de sua avó penetraram seus pensamentos.

O padaran abriu com sua lança de aço uma porta de gravetos trançados e puxou Willa para fora, para uma área densa e isolada da floresta. Lorcan e o outro guarda vieram logo atrás dela com suas lanças enquanto o padaran a conduzia por uma trilha estreita, cheia de galhos curvados e retorcidos de árvores enegrecidas.

Olhando ao redor, Willa percebeu que haviam saído em algum lugar no lado superior da Grande Montanha, logo acima da toca, mas ela nunca tinha estado naquela área da floresta antes. Em ambos os lados do caminho ela viu o que pareciam ser ossos brancos e montinhos marrons apodrecendo nas folhas.

Uma sensação nauseante invadiu seu estômago.

Para onde estão me levando? — ela voltou a se perguntar. *E por que o padaran ainda está carregando a lança?*

— Lá nos meus aposentos, você viu as máquinas dos humanos — disse o padaran enquanto caminhavam.

— Sim, meu padaran — respondeu ela, olhando para trás na direção de Lorcan e do outro guarda, imaginando se conseguiria fugir deles. Seu peito começou a puxar mais ar para dentro dos pulmões, preparando-a para o que poderia vir a seguir.

— E você entende quem eu sou — disse o padaran.

— O senhor é o líder sagrado do nosso clã, meu padaran — disse ela, com os olhos percorrendo a floresta ao redor deles. A pele de Willa estava começando a se arrepiar. A verdade era que não tinha ideia de quem ele era, de onde tinha vindo, ou como passara a exercer tal domínio sobre o clã.

— Você agora vê que posso lhe dar qualquer coisa que possa imaginar do mundo do povo do dia — disse ele.

— Sim, meu padaran — disse ela, sentindo a garganta cada vez mais apertada. Não tinha ideia de por qual motivo iria querer algo do mundo do povo do dia, mas aquela parecia ser uma oferta de grande significado para ele, cuja intenção era impressioná-la e atraí-la.

— E eu posso lhe dar mais poder no clã do que você jamais imaginou ser possível.

— Sim, meu padaran — disse ela, os músculos das pernas começando a se retesar.

— Se Gredic e os outros estão incomodando você, posso eliminá-los, tirá-los do seu caminho.

— Sim, meu padaran — repetiu ela, a respiração cada vez mais curta. Ora, *isso* era algo que ela entendia.

— Se eu quiser, posso torná-la a líder dos jaetters.

— Sim, meu padaran — respondeu ela. Mas por que ele dizia isso ali no meio da floresta?

Enfim, o padaran parou. Quando ele se virou e a olhou nos olhos, Willa não pôde evitar se contrair diante da ponta longa e afiada de sua lança de aço. Com a voz baixa e ameaçadora, ele disse:

— Mas se você mentir para mim, Willa, se tentar me enganar de alguma forma...

— Não, meu padaran, eu não faria isso — disse ela, tentando recuar, mas sentindo a ponta da lança de Lorcan contra sua coluna.

— Se tentar agir contra mim, eu vou machucar você — disse o padaran. — E vou machucar tudo o que você ama. Está entendido?

— Não agi contra o senhor, meu padaran — respondeu ela, com a voz trêmula.

— Sabe por que eu trouxe você aqui? — ele perguntou.

23

— Não, meu padaran — respondeu ela. — Eu não sei.
— O mundo está mudando — disse o padaran, enquanto desciam o caminho pela floresta, deixando os montinhos e os ossos para trás. — Se quisermos sobreviver, devemos mudar com ele. Os colonos do povo do dia vivem nestas montanhas há 100 anos e agora os recém-chegados estão vindo como uma enxurrada com suas máquinas de ferro. Não podemos detê-los.

— Mas de onde eles estão vindo? — ela perguntou. Willa ainda não entendia por que ele a trouxera para aquela parte da floresta, mas as perguntas borbulhavam em sua cabeça. — Eles estão vindo do outro lado da Grande Montanha? Ou das cordilheiras que vemos ao longe?

— Não — respondeu ele, balançando a cabeça. — Eles vêm de um lugar onde o terreno é plano.

— Plano? — disse Willa. — Não entendo. E as montanhas?

— Além das montanhas, além dos vales, além das cidades no limite do nosso mundo, além de tudo o que você pode ver, a terra é plana. Para vir de lá, eles cruzaram um rio estacionário tão largo que demorou sessenta fases da Lua para atravessá-lo.

Willa puxou o ar com espanto.

— Como isso é possível?

— Eles flutuaram na água em carcaças das árvores que derrubaram no mundo de onde vieram. O povo do dia é cortador, construtor, conquistador, espalha-se de lugar em lugar.

A pele na lateral do pescoço de Willa formigou de medo. Ela não sabia o que todas aquelas palavras significavam, mas entendia que não era nada bom. Quando as escutou do padaran, a ameaça do povo invasor parecia mais iminente e horrível do que nunca.

— Precisamos aprender seus costumes, sua língua e suas habilidades, Willa — disse ele. — Devemos dominar suas ferramentas e armas e seu modo de vida, ou nosso clã morrerá. Você entende?

— Sim, meu padaran — disse ela, maravilhada com quanto ele parecia entender como o mundo funcionava.

— O povo do dia é um povo violento e odioso — continuou ele —, cheio de capacidades que extrapolam nossa imaginação; mas eles são movidos pela ganância. É por isso que roubamos deles, pois sem seu dinheiro não temos nada. Precisamos de suas ferramentas, de suas armas, mas, além da ganância, eles são consumidos por medos e superstições.

— O que eles temem? — perguntou ela, espantada.

— Eles matam as coisas que acham que podem fazer mal a eles ou a seus filhos: ursos, pumas, matas fechadas... eles temem tudo aquilo que é diferente do lugar de onde vieram. E é aí que obteremos uma vantagem, pois conhecemos essas florestas e montanhas muito melhor do que eles. O dinheiro que o povo do dia paga é chamado de recompensa. Eles vão nos pagar para matar as coisas que eles temem e para trazer carne e peles. É por isso que estou selecionando alguns dos meus melhores jaetters para começar a coletar um tipo de pilhagem muito especial.

Longe da toca agora, eles haviam alcançado uma área profundamente sombreada da floresta. O padaran se virou para Lorcan e disse:

— Traga-o para mim.

Lorcan e o outro guarda entraram na floresta, mexeram em algo no chão com as mãos e depois voltaram com o que parecia ser as mandíbulas de um grande animal com presas; mas as mandíbulas não eram ossos brancos velhos. Eram de aço preto-azulado reluzente e marcado por muitos dentes afiados.

— Os recém-chegados chamam de "armadilha" — explicou o padaran. — É uma das maneiras de capturar e matar os animais da floresta.

Willa se afastou da armadilha com repulsa, achando horrível demais acreditar que até mesmo os recém-chegados atacariam os animais de uma forma tão cruel e maldosa.

— Mas por que eles fazem isso? — ela perguntou.

Podia imaginar as mandíbulas de aço da armadilha agarrando-se à perna de um animal, a pobre criatura tentando desesperadamente fugir, dia após dia apavorada e faminta, sua perna ensanguentada presa na armadilha até que o inimigo por fim chegasse para matá-la.

— Venham por aqui — disse o padaran, conduzindo-os por um caminho que serpenteava em meio à floresta. — Você deve ter cuidado aqui, pois por baixo das folhas colocamos armadilhas ao longo desta trilha. Coloque seus pés exatamente onde eu coloco os meus. Você deve seguir os meus passos.

O estômago de Willa embrulhou.

Era por isso que ele a havia trazido ali, para se juntar a ele, para segui-lo, para se ligar a ele ainda mais de um modo mais profundo do que já era ligada. Ele a queria, com todas as suas habilidades na floresta e seus modos astutos, para ser a líder de sua nova força de jaetters matadores de animais.

Enquanto ela caminhava atrás do padaran, colocando com cuidado os pés onde ele colocava os dele, seu coração batia forte no peito. Se pusesse o pé no lugar errado, o estalo das mandíbulas da armadilha se prenderia em seu tornozelo e esmagaria sua perna como um galho. Ela tentava olhar para a frente, tentava ver onde as armadilhas estavam antes de alcançá-las, mas estavam todas escondidas sob as folhas.

— Como o senhor sabe onde pisar, meu padaran? — ela perguntou enquanto o seguia pelo caminho.

— Colocamos uma pedra ao lado de cada armadilha para nos mostrar a localização. Sabemos procurar as pedras e evitar as folhas próximas a elas, mas os animais não.

Willa estava assombrada com a eficácia cruel daquela trilha de morte que o padaran e seus homens haviam deixado.

— Por aqui — ele sussurrou para Willa ao prosseguir silenciosamente pelo caminho. — Agora, olhe em frente. Foi aqui que encontramos a toca.

A toca? — Willa pensou em choque repentino. *Toca de quem?*

Finalmente o padaran se agachou com sua lança ao lado do corpo e Willa se agachou também. Ele apontou para um velho cedro nodoso a distância, a base com quase 2 metros e meio de largura e a casca grossa, vermelha e felpuda, coberta com musgo verde brilhante. Parecia que um raio havia atingido a árvore e a queimado, deixando uma fenda longa e tortuosa que agora levava ao que parecia uma pequena caverna dentro da cavidade do tronco.

O medo subiu pela espinha de Willa.

— O que há dentro da caverna? — ela sussurrou, mas não queria saber a resposta. Não queria estar lá. Não queria pensar no que iria acontecer em seguida. Havia pedras por todo o caminho até o cedro. As mandíbulas das armadilhas estavam abertas, esperando, suas molas rígidas e prontas para serem liberadas.

De repente, ela ouviu um barulho suave de ganido vindo da árvore. Ela farejou o ar para ver se conseguia sentir o cheiro, e então ouviu o gemido de novo.

Demorou vários segundos, mas então ela fechou os olhos e respirou fundo em desespero.

Ela já sabia o que era.

Havia uma ninhada de filhotes de lobo na base oca do cedro.

Não — Willa pensou.

Os filhotes estavam famintos e choramingavam. Eles podiam sentir que sua mãe se aproximava.

Não.

O coração de Willa se apertou quando ela ouviu o som suave de passos trotando.

Não.

A mãe loba estava descendo o caminho em direção à sua toca de filhotes.

Era Lúthien.

24

— Não, não, não — sussurrou Willa desesperadamente vendo a loba trotar pelo caminho das armadilhas em direção à toca.

Ela sabia agora que o padaran não a havia trazido ali apenas porque estava satisfeito com sua pilhagem. Ele a trouxe porque sentiu que ela estava se afastando, que sua lealdade estava mudando. Se ela fosse realmente se juntar a ele, se fosse ser a líder de seu novo bando de jaetters, então ele queria ter certeza da sua lealdade — não aos lobos ou à floresta ou aos costumes antigos de sua avó, mas a *ele* e somente ele.

— O povo do dia é inimigo do nosso povo — ele dissera a ela tantas vezes. — Se eles pegarem você nos vales, vão matá-la. Você só está segura no clã.

Willa concordava obedientemente sempre que ouvia o padaran dizer essas palavras. Elas entravam em sua mente tão depressa quanto água escorrendo por um buraco. Havia uma parte dela que achava a familiaridade das palavras tranquilizadora, por saber que o que ela soube por toda a sua vida era verdade. Havia uma profunda satisfação e uma sensação de bem-estar no conforto de saber a quem odiar.

Mas o padaran tinha dito: *se eles pegarem você, vão matá-la*. E era aí que residia o problema.

Ela ficava relembrando o homem com o bastão de matar que a encurralara no celeiro. Ele poderia ter atirado nela novamente. Poderia tê-la machucado ou matado de muitas maneiras diferentes.

Mas ele não fez isso.

Depois que aquele homem viu quem e o que ela era, ele não tentou machucá-la. Ele tentou *ajudá-la*.

Willa havia sido capturada e não tinha sido morta.

Mas se o padaran era o deus do clã, como ele poderia estar errado?

E se ele estava errado sobre isso, então era possível que estivesse errado sobre outras coisas, coisas que tinha dito a ela durante toda a sua vida?

Seria possível que seus próprios pensamentos e sentimentos pudessem ser tão bons ou até melhores que os dele?

Era possível que ela pudesse ser mais Faeran em seu coração do que o deus do clã Faeran?

Estava claro que o padaran via a mãe loba como dispensável, como digna da recompensa que ganharia dos recém-chegados quando levasse a pele a eles. Ele havia aprendido a linguagem do povo do dia, mas esquecido a linguagem dos lobos. Isso o tornava um ser supremo? Ou um ser inferior?

Willa olhou para todas as armadilhas de aço debaixo das folhas e observou Lúthien descendo o caminho em direção à toca de seus filhotes; a tristeza tomou conta dela. Ela sabia que deveria ficar ao lado do padaran e ver a armadilha ser acionada. Ela sabia que deveria ver a loba morrer. *Sabia* que era isso que seu padaran e seu clã exigiam dela. E, apesar de tudo isso, ela continuava se lembrando da expressão no rosto de sua vovozinha, a maneira como ela parecia estar pensando: *Você está se fundindo de uma maneira que eu nunca lhe ensinei. Mas está nos mantendo vivas.*

No entanto, pensar na armadilha de aço esmagando a perna de Lúthien, segurando-a presa ali enquanto ela tentaria freneticamente escapar e salvar seus filhotes, era mais do que Willa poderia suportar.

Ela então agarrou a lança do poder da mão do assustado padaran e se levantou em um salto. Ela sentiu a pressão da haste de aço frio da lança em seu punho e o peso nos músculos de seu braço. Então, enquanto Lúthien corria para seus filhotes, Willa reuniu todas as suas forças, puxou o braço e arremessou a lança na direção da loba.

25

      Ea lança voou pelo ar, e tudo levava a crer que atingiria Lúthien. Dava a impressão de que tudo se movia muito devagar — o olhar chocado do padaran, a loba correndo, a lança fazendo um arco no céu —, que era quase como se ela pudesse parar, reverter a trajetória, trazer a lança de volta; mas sabia que não podia. Já a havia agarrado. Já a havia lançado. Já era tarde demais. Não havia nada que ela pudesse fazer para mudar o curso da lança agora. Ou o seu.

— Lúthien! — Willa gritou em alerta.

A loba saiu do caminho bem a tempo e a lança atingiu a armadilha. As mandíbulas de ferro se fecharam com um solavanco repentino.

— As armadilhas estão por todo o caminho! — Willa gritou para Lúthien na língua antiga. — Pegue seus filhotes e fuja!

— Sua tola! — o padaran gritou para ela.

— Melhor uma tola do que uma traidora! — Willa gritou de volta para ele usando a língua antiga.

— Matem-na! — ordenou o padaran aos seus guardas.

Lorcan investiu com a lança direto no peito de Willa. Ela se esquivou do ataque, mas o outro guarda avançou e a agarrou com a mão ossuda.

Willa virou descontroladamente de cabeça para baixo, chutando como um coelho em pânico, e se desvencilhou das garras do guarda quando atingiu o chão. Então se arrastou veloz pelo chão da floresta como uma salamandra, serpenteando e se fundindo pelo caminho, e Lorcan foi golpeando e golpeando mais um pouco, até que ela se levantou e saiu em disparada.

Willa correu pela trilha da morte onde as armadilhas tinham sido colocadas, suas pernas explodindo com força e a impulsionando para a frente.

Seu peito bombeava com respirações rápidas e superficiais enquanto ela corria pela trilha, evitando freneticamente as folhas próximas às pedras marcadoras. Um passo em falso e ela sofreria a dor dos dentes ferrenhos, e então sentiria as investidas das lanças de seus inimigos.

Achou que havia colocado uma boa distância entre ela e seus inimigos, mas, quando olhou para trás, o padaran e seus homens estavam nos calcanhares dela, correndo em seu encalço. Eram todos bons de corrida, eles ganhavam vantagem e se aproximavam. E Willa sabia que não desistiriam. Não havia forma de escapar deles, nenhuma maneira de fazê-los diminuir a velocidade.

Então ela teve uma ideia.

Ela mergulhou no chão e colocou o corpo sobre uma das pedras que marcavam a localização de uma armadilha. E se fundiu às folhas.

O padaran veio correndo pelo caminho.

— Eu a quero morta! — gritou para seus guardas enquanto corria. — Encontrem-na e matem-na!

Ele viu apenas folhas.

A armadilha se fechou com um salto repentino e violento. Os dentes de aço estalaram contra o osso. O padaran gritou de dor e tentou pular, mas a armadilha se prendeu em sua perna, cravando os dentes na canela. Ele rugiu em agonia e desabou no chão, desamparado, suas mãos ensanguentadas tentando arrancar a armadilha.

Lorcan e o outro guarda pararam para ajudá-lo, puxando com desespero a armadilha fechada, mas estava cravada no lugar.

— Tirem isso! — uivou o padaran, tentando freneticamente abri-la com as mãos.

Willa se levantou com um salto e correu. Quando olhou para trás, esperava ver o padaran no chão gritando em desespero, mas teve uma visão ainda mais surpreendente. A pele do padaran tinha mudado de bronze radiante para cinza manchado e enrugado, como muitos dos mais antigos Faeran do clã. O suor pegajoso escorria de seu rosto enrugado, seus braços e suas pernas. Um fluido escuro escorria do canto de um olho turvo, e seu cabelo caía solto e desgrenhado em torno da velha cabeça murcha.

Enquanto Willa descia a trilha de volta para o Recôncavo Morto, os gritos lamentosos do padaran se ergueram atrás dela como os gritos de um *ghoul*.

Willa não entendia o que acabara de ver, mas precisava continuar correndo. Não olhou para trás de novo e não diminuiu a velocidade. Mesmo depois de ter ido longe o suficiente para deixar os gritos para trás, continuou. Ela tinha ferido o padaran. Havia traído o clã. Assim que os guardas o libertassem da armadilha, eles voltariam para a toca. O padaran instruiria seus guardas perfurantes e jaetters sibilantes para fazer chover violência sobre o mundo dela. Quando soubesse de sua traição, todo o clã se lançaria contra ela. Eles destruiriam a toca. Eles a destruiriam; mas, o pior de tudo, eles destruiriam sua avó.

26

Willa ouviu os gritos primeiro. E então os gritos e os passos de jaetters e guardas e outros Faeran correndo por toda a toca do Recôncavo Morto. Era como se já soubessem o que ela tinha feito, mas não era possível. Ela havia corrido de volta para a toca e chegado antes do padaran e de seus guardas. Algo diferente tinha acontecido.

Um novo medo tomou conta do seu peito. Seu coração batia forte enquanto ela corria pelo túnel em direção ao seu refúgio. Quando entrou pela porta, imediatamente deu um berro e desviou os olhos do que viu.

— Vovozinha! — gritou ela ao cair no chão a alguns metros de distância, assustada demais para se aproximar.

— Gredic veio… — sua avó murmurou na língua antiga, a voz áspera e fraca, tão baixa que parecia o fluxo de um riacho.

Willa não suportou erguer os olhos e ver o que tinham feito a sua avó, mas engatinhou e deslizou a mão devagar para a frente pelo chão até alcançar a minúscula mão de sua vovozinha e segurá-la.

— Me diga o que fazer para salvar a senhora — ela choramingou, pressionando o rosto no chão ao dizer as palavras, mas já sabia que era tarde demais. Ela se sentia muito impotente; era como se o mundo inteiro estivesse acabando.

— Você é a última, Willa — sussurrou a avó.

— Eu não entendo — respondeu ela, rastejando para a frente sobre a barriga, para mais perto de sua vovozinha, agarrada à mão inerte e escorregadia da mulher.

— É minha hora de partir — disse a avó.

— Por favor, vovozinha! Me diga o que fazer para salvar a senhora!

— Proteja-a, agarre-se a ela — disse a vovozinha. — É a coisa mais preciosa que temos.

— Eu não entendo. Proteger o quê, vovozinha? Como posso proteger qualquer coisa?

Willa se agarrou a sua vovozinha com os dois braços, enrolada no chão, sentindo o líquido quente escorrendo ao seu redor.

— Por favor, vovozinha! Não me deixe! — ela chorou.

— *Naillic* — sussurrou a vovozinha.

— O quê? — Willa perguntou. — O que isso significa?

— Eu não queria dizer isso a você até que estivesse pronta para entender, mas não temos mais tempo. Não diga isso em voz alta até desejar destruir tudo e todos, incluindo a si mesma. *Saber traz a morte.*

Willa não entendia. Sobre o que ela estava falando?

Gritos selvagens e raivosos irromperam em algum lugar da toca acima delas. O padaran ferido e enfurecido e seus guardas tinham chegado. Agora todos no clã sabiam o que ela fizera. Sabiam que ela havia machucado o padaran. Não restava nenhuma dúvida em sua mente agora: seu clã a encontraria.

Sua vovozinha apertou sua mão.

— Você tem que ir, Willa. Você deve deixar este lugar. Siga o sangue...

O som de gritos e passos apressados vinha descendo pelo túnel. Os jaetters sibilantes e os guardas perfurantes iriam despedaçá-la.

Quando Willa finalmente se recompôs, ela não olhou: não olhou para os braços de sua vovozinha; não olhou para as pernas; não olhou para o peito, pescoço ou rosto; olhou apenas nos olhos da avó.

Enquanto sua vovozinha a olhava, Willa podia percebê-la se lembrando de todo o tempo que passaram juntas, as manhãs ensolaradas caminhando entre as árvores da floresta, as águias que tinham visto juntas voando no céu, as noites no refúgio com o luar se infiltrando do alto. E então os olhos de sua vovozinha finalmente se fecharam e o longo e último suspiro deixou seu corpo.

— Não me deixe, vovozinha — Willa soluçou aninhando-se em sua avó. — Por favor, não me deixe!

Mas ela sentiu o espírito de sua vovozinha deixar o corpo e subir através do seu, passando por seus braços e suas pernas, por seu peito e coração. Para onde vai um espírito? Onde o novo mundo começa? Nos galhos das árvores? Dentro da pedra da terra? No fluxo do rio? No éter do ar? Ele passa de uma pessoa para outra, de uma para a outra.

Tudo o que Willa podia fazer era se agarrar à sua vovozinha e respirar.

Ela então ouviu os jaetters e os guardas descendo pelos túneis que levavam ao refúgio, pelo menos cinquenta deles, sibilando e rangendo os dentes, brandindo porretes, bastões e as lanças afiadas.

Tudo o que ela podia fazer era respirar.

Poderia se entrelaçar em uma das paredes e se esconder, mas eles bloqueariam a porta, fechariam o refúgio e a golpeariam com suas lanças até que a encontrassem.

Tudo o que ela podia fazer era respirar.

A multidão que se aproximava havia sido tomada por uma violência estridente, mais terrível do que qualquer coisa que Willa já tinha ouvido.

Tudo o que ela podia fazer era respirar.

Estava presa.

Não havia saída.

Então ela olhou para o chão de gravetos trançados.

Siga o sangue.

27

Willa se abaixou e tocou o chão de gravetos trançados com a ponta dos dedos, sentindo a textura amadeirada. Morando ali naquele quarto com a avó, ela havia engatinhado naquele piso, andado naquele piso, crescido naquele piso. Nunca tinha pensado nele como outra coisa senão um chão. Imóvel. *Intransponível.*

Mas agora, com as mãos tremendo e os olhos embaçados de lágrimas, ela agarrou um dos gravetos, o quebrou e o puxou para trás.

Então puxou outro e outro.

Logo estava arrancando os galhos o mais rápido que podia, arranhando o chão como um animal com garras. Apoiada nas mãos e nos joelhos, ela mordeu os gravetos, os puxou com os dentes, os arrancou com as mãos. As pontas de seus dedos sangravam. As unhas estavam destruídas; mas não importava. Tinha que continuar cavando.

Assim que fez um buraco grande o suficiente para passar, ela se jogou dentro dele e se acomodou embaixo; mas não podia deixar um buraco aberto no chão. Gredic e os outros jaetters seguiriam por ele logo atrás.

Willa pressionou os dedos contra a borda esfiapada do buraco. Se os gravetos ainda estivessem verdes e vivos, ela poderia usar suas artes de madeira para entrelaçá-los novamente, mas aqueles gravetos já estavam mortos havia 100 anos. Não existia vida neles, nenhuma umidade, nenhuma alma.

Eu não quero fazer isso — ela pensou. *Não aqui, não assim. Nunca!*

Mas a verdade era que sua vovozinha lhe ensinara o que ela precisava fazer. Sua vovozinha lhe ensinara como reanimar os mortos quando Willa tinha 7 anos, mas Willa se assustou tanto que nunca mais o fez.

Mas você precisa fazer, Willa. Você tem que fugir deste lugar!

Ela pressionou os dedos ensanguentados nas varetas e começou a empurrá-las e a colocá-las em movimento, animando-as com a própria vida. A umidade e o sangue de seus dedos se infiltraram nelas. Ela sentiu os galhos mortos sugando o espírito e os nutrientes de seu corpo, uma dor branca e fria que rasgava a pele de seus dedos e irradiava para suas mãos. Willa puxou o ar de repente com repulsa quando as varetas começaram a ranger e a estalar com movimentos próprios de torção, rastejando e se contorcendo como vermes negros. Os gravetos puxavam sua vida através das pontas dos dedos pulsantes, drenando-a das forças internas que a mantinham viva, como raízes sugando água do solo. Por fim, ela puxou os dedos antes que fosse tarde demais. Alguns segundos a mais e ela estaria morta.

Pedir às árvores vivas que a ajudassem a atravessar um rio parecia tão natural para ela quanto conversar com velhos amigos, mas trazer os mortos de volta à vida era uma arte da floresta em sua forma mais sombria. E ela sabia que iria deixá-la como uma casca seca se não tomasse cuidado.

Colocando seus dedos secos, rachados e gelados na boca para aquecê-los, ela olhou para o lugar onde o vão estivera e viu que tinha conseguido entrelaçar os gravetos e fechar o buraco.

Fundir suas cores, sussurrar com os lobos, correr pelos galhos das árvores mais altas — sua avó tinha ensinado a ela muitas coisas, o conhecimento popular mais brilhante e o mais sombrio da floresta. Não conseguia nem imaginar viver sem sua vovozinha. O que ela ia fazer? Para onde iria?

Ao se arrastar sob o piso de madeira agora fechado, ela ouviu os passos dos guardas e jaetters invadindo o cômodo acima.

Willa rastejou pelos galhos manchados de vermelho abaixo; para o submundo gotejante do Recôncavo Morto abaixo; para os ossos esbranquiçados da terra abaixo; para a escuridão de um vazio rochoso e cavernoso abaixo, até encontrar o abraço frio e úmido do riacho que corria sob a toca. As rochas ao seu redor eram raiadas de preto e vermelho, rachadas com o movimento antigo da montanha, e salpicada de gravetos brancos e quebrados de centenas de almas Faeran. Eles eram os que tinham vindo antes dela. Aqueles que tinham ficado em pé. Aqueles que tinham falado. Eles eram os gêmeos estilhaçados, os abatidos e os silenciados. *Saber traz a morte.* Mas o frio a envolveu, a ergueu e a levou embora.

O rio era água, era sangue, era tudo o que existia antes. Enquanto flutuava com a corrente, ela começou a ver imagens horríveis em sua mente, imagens de Gredic e dos outros jaetters invadindo o labirinto como uma enxurrada, entrando com tudo no quarto de sua avó, imagens de sua mãe, seu pai e sua irmã fugindo pela floresta de vultos altos com longas lanças, e imagens do padaran se contorcendo no chão em uma angústia sangrenta com a perna na armadilha, o rosto tornando-se pegajoso e cinzento — mil imagens que ela não podia suportar.

Willa não moveu os braços ou as pernas, nem mesmo virou o corpo. Ela flutuou de costas, olhando para a escuridão da caverna. Muito acima de sua cabeça, os passos de seu clã em um grande enxame caíam como sombras sobre as tramas dos galhos, como gafanhotos escuros voando em um céu negro-avermelhado. E o céu era sangue. O céu era tempo. O céu era o passado.

— Adeus, vovozinha! — gritou ela, sentindo a dor dessa despedida no fundo do peito.

Ela flutuou com nada além de tristeza, sem vontade de se mover ou de viver. Ela apenas se deixou levar pelo sangue da terra, sem querer, desejar ou precisar, a não ser para voltar, para voltar no tempo, para deixá-los roubar sua sacola se isso era o que eles queriam, para ficar amontoada no chão do grande salão com sua voz silenciosa e os olhos baixos, e, mais do que qualquer coisa, lá fora naquela floresta, para reverter o arremesso da lança.

Mas ela sabia que um rio não poderia voltar e ela não tinha vontade de lutar contra ele. Não sentiu nada além de entorpecimento à medida que ia se afastando da toca do Recôncavo Morto.

Enquanto flutuava no rio, o tempo não tinha significado. Nem minutos ou horas. Havia apenas o movimento da água. Tudo o mais no mundo estava parado e não existia. Todo o resto era chão; mas ela estava se movendo, fluindo com o movimento da água que a carregava.

E não havia tempo.

28

Seu corpo escorregou em um redemoinho do rio e bateu contra a margem. Ela havia passado pelo submundo da toca e adentrado na floresta viva, mas a espessura dos galhos das árvores acima dela criava um mundo escuro e sombreado, sem lua nem estrelas.

Sentiu o toque de muitas mãozinhas pequenas e úmidas com dedos minúsculos agarrando a pele de seus braços e suas pernas. Criaturas de pelo marrom-escuro espesso e caudas grandes, chatas e escamosas a cercavam, batendo os dentes largos enquanto trabalhavam.

Eles arrastaram seu corpo do riacho e um pouco para cima na terra.

Ela ficou deitada na margem do rio por um longo tempo, destruída demais por dentro para se mover.

29

Willa acordou com os roncos de fome agitando seu estômago. Todo o seu corpo doía com uma dor pulsante.

Quando olhou para cima através da copa das árvores e viu os raios oblíquos do sol poente filtrando-se pelos galhos, ela percebeu que devia ter ficado deitada ali por muitas horas, durante a noite e o dia.

A água do riacho, da cor de sangue sob a toca, agora estava clara, deslizando ao longo de um leito sinuoso de pedras lisas, redondas e cinza-claro por uma floresta densa de árvores antigas, retorcidas e escuras, com galhos úmidos e brilhantes pendendo de cima, e raízes enegrecidas que se retorciam no solo úmido abaixo.

Conforme ela começava a se lembrar aos poucos de tudo o que tinha acontecido, sentiu uma dor no coração diferente de tudo o que já havia experimentado antes, uma ferida latejante e dolorida que sugou dentro de sua alma tão profundamente que parecia que ela iria parar de respirar se não forçasse seu peito a continuar subindo e descendo. Nunca voltaria a ouvir a voz da avó, nunca mais sentiria seu toque. Nunca exploraria outro vale da floresta com ela, ou olharia em seus olhos.

— *Gwen-elen den ulna,* vovozinha — disse ela. *Aonde quer que a senhora vá, vovozinha, poderá caminhar entre as árvores.*

Ao dizer essas últimas palavras para sua vovozinha, Willa percebeu que não apenas nunca mais a veria, como nunca mais ouviria a língua Faeran.

Willa deitou a cabeça para trás, na terra preta, macia e úmida entre as raízes das árvores perto da margem do rio, e fechou os olhos.

A dormência na escuridão lhe dava uma espécie de conforto que a visão do mundo não proporcionava. O mundo era muito doloroso, muito vazio, muito cheio de pensamentos para suportar.

No clã enxameado do padaran, o amor e a família haviam se tornado as menores e mais raras folhas — lutando para sobreviver —, e agora parecia que a última dessas folhas tinha secado e morrido. Sua mãe e seu pai foram embora, suas memórias já há muito distantes. Alliw tinha partido, nada além de uma impressão de sua mão em tinta sobre uma parede que agora produzia ecos e que ela nunca mais veria. E agora sua vovozinha também, como se o canto dos pássaros matinais tivesse desaparecido. Parecia que ela era a única que ainda vivia no mundo.

Não sobrava ninguém para preencher o silêncio ou ouvir sua voz, ninguém para aquecer seu ombro ou tocar sua mão, ninguém para procurar alimentos ou dormir em seu refúgio, contar suas histórias ou aprender com elas. Parecia que o espírito dentro de seu corpo vivo não passava de uma ferida sangrando e que logo ela morreria.

Quando acordou, algumas horas depois, Willa ouviu o som delicado de passos pequenos e suaves movendo-se lentamente em sua direção.

Abriu os olhos para ver uma cerva e sua pequena cria malhada caminhando com cuidado pela grama fina que crescia ao longo da beira do riacho, seus pequenos cascos não fazendo mais barulho do que um sopro ao tocarem o solo.

A pequena tinha um lindo pelo castanho-avermelhado com manchas brancas que a ajudavam a se camuflar na floresta e nos campos — não muito diferente da camuflagem da própria Willa, exceto que os cervos levavam uma estação inteira para mudar.

A mãe cerva mexeu as orelhas para um lado e para o outro examinando a área em busca de perigo, que não existia. Existia apenas Willa.

Enquanto Willa dormia, sua pele tinha ficado naturalmente tão preta e marrom quanto a margem do riacho, com a cor e a textura das raízes correndo ao longo dos braços, das pernas e do peito. A mãe cerva podia sentir o cheiro de Willa e vê-la ali, deitada no chão ao lado do riacho, mas sua presença não a alarmava.

Willa observou a mãe cerva se abaixar e beber do riacho, mas a pequena cria de pé ao lado dela olhou para Willa como se não tivesse certeza do que ela era.

A mãe cerva empurrou a cria com o focinho, lembrando-a de beber.

A pequena se inclinou sobre as pernas abertas e trêmulas, abaixou a cabeça e bebeu um pouco do riacho, mas então rapidamente levantou a cabeça outra vez e olhou para Willa.

Havia algo nos olhos da cervinha, não apenas a curiosidade que Willa esperava, mas algo a mais também. Ela parecia sentir que Willa estava chateada, que tinha chorado... que precisava de ajuda.

Sem saber o que a pequena iria fazer, Willa não se moveu.

Finalmente, com o focinho se contraindo e os olhos piscando, a cervinha deu alguns passos incertos em sua direção e então parou.

— *Eee na nin* — disse Willa, que significava *está tudo bem*, mas tinha um som mais suave.

Os filhotes eram criaturinhas sensíveis. O menor movimento ou o sussurro mais suave da palavra errada podia fazer um cervo sair correndo. Para a cervinha se sentir segura o suficiente para vir até ela, Willa tinha que diminuir a velocidade da respiração e dos batimentos cardíacos. Precisava encontrar a imobilidade no corpo e na alma. Ela focou a mente em seu coração, e foi desacelerando cada vez mais, até que ele estivesse batendo apenas uma vez a cada poucos segundos.

A pequena cauda branca da cervinha se contraiu nervosamente enquanto se aproximava devagar, seu corpinho magro suspenso sobre as pernas trêmulas e muito longas e seus cascos pretos delicados.

Chegou muito perto, estudou Willa por vários segundos, depois cruzou as pernas e se enrolou em uma pequena bola manchada no espaço entre as pernas dobradas de Willa e seu peito.

Willa sentiu o calor suave do pelo sedoso da cerva contra sua pele, o movimento diminuto da respiração calma e a batida de seu coração minúsculo. Willa lentamente deixou o sangue voltar a fluir através de seu coração até que seu batimento cardíaco combinou com o da cerva. Enquanto a mãe se alimentava da grama próxima e cuidava delas, Willa e a pequena adormeceram em silêncio.

Quando Willa acordou no meio da noite, a mãe cerva ainda se alimentava a uma curta distância, como se agradecida por ter alguns momentos sozinha, enquanto sabia que sua cria estava segura. Willa, sem perturbá-la, lentamente estendeu a mão e pegou um pouco da grama fina e delicada na beira do riacho. Tinha um gosto úmido e doce em sua boca.

A presença da mãe se alimentando por perto e da pequena cerva adormecida na curva de seu corpo parecia um bálsamo para suas feridas ocultas, como se uma das folhas da pequena árvore de sua vovozinha tivesse começado a tocar sua alma.

Deitada ali na escuridão, notou um pequeno ponto de luz azul brilhante pairando alguns centímetros acima do solo do outro lado do riacho. Assim que ela se virou para ele, o ponto escureceu e desapareceu.

Willa achou que devia ter imaginado, mas então outra luz azul apareceu a alguns metros dela, e depois outra mais longe, nas árvores. Um momento depois, centenas de pequenas luzes azuis iluminaram a escuridão ao seu redor, deslizando lentamente a alguns centímetros do chão em ambos os lados do riacho e por toda a floresta, deixando o mundo noturno brilhar com uma luz azul constante e suave.

Apesar da tristeza em seu coração, Willa sorriu. Eram os vaga-lumes azuis fantasmas que sua vovozinha tinha mostrado a ela e a Alliw anos antes. Eram algumas das criaturas mais raras do mundo. Esses belos espíritos azuis apareciam apenas em certos vales escondidos nas profundezas da floresta em determinadas montanhas, e somente por alguns momentos em algumas noites do ano.

Era como se sua vovó os tivesse trazido naquela noite só para ela, para lembrá-la de quem ela tinha sido e de quem ainda continuava sendo.

E, agora, Willa estava ali sozinha com os fantasmas azuis flutuando gentilmente ao seu redor, suas linhas errantes de luz brilhante suave se tornaram uma dança e se juntaram ao sussurro dos insetos da floresta e ao balbucio do riacho; e essa música maravilhou seu coração.

Ela lentamente percebeu que, apesar de tudo o que tinha acontecido em sua vida, a *floresta* não estava morta. A *floresta* ainda estava viva. E Willa estava viva dentro dela, seu coração ainda batia.

Ela sabia que havia traído seu clã. E traído o padaran, porém, pior do que isso, ela percebeu, *ele* a havia traído.

Ela não entendia quem ou o que era o padaran, ou como ele havia se tornado o deus do clã, mas ele havia traído... O que ele havia traído? Os costumes Faeran? Mas o que eram essas coisas em um mundo que se movia como um rio mudando de uma estação para outra, de uma tempestade para outra? Ela não sabia.

O que ela sabia era que *ele* a havia traído, traído *seus* costumes, *seu* coração. Ele havia prendido e matado os animais da floresta. Ele havia capturado e aprisionado humanos. Ele tinha enviado os jaetters para matar sua vovozinha, para silenciar o último dos sussurros antigos.

Willa olhou para a floresta ao seu redor. Havia seguido o padaran lealmente por toda a vida. Ela o idolatrava, lutava por ele, roubava por ele, tudo por ele, tudo pelo clã. *Não existe eu, apenas nós.*

Mas, no fundo, que tipo de Faeran ele era? Que tipo de Faeran poderia fazer aquelas coisas que ele tinha feito? Ela não sabia. O que ela se perguntava agora era que tipo de Faeran ela iria se tornar.

Aos poucos, Willa ficou em pé. Ela olhou para o caminho do riacho que serpenteava entre os troncos das grandes árvores e desaparecia ao longe, olhou para a névoa azul brilhante ondulando através dos galhos que se elevavam ao céu e então olhou para cima em direção à encosta da montanha.

As florestas da Grande Montanha Fumegante, ela pensou. *O sopro da vida. Da minha vida. Da vida da minha avó. Comida e água. Luz e escuridão. As árvores, os animais, o fluxo do rio, o corte das rochas e todo o mundo ao meu redor.*

O padaran disse que ela seria lançada ao mundo sozinha e que não sobreviveria, mas ela *podia* sobreviver.

Ela sabia como procurar comida. Ela conhecia os costumes dos animais da floresta. Ela conhecia o espírito do mundo.

Vou viver como os Faeran do passado.

E talvez houvesse outros lugares aonde pudesse ir, lugares que ela nunca tinha estado antes, lugares que nem conseguia imaginar. E talvez houvesse outras pessoas lá. Talvez existissem outros clãs, lugares onde ela pudesse encontrar calor e abrigo quando o inverno chegasse.

Parada na floresta sozinha, ela não se sentia forte. E não se sentia feliz. Apesar disso, finalmente sentia que poderia continuar.

Ela se despediu da pequena cerva e de sua mãe e começou a andar. Willa não sabia se era possível, mas decidiu que iria tentar subir ao topo da Grande Montanha e ver o mundo em que vivia.

30

Não sabia exatamente por que estava fazendo isso. Só queria escalar, sentir o movimento em seu corpo.

A princípio, a caminhada foi fácil até a encosta arborizada, e Willa ia alimentando-se dos frutos vermelhos dos freixos da montanha ao longo do caminho. Em seguida, tornou-se muito mais rochosa e íngreme, e a dificuldade a levava a continuar. Os músculos de seus braços e de suas pernas queimavam. O ar frio da montanha invadia seus pulmões. Quando ela se forçava a subir pela encosta da montanha, a rigidez da rocha denteada rasgou a pele desprotegida de suas mãos. Ela não sabia por que, mas gostava da dor física intensa e tangível daquele processo. O vento que soprava tirava as lágrimas de seus olhos.

Onde o solo se tornava íngreme demais, ela agarrava as raízes e os galhos dos rododendros como se fossem os degraus da escada de um colono. Quando ela via amoras crescendo nos arbustos da montanha, enchia a boca com algumas. Bebia dos pequenos regatos de água que escorriam pelas fendas da rocha, passando por profusões de samambaias exuberantes.

Com suas encostas íngremes e rochosas, a montanha sempre dizia às pessoas que não queria ser escalada, mas Willa não conseguia deixar de pensar que, naquele dia, a montanha estava provendo seu sustento ao longo do caminho.

Ela seguiu os leitos rochosos que serpenteavam entre os contrafortes da montanha, subindo pelos rochedos e pelas velhas árvores desgastadas pelo tempo, curvadas e retorcidas pelo vento. Escalava, mão após mão, para cima pela pedra silenciosa e escarpada dos tempos antigos.

Seu coração batia dolorosamente no peito. Os pulmões lutavam por ar, mas ela continuou seguindo em frente. Agora não queria nada, exceto a dor em seu corpo e a solidão em sua alma, para bloquear o que ficava para trás.

Entrou em uma área de névoa espessa onde a Grande Montanha costumava esconder sua crista quando estava dormindo, as névoas sonhadoras flutuando no pico fumegante. Ela percebeu, porém, que não era apenas a névoa normal a que estava acostumada no Recôncavo Morto e nos vales abaixo. Estava tão alto que, na verdade, estava *dentro* de uma nuvem que se movia cruzando o céu. Sentiu o toque frio das gotículas da nuvem em suas bochechas enquanto subia e saboreou a doçura dessa sensação na língua.

Bem no alto agora, o ar tinha esfriado, mas seu corpo estava suando apesar disso. Seus músculos doíam. Os dedos sangravam. Bolhas doíam em seus pés, mas ela continuou subindo, pressionando, expulsando a morte de sua vovozinha do corpo. Alcançando, agarrando, puxando e escalando, ela subia e subia. Queria chegar ao topo da montanha e ver o mundo inteiro.

E então, de repente, não havia mais nada para agarrar. Ela estava cercada por um paredão denso de abetos gigantes, com troncos mais grossos que seus braços esticados, mas não havia mais terreno para subir.

Ela franziu a testa confusa. A princípio pensou que devia ter mudado o curso e alcançado um pico falso, e que a montanha real ainda estava acima dela — pois a montanha *sempre* estivera acima dela —, mas então percebeu onde estava. Tinha conseguido. Ela havia alcançado o pico da Grande Montanha pela primeira vez em sua vida.

Incapaz de ver através da folhagem ao seu redor, ela foi até o mais grosso e mais alto dos abetos gigantes. Ela se sentiu estranhamente nervosa ao se aproximar. Sem sua vovozinha no mundo, será que seus próprios poderes ainda funcionavam? Será que ainda conseguiria falar com as árvores? Será que elas ainda ouviriam? Será que ainda poderia aprender e crescer sem sua professora? Ou teria toda a magia do mundo desaparecido?

— Espero que você possa me ajudar a ficar um pouco mais alta, minha amiga — disse ela baixinho na língua antiga, e começou a escalar.

Seus dedinhos das mãos e dos pés eram como garras e se firmavam facilmente à casca áspera da árvore colossal enquanto ela subia, quase como se as duas — Willa e aquela velha árvore — tivessem crescido para fazer parte da vida uma da outra. Quando Willa tinha dificuldade e quase se soltava, a árvore erguia um galho ou enrolava um ramo em sua mão para ajudá-la. Ela escalou e escalou, alcançando um galho após o outro, subindo e subindo pelos ramos que gotejavam névoa, até chegar aos galhos mais altos, seu corpo enfim balançando suavemente com a brisa.

Ela olhou a partir de seu ninho de águia com entusiasmo, mas tudo o que conseguia ver era a névoa cinzenta das nuvens rolando ao seu redor. Estava cercada por elas, dentro delas, mas as nuvens não ficavam apenas paradas, bloqueando sua visão, elas estavam *mudando*, rolando e girando, abrindo e fechando o espaço ao seu redor, como se a Grande Montanha estivesse dizendo: *Apenas espere um momento, e eu vou lhe mostrar...*

Conforme as nuvens começaram a se dissipar, ela avistou um pedaço de céu e o brilho dos raios de sol. Teve um vislumbre de uma cordilheira florestada não muito longe, e então um pico um pouco mais adiante. Quando as nuvens se abriram, ela começou a ver um vasto mundo de montanhas verdes e vales sombreados. Raios dourados derramavam-se pelas aberturas nas nuvens e lançavam sua luz pela terra.

Ela se virou para um lado e depois para o outro, olhando para o mundo — cadeias de montanhas em todas as direções até onde podia enxergar. As encostas arborizadas das montanhas mais próximas se estendiam ao seu redor com o dossel sempre verde das árvores. As cristas das montanhas mais adiante eram de um verde mais escuro, e as que se erguiam mais além destas eram de um azul profundo, e, depois, de um azul mais claro; montanhas tão distantes que pareciam se voltar para o céu, camada sobre camada de montanhas, cada tom de verde e azul misturando-se ao seguinte, centenas de cores para as quais os humanos não tinham nomes. Era a coisa mais linda que Willa já tinha visto na vida.

Ela semicerrou os olhos e olhou em direção à borda do mundo; mas, além das montanhas distantes, tudo o que ela podia ver eram mais montanhas.

Então Willa se lembrou de algo que acontecera no ano anterior. Ela estava rastejando pela floresta perto da Baía do Bezerro, um vale tranquilo onde vivia uma comunidade de colonos, quando ouviu dois homens do povo do dia conversando enquanto bois puxavam sua carroça pela estrada.

— Bem, sabe de uma coisa? — disse um deles. — Antigamente, aquele povo achava que a terra era plana.

— Não vejo como eles poderiam pensar assim — disse o amigo. — Mesmo naquela época, acho que eles sabiam que a Terra era redonda. Observe a sombra projetada na Lua.

Mas estando no topo da Grande Montanha naquele momento, Willa sabia que os homens do povo do dia estavam errados. O mundo não era plano nem redondo. Era *montanhas*. Eram rochas irregulares e ravinas íngremes, cristas cheias de vento e sem árvores e vales arborizados sombreados, riachos que serpenteavam por reinos de floresta escondidos e picos altos e arredondados que vigiavam o mundo — e lá, também, apenas montanhas. *Como poderia ser de outra forma?* — ela pensou. *Como as árvores e as montanhas poderiam algum dia acabar? Deixaria de ser o mundo.*

Ela se lembrou de ter flutuado pelo submundo do Recôncavo Morto, pensando sobre o padaran, sobre os costumes Faeran e o que eles significavam. Os costumes Faeran e os costumes humanos. O *nós* e o *eles*. O *nós* e o *eu*. Talvez não houvesse apenas um modo de viver, mas muitos. A Terra não era plana ou redonda. A Terra era montanhas.

Enquanto ela olhava para o céu, avistou algo com o canto do olho e se virou para aquela direção. Era apenas um ponto no início, muito distante; mas, à medida que se aproximava, ela logo percebeu ser um falcão voando nas correntes de ar que fluíam como rios acima das cristas das montanhas.

Com a suave inclinação de suas asas, o falcão abriu caminho pelo céu. Estava chegando muito perto, e então o coração de Willa deu um salto quando a ave passou direto por ela. Pela primeira vez em sua vida, ela não estava vendo um falcão no *alto*, mas *abaixo*. E quando o falcão passou voando, ele inclinou a cabeça e olhou para ela, como se estivesse surpreso de vê-la lá no topo do mundo.

Enquanto o falcão voava e olhava para trás, para seu domínio aéreo, ela se perguntou novamente sobre o que os homens tinham dito a respeito do formato da Terra. *O falcão sabe* — ela pensou. *Ele conhece o ar. Ele conhece a Terra. Ele pode ver tudo daqui.* Willa olhou para o mundo montanhoso, tentando imaginar o que havia lá adiante, tentando imaginar para onde poderia ir.

Quando a névoa começou a rolar lentamente de volta, foi como se a montanha estivesse dizendo com gentileza: *Você já viu o suficiente, pequenina. Agora é hora de você ir...*

Ela sabia que a montanha estava acostumada a viver na névoa e era raro que mostrasse seu verdadeiro eu, e Willa estava grata por ter feito isso para ela.

Enquanto as nuvens próximas se acumulavam ao longo das cristas montanhosas, ela observou a névoa rolar pelas encostas da Grande Montanha para os vales abaixo. Ela pensou em todas as criaturas vivas lá embaixo, os lobos em suas tocas e os ursos à beira do lago, a mãe cerva e sua cria, os Faeran em sua toca retorcida, os Cherokees cuidando de suas fazendas e os colonos em suas tocas de toras, os recém-chegados com suas máquinas de ferro, todos recebendo juntos a névoa da montanha, o sopro do mundo, dando vida a todos eles.

Um cheiro incomum tocou suas narinas. Franzindo a testa, ela farejou o ar, depois se virou e esquadrinhou com o olhar.

Queria poder perguntar ao falcão o que ele conseguia ver, porque sabia que seus olhos eram muito melhores do que os dela, mas ele já estava longe em seu caminho.

Então ela avistou o que parecia ser uma linha fina de névoa cinza flutuando de um ponto específico ao longe, mas não era névoa. Era uma trilha de fumaça que subia de um dos vales muito abaixo.

Ela conhecia bem aquele vale em particular, com suas enseadas de cicutas gigantes, os pinheiros altíssimos e as nogueiras pretas — velhos amigos que a protegeram do sol de verão enquanto a ouviam cantar suas antigas canções Faeran.

Willa sabia que deveria ser um grande derramamento de fumaça para ela conseguir ver daquela distância. Era fumaça demais para ser a respiração de uma pedra íngreme de uma toca do povo do dia. E estreita demais para ser o fogo que consome o mundo.

Uma sensação de aperto e náusea rastejou lentamente em seu peito ao fitar aquela fumaça misteriosa.

Uma forte claridade iluminava o local. Uma área de árvores desintegradas. E as que restavam ao redor estavam desabadas no chão, uma após a outra, como se estivessem sendo alimentadas por uma fera gigante. Uma grande erupção de fumaça e detritos se elevava no ar.

E então o som daquilo a atingiu no peito, como o estalo de um trovão após um relâmpago. O som estrondoso voou pelos céus e ecoou nas montanhas atrás dela.

Uma espessa coluna de fumaça preta subia de onde as árvores tinham sido destruídas. Mesmo daquela grande distância ela podia ouvir seus gritos, seus gritos retorcidos e ardentes à medida que seu espírito ancestral caía estrondosamente no chão.

— *Anakanasha* — ela gritou de angústia, o coração doendo pelas árvores feridas e assassinadas, e por todos os pássaros e animais que viviam entre elas. A dor cresceu em seu peito tão rapidamente e com uma força tão poderosa que a deixou sem fôlego. As lágrimas queimaram seus olhos ao presenciar a devastação.

Que força maléfica causou uma destruição tão terrível?

31

Willa correu pelo terreno rochoso, saltando de uma borda irregular para a próxima, mergulhando de cabeça por entre matagais e vegetação rasteira, correndo pelos bosques de árvores altas e que ainda cresciam, impulsionada pela esperança desesperada de que ela pudesse ser capaz de ajudar alguns dos animais feridos pela destruição que ela vira do topo da montanha, mas ainda restavam quilômetros a percorrer. Ela sabia que sua camuflagem não poderia protegê-la enquanto estivesse atravessando longas distâncias como essa. Um observador veria um lampejo de movimento e um borrão de cor conforme sua pele mudava de uma textura cinza rochosa ou verde folhosa para a seguinte. Isso a deixaria vulnerável a ataques, mas precisava descobrir o que havia acontecido.

Exausta de tanto correr, ela diminuiu a velocidade para recuperar o fôlego quando chegou ao Vale Musgoso, uma ravina profunda e escura com as sombras verdes de suas árvores protetoras, onde finos filetes de água escorriam pelas rochas musgosas e se juntavam em um riacho. Era o lugar onde o rio do vale nascia eternamente.

Depois de tomar um gole rápido, ela continuou em frente.

Seguiu o caminho sinuoso do jovem rio até chegar a Três Forcados, onde vários riachos se juntavam para se tornar um verdadeiro e poderoso rio com vida e alma próprias.

A partir dali ela correu ao longo da margem rochosa, conforme o grande rio começava a encontrar o próprio caminho e a tomar as próprias decisões, movendo pedras e esculpindo a terra, fortalecendo-se e aprofundando-se à medida que todos os riachos ao redor se juntavam à sua causa, quilômetro após quilômetro, serpenteando pela floresta até se tornar irrefreável, desbastando as montanhas por onde fluía. Ela tinha visto com os próprios olhos e aprendido na alma que, onde nasce um rio, a terra molda seu caminho. Já por onde o rio cresce, ele começa a moldar a terra.

Quando finalmente alcançou a área onde tinha visto a destruição, ela se separou do rio e rumou para o oeste floresta adentro. O som de muitos passos arrastando-se pelas folhas chegou aos seus ouvidos. Então vieram os sussurros baixos de vozes abafadas. Um grupo de humanos estava vindo em sua direção. Ela se abaixou para se esconder nos arbustos.

Uma dúzia de famílias Cherokees estava se movendo rápido e silenciosamente pela floresta. Respiravam pesado, suas roupas simples de algodão sujas e desgrenhadas, seus rostos tensos de medo, olhando muitas vezes para trás. Muitos dos Cherokees carregavam sacos e outros suprimentos pendurados nos ombros, como se tivessem recolhido os pertences de suas casas às pressas e fugido. Uma mulher carregava seu bebê enrolado em um cobertor nas costas. Os homens sangravam de feridas recentes, o rosto manchado de marcas pretas.

Ela costumava ver os Cherokees caminhando nas estradas de cascalho que conectavam as cidades da região, e os tinha visto negociando pacificamente com os colonos, mas nunca correndo pelo mato daquele jeito. Pareciam fugir de algum tipo de perigo, mas também esquadrinhavam à frente e olhavam ao redor como se estivessem procurando por algo que haviam perdido.

Então ela percebeu que, além do bebê nas costas da mãe, não parecia haver nenhuma outra criança entre eles. Era isso que estavam procurando? Tinham perdido crianças?

E então, na retaguarda do grupo, seguindo atrás de todos os outros, ela avistou um menino que acabava de entrar no seu campo de visão. Era magro e estava sem camisa, alguns anos mais velho do que ela. Tinha longos cabelos negros e as marcas de listras escuras de sua tribo no rosto e nos braços. Ele com certeza não era do mesmo clã que os outros Cherokees, mas estava carregando uma das meninas deles nos braços, o cabelo dela estava empapado de sangue.

Ele se virou e olhou para trás, ao longe, seu semblante atormentado pela preocupação. Então olhou para a floresta, como se esperasse ver algo lá. *Ele não está apenas procurando o inimigo* — ela pensou. *Ele foi separado de alguém que ama.*

Willa se perguntou se aquele menino Cherokee conhecia o menino mais novo que ela vira na prisão sob a toca, mas achava que não. Havia algo muito diferente naquele menino. Ele parecia muito forte e feroz de coração e, enquanto caminhava pelas folhas da floresta, seus passos faziam apenas o mais leve e abafado som. Ela podia sentir o cheiro dos outros homens e mulheres Cherokees, assim como podia sentir o cheiro dos colonos, pois eles eram seres humanos como quaisquer outros. Willa sabia que era impossível, mas, quando aquele garoto estranho passou pelo esconderijo dela nos arbustos, seu cheiro a fez lembrar de algo muito específico: *puma.*

Naquele momento, o garoto parou abruptamente, virou-se e olhou bem na direção dela. Seus olhos castanho-escuros examinaram a floresta com atenção.

Prendendo a respiração, Willa se aprofundou nas cores e na textura da floresta e permaneceu completamente imóvel.

O menino olhou para a área onde Willa estava escondida, como se soubesse que ela estava lá, mas Willa poderia prender a respiração por um longo tempo se fosse necessário. Quando se tratava de ficar parada, ninguém conseguia ficar mais tempo do que ela. Havia aprendido a ter paciência com as árvores.

O choque de uma explosão estrondosa rasgou a floresta, sacudindo as folhas e fazendo o solo tremer. Bandos de pássaros assustados levantaram voo. Pequenos animais correram para se proteger. O som ricocheteou ecoando pelos paredões das ravinas próximas.

Willa se abaixou com os Cherokees, encolhendo-se no chão, um medo gélido surgindo em seu corpo. Nunca tinha sentido ou ouvido um som tão ensurdecedor, um som que sacudia ela e tudo ao seu redor com um impacto violento. Ela ficou deitada no chão, com os pulmões ofegantes e os ouvidos zumbindo com um gemido agudo.

— Todos de pé! — o menino Cherokee gritou para os demais. — Continuem andando!

Willa voltou a se levantar. Logo acima da cordilheira mais próxima, uma grande nuvem de fumaça negra subia para o céu. Quando o pequeno bando de Cherokees saiu correndo na direção oposta, Willa seguiu rumo à fumaça.

32

Quando Willa correu pela floresta, uma estranha fumaça cinza flutuou por entre as árvores. O cheiro de madeira queimada pairava no ar, tingido de uma agudeza que a lembrou da explosão de um bastão de matar.

E então, enquanto avançava através da névoa, algo ainda pior invadiu suas narinas: o odor nauseante de árvores recém-cortadas. O fedor opressor de galhos cerrados, troncos decepados e seiva derramada enchia o ar.

Willa chegou a uma saliência onde o chão fora quebrado em pedaços por uma violência poderosa; pedras soltas e terra caíam de um penhasco a seus pés. Quando olhou por sobre a borda da ribanceira, uma visão chocante se revelou diante de seus olhos.

O mundo havia desaparecido.

Uma vasta área da floresta fora cortada e arrastada dali. Todas as árvores, até onde ela podia ver, haviam sido assassinadas, deixando nada além de uma clareira retalhada com milhares de tocos em um campo de terra danificada, galhos quebrados e pilhas de serragem.

Willa gritou ao se deparar com aquela visão. Todas as árvores tinham sido mortas! *Que tipo de pessoa faria isso? Por que destruiriam a floresta?*

Havia centenas de homens trabalhando, atacando as árvores na orla da floresta. Ela viu horrorizada dois deles puxando uma serra de quase 2 metros de comprimento e com o gume dentado de um lado para o outro em um bordo de açúcar vivo. Os dentes de aço afiados rasgavam a carne do tronco e a seiva escorria do ferimento.

Os assassinos não eram os colonos ou os Cherokees que Willa observou de longe durante toda a sua vida. Eram os humanos que sua vovozinha e o padaran chamavam de "recém-chegados". Agora via por que eles tinham vindo para suas florestas.

— Madeira! — gritaram os homens para seus companheiros assassinos no momento em que a majestosa árvore desabava no chão. Então, uma dúzia de outros homens se lançou sobre a árvore com machados e cortaram seus galhos.

Árvores que ela conhecera por toda a vida — o tulipeiro, a nogueira-preta, o carvalho-branco, o bordo-vermelho — caíam uma após a outra pelas serras e pelos machados dos homens. Algumas dessas almas mais antigas tinham vivido a vida naqueles recôncavos das montanhas por mais de 300 anos; outras por 50 ou 100, mas todas estavam sendo exterminadas em questão de horas.

Willa sentiu um estrondo na terra sob seus pés e ouviu um som alto de precipitação. Virou-se para ver uma máquina gigante preta rolando sobre longos trilhos de aço que os homens haviam colocado sobre a terra. Mesmo tão distante como estava, o som da máquina encheu seu peito e sacudiu seu corpo. Vapor branco e quente era cuspido da chaminé da máquina num respiro pesado, resfolegando ritmicamente pelos trilhos. Homens suados montados naquela fera enfiavam carvão preto na barriga em chamas da máquina.

Quando ela alcançou a área de transição, grupos de homens usavam cavalos suados, assustados, escravizados e acorrentados para arrastar cabos grossos montanha acima e prendê-los nas árvores caídas. Então, uma segunda máquina gigante arrotadora de vapor, que estava montada na fera em movimento, arrastava os corpos das árvores para si, como uma aranha de pernas longas puxando lentamente sua presa. Uma lança oscilante movida a vapor, e que balançava sobre o solo, agarrava as toras com garras enormes e as colocava nas costas da fera que vinha pelos trilhos.

A equipe cortava as vivas, arrastava as mortas, e empilhava as carcaças uma sobre a outra. Willa tentou imaginar o que estavam fazendo com todas elas. Sabia que eles cortavam os corpos das árvores para fazer tocas, ferramentas e armas, carroças, brinquedos e berços para seus bebês, mas quantas pessoas do povo do dia poderia haver no mundo para destruírem uma área inteira de floresta?

Uma equipe de homens com pás e carrinhos de mão, espigões e martelos se aproximou da área onde Willa estava. Eles começaram a cavar e a martelar a terra perturbada e exposta pelas explosões. Pareciam assentar trilhos de aço em uma nova área da floresta, estabelecendo o curso para os cortadores virem com suas máquinas. Onde um espinhaço rochoso ou um terreno íngreme impedia seu progresso, eles faziam pequenas pilhas de gravetos vermelhos e incendiavam um longo ramo branco. Tinham escavado buracos nas encostas de montanhas vivas, quebrado grandes rochas e preenchido as ravinas do rio — achatando a terra montanhosa para que a máquina arrotadora de vapor pudesse passar. Alguns dos fogos das explosões ainda queimavam nas proximidades, grandes nuvens de fumaça negra subiam no ar. *Isso é o que eu vi da montanha* — ela pensou.

Mentalmente incapaz de absorver mais da devastação, ela recuou de novo para dentro da floresta e saiu aos tropeços. Parecia que alguém havia escavado um buraco em seu coração.

Entristecida e desorientada, Willa se viu caminhando por uma área da floresta que havia sido gravemente danificada pela recente explosão. Os troncos das árvores foram quebrados ao meio, suas entranhas despedaçadas e seus galhos cortados e deixados para morrer no chão da floresta. Os corpos de pássaros mortos jaziam espalhados pelo chão — gaios-azuis e papa-moscas, chapins e pica-paus —, as penas despedaçadas e o pescoço quebrado. A carcaça de uma pequena raposa-vermelha jazia com as pernas dobradas e o corpo torcido. Willa tinha ido para a área da destruição para ajudar como pudesse, mas era tarde demais. O espírito da raposa havia partido. Os animais naquela área estavam todos mortos. Isso a deixou se sentindo desesperançada e impotente para fazer qualquer coisa.

A terra perturbada sob seus pés de repente cedeu. Willa perdeu o equilíbrio quando o solo desabou debaixo dela e se viu deslizando para a ravina do rio represado, cheio de troncos entrecruzados e árvores queimadas pela explosão. Agarrou freneticamente a terra ao seu redor, mas não conseguiu evitar a queda. Estava indo direto para as corredeiras agitadas que desciam através dos troncos que bloqueavam o rio. Apesar de tudo o que os humanos tinham feito, o rio não pararia. Todos os músculos de seu corpo se contraíram de pânico. Apavorava-se com a ideia de que pudesse ser sugada pelas poderosas correntes e ficar presa contra um tronco. Ela saltou, se agarrou a um galho e ficou firme, pendurada na lateral da ravina, apenas alguns metros acima da água turbulenta.

Foi quando o avistou.

Era um dos maiores animais que já tinha visto, mas parecia muito pequeno, seu corpo esmagado sob o tronco de uma árvore. Estava completamente exausto e muito ferido, preso metade dentro e metade fora da água que jorrava, suas garras afundadas na casca de uma árvore, segurando-se com o que restava de suas forças. Em questão de segundos, ele se afogaria. O animal tinha pelo preto-azeviche e uma longa cauda preta, seus olhos amarelos brilhantes olhavam diretamente para ela.

33

A terra solta desmoronou sob os pés de Willa, que deslizou pela lateral da ravina em direção à corrente escura e agitada do rio bloqueado. Saltando de modo desesperado e agitado, Willa se jogou em uma raiz exposta e se agarrou a ela, e então desejou que a raiz viva se enroscasse em seus pulsos e a segurasse no lugar. Estava agora pendurada ali, logo acima das corredeiras perigosas. E, presa a poucos metros dela, estava a leoa da montanha, uma pantera, negra como a noite, diferente de todas as que ela já tinha visto antes.

Sabia que um predador como aquele poderia matar com um único golpe de suas garras, mas não parecia que o felino iria atacar, ou mesmo que seria capaz de fazê-lo. As costas da pantera estavam dobradas sob o tronco de uma árvore caída e suas feridas ensanguentadas pareciam excruciantes. Sua boca se curvou em um grunhido, os bigodes tremiam de dor. A pantera rosnava repetidamente enquanto afundava as garras no tronco em que estava presa e tentava se libertar.

Willa tinha ouvido os colonos e os Cherokees contando histórias ao redor de suas fogueiras sobre o Fantasma da Floresta, e sua avó também havia descrito aquelas feras míticas para ela, mas Willa nunca pensou que de fato veria uma com os próprios olhos.

Queria ajudar o animal, mas estava pendurada na parede da ravina por uma raiz de árvore delgada e tinha medo de chegar perto das garras afiadas e dos dentes mortais da felina. A pantera era um dos animais mais selvagens e cruéis da floresta. Não conseguia imaginar como poderia chegar mais perto dela.

Conforme o poderoso fluxo do rio jorrava através da estreita rampa da ravina, ele empurrava o emaranhado de árvores enormes que estavam amontoadas ao redor dela, balançando o bloco de troncos que bloqueavam o rio para a frente e para trás. Willa podia ouvir o dique de troncos rangendo e gemendo como se fosse ceder a qualquer momento.

Precisava sair daquela ravina ou seria levada pela água quando o rio abrisse passagem. E não tinha força para arrastar uma pantera de debaixo de uma árvore caída ou levantar um tronco de suas costas.

Quando ela ouviu o chamado alto e zombeteiro dos gaios-azuis nas árvores no topo da ravina, soube que não era apenas os pássaros cantando. Era um alerta; um aviso para ela em particular. Algum tipo de novo perigo se aproximava. Quando ela atentou seus ouvidos na área acima, ouviu vozes e passos no topo da ravina: estavam vindo em sua direção.

Achando que fosse um grupo de madeireiros com seus machados, Willa se pressionou contra a parede e tentou se fundir, mas, pendurada na raiz, ela não conseguia ficar parada o suficiente para se esconder muito bem.

E então ela os viu. Não eram madeireiros, mas Faeran.

Gredic, Ciderg, Kearnin e um bando de outros jaetters estavam chegando, empunhando não apenas as varas que portavam antes, mas também lanças afiadas, prontas para matar os animais da floresta e levar a pele deles na volta para o padaran. O grupo vasculhava ao longo do caminho da ravina destruída. Logo descobririam a pantera presa assim como Willa havia descoberto.

Sua avó havia lhe dito que uma das razões pelas quais se consideravam as panteras-negras mágicas era por serem tão raras e evasivas — poucos já tinham visto uma. Willa sabia que a pele preta da pantera seria muito valiosa, muito mais do que uma pele de lobo, moedas, joias de prata ou qualquer outra coisa em que os jaetters tivessem esperança de colocar as mãos. Quando vissem a pantera presa e em dificuldade, eles ririam de prazer e bateriam os dentes, então iriam correr para apunhalar o animal com suas lanças até a morte.

Willa não suportava nem sequer pensar nisso.

Quando voltou a olhar para a pantera, percebeu o desespero brilhando naqueles olhos amarelos. E pôde ver que a pantera ouvia os jaetters que se aproximavam, e entendia o perigo.

O coração de Willa se encheu de uma espécie desesperada de coragem tola. Fez com que as raízes que a seguravam no lugar se desenrolassem de suas mãos. Em seguida, escalou a lateral em ruínas da ravina para se aproximar da pantera. A respiração pesada e difícil da felina movia grandes lufadas de ar para dentro e para fora de seus pulmões. Suas garras afiadas agarraram a casca do tronco da árvore contra a qual ela estava prensada.

Willa achou que conseguiria engatinhar até a pantera, mas então a terra sob seus pés e suas mãos cedeu. Ela escorregou pela encosta da ravina e caiu no rio fazendo um *splash*. Estendeu a mão e agarrou os galhos da árvore para não ser varrida pela água, mas os galhos se quebraram entre seus dedos quando a água corrente a puxou para baixo.

Estava tentando ajudar, mas agora tinha sido pega no mesmo vórtice de correnteza rodopiante que pegara a pantera. Iam se afogar juntas.

Então algo grande e vivo passou roçando por sua perna debaixo da água. Ela soltou um grito agudo de medo e escalou a margem do rio o mais rápido que pôde.

Na beira da ravina acima dela, Gredic e Ciderg gritavam. Tinham visto a pantera. E tinham avistado Willa.

34

Enquanto os jaetters no topo da ravina procuravam um caminho para descer pela lateral, Willa soube que tinha que ajudar a pantera. Mas como? Parecia que algo além da árvore caída a estava impedindo de se soltar. No entanto, o que era?

A última coisa que Willa desejava era voltar para a água escura rodopiante e encontrar o que quer que estivesse se escondendo lá embaixo, mas não tinha escolha. Ela respirou fundo e mergulhou de cabeça.

Soube imediatamente que não deveria ter feito isso. Mal podia enxergar através da escuridão fria da água, e a contracorrente que passava entre os troncos era muito mais poderosa do que esperava. Willa tentou nadar em direção contrária. Balançou os braços, chutou as pernas e nadou com toda a força. Contudo, era inútil. A corrente a agarrou e a jogou contra um tronco submerso, prendendo-a abaixo da superfície da água. Não conseguia se desvencilhar. Não conseguia respirar.

Ela iria se afogar em segundos.

Algo roçou em sua perna mais uma vez. Ela se esquivou por reflexo, mas não conseguia nem mesmo inspirar. Tinha que chegar à superfície.

Então sentiu dezenas de mãos minúsculas em suas panturrilhas e coxas. Outras mãos a pressionaram na lateral do corpo, tentando girá-la no sentido da correnteza. Um corpo esguio nadou entre suas pernas e outro empurrou suas costelas. Ela estava sendo engolfada por agressores peludos!

Sua boca emergiu da água e Willa sugou uma porção ofegante de ar. Puxou todo o ar para dentro, deixando-o fluir para seus pulmões agradecidos, e agarrou um dos galhos maiores da árvore mais próxima para que a corrente não conseguisse puxá-la dali.

Um rosto pequeno, peludo e escuro emergiu na frente dela. Tinha bigodes compridos, um pequeno nariz preto e olhos escuros e brilhantes. A lontra do rio guinchou para ela e depois voltou a mergulhar.

De repente, a água se encheu de lontras que nadavam ao redor de Willa, esfregando-se nela, segurando-a, empurrando-a com as mãos, impulsionando-a com os ombros. Ela podia ver que algumas das lontras haviam sido queimadas pelas chamas quando a explosão destruiu sua colina arborizada, mas pareciam determinadas a ajudá-la.

A mesma lontra macho de antes apareceu na frente dela, repreendendo-a com seus guinchos, como se estivesse irritado por ela não estar seguindo as instruções. E então finalmente Willa entendeu.

— Mas se eu soltar esse galho, vou me afogar! — ela disse à lontra na língua antiga.

Não adiantava argumentar com ele.

Solte, sua garota tola! Solte! — ele parecia estar tagarelando.

Houve um estalo alto de madeira e um movimento de solavanco quando o dique de troncos começou a se mover. Mais água começou a jorrar através das toras. Era a vontade do rio de continuar se movendo, e o rio iria vencer. Ia empurrar, girar e carregar todas aquelas toras, Willa, a pantera e as lontras junto com a madeira.

Willa olhou para a pantera presa, que mal se aguentava ali. Sua boca estava aberta, mostrando as presas longas e curvas, metade dentro e metade fora da água, e afundava cada vez mais conforme a água subia.

Puxando o ar uma última vez, e achando de verdade que a corrente a levaria para a morte, Willa enfim fez o que as lontras queriam: soltou o galho.

As lontras imediatamente a empurraram, torcendo seu corpo, mostrando-lhe como nadar, como mergulhar, como escorregar pelo meio. Você é pequena como nós, pareciam estar dizendo. *Você não pode lutar contra a corrente. Não pode nadar contra ela. Você nada COM ela! Você escorrega através dela. Você gira, você mergulha, você voa! Use o poder da água para impulsionar você! Você se vira, vira, deslizando no meio da água tão rápida e escorregadia quanto um peixe.*

Com as lontras empurrando Willa como se ela fosse um de seus filhotes, de repente ela estava fazendo exatamente isso; estava escorregando na água.

A lontra guinchante da superfície a conduziu na profundeza escura e turbulenta da água, sob o emaranhado de troncos submersos que seguravam as patas traseiras da pantera. A água ao seu redor rodopiava vermelha, cheia do sangue da felina. E então Willa finalmente viu: uma armadilha de aço presa na pata traseira da felina que não a deixava escapar.

35

Willa veio à superfície e respirou fundo.

— Sinto muito — disse, balançando a cabeça para a pantera. — Acho que não consigo tirar essa armadilha da sua pata.

Olhando para cima em direção ao topo da ravina, Willa viu os jaetters abrindo caminho pelo cascalho solto. Gritavam conforme se aproximavam, brandindo suas lanças recém-afiadas.

A pantera estava sendo arrastada para baixo da água pela força da corrente da armadilha. Com a cabeça afundando cada vez mais, ela abriu os olhos amarelos e olhou para Willa. Havia algo naquele olhar, algo que *sabia*, algo que lhe suplicava, mas o que Willa poderia fazer? Era uma armadilha de aço presa por uma árvore enorme!

Em um momento de compaixão descuidada, Willa estendeu as duas mãos e tocou o rosto e a cabeça da pantera, como que para confortá-la, para segurá-la ali, para salvá-la de ser arrastada para baixo, mas ela sabia que era inútil.

— Eu sinto muito! — Willa gritou quando a cabeça da pantera afundou inteira na água.

Não havia nada que pudesse fazer.

A pantera tinha partido.

Estava morta.

Willa tinha certeza.

Então ela viu seus olhos. Eles estavam a uns 30 centímetros abaixo da água, mas aqueles olhos amarelos ainda abertos olhavam para ela. Não ia desistir. Estava prendendo a respiração.

Você consegue! — os olhos estavam lhe dizendo.

Com as lontras guinchando freneticamente enquanto nadavam ao seu redor, Willa respirou fundo e mergulhou na água. Nadou pela escuridão em redemoinho em direção à armadilha de aço. As lontras foram junto, guiando-a pelo emaranhado de troncos e galhos. Ela agarrou as mandíbulas da armadilha com os dedos e tentou abri-la, mas a mola da armadilha era forte demais. Empurrou, forçou e puxou, mas não adiantou.

Lembrando-se de como Lorcan e o outro guarda tinham tentado libertar o padaran empurrando as alavancas dos dois lados da mandíbula, Willa as agarrou e empurrou o mais forte que pôde, mas nenhuma das duas se mexeu.

Na esperança de usar os músculos das pernas, Willa nadou através do emaranhado apertado e retorcido de galhos submersos, posicionou-se com os pés nas alavancas da armadilha, apoiou as costas contra um galho e empurrou os pés para baixo o mais forte que pôde. Nada aconteceu. As alavancas nem sequer se mexeram. As mandíbulas não se abriam. Não era forte o suficiente, ou não entendia como a armadilha funcionava. Simplesmente não conseguia fazer aquilo.

A pantera puxava e repuxava a perna presa como se entendesse bem o que Willa estava tentando fazer por ela e tentasse ajudá-la. Porém, não fazia diferença. A pantera não conseguia se libertar. Tudo estava preso no dique de troncos; as árvores, os galhos, a felina…

Então Willa percebeu que não tinha apenas troncos velhos e mortos submersos na água. Os humanos haviam derrubado aquelas árvores no rio com suas serras e seus explosivos. As árvores ainda estavam vivas. Ainda lutavam para sobreviver. Seus espíritos permaneciam fortes!

Willa nadou até a armadilha mais uma vez; porém, agora, não tocou nas peças frias de metal sobre as quais não tinha controle. Ela colocou as mãos nos galhos ao redor e fechou os olhos.

Junto de sua vovozinha, já havia praticado o tipo de artes de madeira de que precisava naquele momento, mas estava em um bosque saudável na época, com sua vovozinha ao seu lado, encorajando-a, mostrando-lhe o caminho. Só que agora Willa estava submersa em um rio bloqueado por troncos. Não conseguia respirar. Não conseguia falar. Mal conseguia se segurar em um único lugar debaixo d'água, mas tinha que tentar.

Ela agarrou os galhos, enfiou a mão no fundo de seu coração silvestre e despertou os espíritos das árvores que estavam se afogando.

Enquanto Willa infundia os galhos das árvores com sua força de vontade, eles começaram a se torcer e a girar. Moviam-se como vinhas que cresciam depressa, serpenteando pela água turva, enrolando-se dentro e ao redor das garras de metal da armadilha.

Daquela vez, os galhos das árvores não se moviam por conta própria ou porque ela havia pedido. Ela os estava comandando, controlando, guiando para agarrar o metal e puxar.

Enquanto Willa tensionava os músculos e rangia os dentes, os galhos lentamente separaram as mandíbulas da armadilha.

A pantera puxou e puxou de novo. E então, enfim, soltou a pata.

Enquanto a felina nadava agitada em direção à superfície, suas garras afiadas arranharam a coxa de Willa, um arranhão que rasgou dolorosamente fundo.

Com a perna sangrando, Willa nadou para cima em direção à luz. Ela irrompeu na superfície da água e respirou fundo, mas Kearnin apareceu acima dela e mirou a ponta da lança bem no seu rosto. A pantera saiu da água com um rugido e se chocou contra o jaetter com as garras, jogando-o para longe. Gredic, Ciderg e uma dúzia de outros jaetters avançaram, atacando com as lanças.

A felina olhou para Willa para se certificar de sua segurança. Aqueles olhos amarelos brilhantes olhavam diretamente para ela.

— Sim, vá agora, vá! — Willa gritou para o animal. — Corra!

Ferida e exausta, mas ainda cheia de um poder surpreendente, a leoa da montanha liberta saltou direto para a encosta íngreme da ravina, então para a floresta e desapareceu.

Willa sentiu uma onda de felicidade ao vê-la correr para um local seguro.

Enquanto todos os jaetters a cercavam na beira do rio, Gredic disse:

— Nós pegamos você agora, Willa. Não tem para onde você ir.

Mas, quando os jaetters avançaram, ela se deixou cair de volta no rio, para dentro da corrente mais poderosa. A corrente a carregou no mesmo instante, lançando-a rio abaixo com uma velocidade tremenda.

Os meninos lanceiros podiam ser capazes de pegar uma garota Faeran, mas jamais pegariam uma lontra.

36

Depois de um longo caminho rio abaixo longe da ravina e dos jaetters, Willa rastejou para fora da água e desabou no chão, grata por sair da correnteza fria.

As rochas são fortes — ela pensou —, *mas o rio vence. Ele vira. Ele cambalhota. Ele escolhe o caminho.*

Deitada na margem, o sol lhe dava seu calor, a terra lhe dava sua imobilidade e as árvores vivas oscilavam sobre o mundo mais uma vez.

Willa sentiu uma sensação de silêncio e segurança começando a retornar, pelo menos ali, pelo menos por um tempo.

Mas sua mente ardia com as memórias da devastação que havia deixado para trás e da qual escapara: a terra despedaçada e suas poderosas e velhas amigas caídas no chão. Ela ainda sentia nos ossos o tremor dos corpos caindo, ainda ouvia os galhos estalando em seus ouvidos. O rio lavara a seiva de suas mãos, mas o fedor do campo de matança permanecia em seu nariz.

Causava-lhe náusea a forma como as lâminas de aço dentadas haviam cortado tão selvagemente os troncos vivos das árvores. Ela se lembrou de como os madeireiros com os machados haviam partido os galhos indefesos. E dos homens que gritavam e estalavam chicotes, puxando a cabeça presa em couro de cavalos de olhos desvairados para arrastar as carcaças das árvores pelo chão.

As memórias eram chamas em seu coração; mas a pior de todas as memórias era sobre os pássaros, as centenas de pássaros, suas penas rasgadas e esfarrapadas, suas asas torcidas e quebradas, seus corpos caídos mortos no chão. Um ninho. Uma raposa. Um louva-a-deus. Um cervo filhote. Uma árvore não era só uma árvore; era um mundo. E os homens com as feras de ferro as estavam matando aos milhares.

Willa não entendia os recém-chegados. O que havia em suas almas para fazê-los querer destruir a beleza e o sustento do mundo daquela forma? Que tipo de mal os impulsionava? Fosse o que fosse, estava claro que eles tinham vindo com um propósito: derrubar a floresta e levar os corpos das árvores de volta para o lugar de onde tinham vindo. E eles não se importavam com quem ou o que eles haviam destruído para fazer isso.

Contudo, por mais sombrias e assustadoras que fossem suas memórias, a floresta ao seu redor agora fornecia um refúgio cálido, macio e verde, pacífico e sereno. Uma brisa suave soprava pelas cicutas, pelas bétulas e pelos cornisos que cresciam ao longo do rio. E ela podia ouvir o murmúrio e o zumbido dos pés minúsculos em forma de garras de uma trepadeira-azul escalando a casca de um tronco próximo. Um pequeno bando de chapins assobiava e saltitava nos galhos acima. Era como se a floresta soubesse do que ela mais precisava naquele momento, que os sussurros baixinhos dos velhos tempos acalmassem sua alma de floresta.

Quando sua mente se voltou para a pantera, Willa sorriu. Seu coração se encheu de orgulho. Ela, de fato, havia salvado a vida de uma pantera-negra! Sua vovozinha ficaria muito satisfeita e iria querer ouvir todos os detalhes. De certa forma, tudo o que tinha acontecido desde que ela havia deixado o Recôncavo Morto ainda não parecia real, como se não tivesse realmente vivido aquilo, não até que contasse tudo a respeito a sua vovozinha.

Ainda pensando em sua avó e em sua irmã Alliw, de tanto tempo atrás, Willa recolheu folhas de hidraste e hamamélis nas proximidades e, em seguida, as amarrou nas feridas de sua perna, onde a pantera a tinha arranhado. Sabia que a felina não tivera a intenção de machucá-la. Estava apenas tentando chegar à superfície. Até as panteras precisavam respirar.

Enquanto Willa trabalhava nas bandagens de sua perna, lembrou-se dos olhos amarelos marcantes da felina olhando para ela sob a superfície da água. *Você consegue!* — a pantera parecia lhe dizer. E ela conseguiu.

Willa só queria que tivesse tido mais tempo. Poderia tê-la ajudado com seus ferimentos, ou ficado sentada com ela por um tempo, conversando na língua antiga, como fazia com os lobos e os ursos, mas tudo tinha acontecido tão rápido, e de repente a pantera havia partido. Willa ficou se perguntando de onde a felina viera. Será que possuía algum tipo de família ou será que era sozinha como ela?

Não conseguia explicar, mas ansiava por vê-la mais uma vez. Percebeu que estava sendo tola. Aquela pantera era uma predadora cruel. Se tivesse meia chance, ela provavelmente teria feito Willa em pedaços e a comido no almoço.

Sentada à beira do rio sozinha, Willa sentia falta dela mesmo assim. Existia uma espécie de camaradagem no perigo que haviam compartilhado, na maneira como trabalharam juntas, na forma como se ajudaram. Willa sabia que o jaetter Kearnin a teria matado com aquela lança se não tivesse sido derrubado. A pantera tinha se movido muito rápido, mais rápido do que qualquer coisa que Willa já tinha visto. E tinha sido por *ela*. Não apenas salvara uma pantera-negra; a pantera-negra a salvara em retribuição.

Ela passou as horas seguintes vasculhando a floresta, procurando os rastros da pantera e tentando farejá-la. Willa procurava alimento ao longo do caminho, comendo os morangos-silvestres que encontrava escondidos sob suas flores brancas e as folhas verdes de margaridas-amarelas que cresciam ao longo dos pequenos riachos na mata.

Até que retornou para a margem do rio onde havia começado. Era inútil. O Fantasma da Floresta tinha realmente desaparecido. Willa se deixou cair no chão decepcionada.

A verdade era que ela não estava apenas procurando a pantera. A pantera não era o que ela realmente desejava. Ansiava por sua vovozinha, por sua irmã, por qualquer um. Queria alguém para conversar sobre o que ela via, sobre o que fazia, sobre todas as coisas que tinham acontecido.

Já fazia dias que não falava com uma pessoa viva. Sua vovozinha tinha sido a última.

Onde iria encontrar uma nova toca, um novo lugar para pendurar seu casulo e dormir à noite? A avó lhe tinha dado o conhecimento e as habilidades para *sobreviver* na floresta, mas onde ela encontraria um lugar para seu coração morar? Como iria viver em um mundo tão sozinha?

Willa olhou ao redor, para a floresta, e depois para o outro lado da água do rio, sem saber aonde ir ou o que fazer. Ver a destruição da floresta a deixou com um sentimento de desamparo e pequenez.

As famílias Cherokees que avistara mais cedo naquele dia já haviam ido embora fazia muito tempo. Os lobos, os ursos: eles tinham a própria espécie, a própria vida para viver. Ela estava realmente sozinha.

Olhou para o rio, deixando o fluxo hipnotizante da água tomar conta de sua mente. Queria que o movimento a entorpecesse, varresse sua dor. Que, de alguma forma, mesclasse seu espírito sofredor ao mundo.

Ao mesmo tempo que observava o fluxo do rio, ela sabia para onde ele a levaria. Em relação a tudo o que tinha acontecido nos últimos dias, a toda a violência e conflito que tinha visto, um ato de bondade estava gravado em sua mente. Ficou pensando sobre isso, sobre o quanto aquilo era inesperado. Não conseguia se livrar da lembrança. Não queria que fosse a resposta. Não queria seguir esse caminho. Não fazia sentido para ela, mas o tempo todo que tinha ficado sentada olhando para a água, uma parte dela já sabia o que iria fazer. Todos os fluxos em seu coração a estavam levando de volta para aquele lugar. Aquele momento exato. E não era longe. Tudo o que ela precisava fazer era seguir o rio.

37

Willa engatinhou até o limite da floresta, entrelaçou-se nas folhas da vegetação rasteira e olhou em direção à toca de madeira do homem do povo do dia que havia atirado nela.

O homem caminhava pela grama, o cachorro preto e branco estava ao seu lado, seguindo-o de perto. Ele usava um colete marrom e uma camisa com mangas enrugadas enroladas até os cotovelos, e um chapéu de aba larga que protegia seus olhos do sol.

Não sabia todas as palavras em inglês que os colonos usavam, mas tinha certeza de que chamavam as tocas em que viviam de "cabana" ou "casa", dependendo de como cortavam os corpos que usavam para construí-las. Eram palavras grosseiras e Willa não gostava delas em sua mente. E sabia que o "celeiro" era onde mantinham seus animais. Muitos dos colonos viviam em pequenas cabanas de toras, mas aquele homem havia feito uma casa, um celeiro e uma terceira construção para a qual ela não tinha um nome. E era para essa construção que ele estava caminhando.

Ele tinha coberto o telhado da construção com fatias sobrepostas de árvores mortas e montado as paredes com pedras que roubara do rio, mas a característica mais estranha daquele lugar era que tinha uma grande roda de madeira na lateral, com um eixo central grosso, oito raios e o que pareciam ser baldes retangulares de madeira pendurados na curva da roda. Ela não fazia ideia para que aquilo servia.

O homem caminhou até um canal estreito que havia cavado no solo para tirar água do rio e, em seguida, puxou uma alavanca que abriu uma espécie de comporta. A água roubada jorrava por uma rampa e respingava dentro dos baldes. Houve um som de gemido profundo, e então — para seu espanto — a roda começou a girar, os baldes no topo iam se enchendo e depois esvaziavam no fundo, com a água despejando em um pequeno lago, e continuando por outro canal de volta em direção ao rio.

Willa nunca tinha visto nada parecido. O homem estava roubando a água do rio e depois a devolvendo.

O eixo no centro da roda girava e girava, e algo dentro do lugar coberto retumbava com o som áspero de pedra esfregando em pedra.

Ela não conseguia entender como ele pegava o movimento da água e o transformava no movimento da roda, mas esse era o feitiço que ele estava lançando ali.

Mas então um barulho alto irrompeu daquela construção e a roda balançou violentamente, a madeira retorcendo e rangendo como se a roda fosse se partir. O homem cambaleou para a frente e fechou a comporta o mais rápido que pôde fazendo a roda parar com um estremecimento.

Ele olhou para sua engenhoca em uma confusão atordoada, então seu rosto se turvou de raiva e ele cerrou a mandíbula, como se suspeitasse de que algum inimigo tivesse sabotado sua máquina.

O homem então agarrou uma ferramenta com um cabo de metal comprido, escalou a roda gigante e rastejou pelos raios até um denso matagal de galhos de metal. Girou e torceu. Martelou e empurrou, gritando palavras duras que Willa não entendia.

Quando enfim voltou a descer, os nós dos seus dedos estavam ensanguentados. Ele foi até a alavanca e a puxou de novo. A água desceu como antes e a roda começou a girar mais uma vez.

Agora, ele não parecia apenas satisfeito por sua máquina estar funcionando, parecia estar com uma postura desafiadora, como se tivesse derrotado o mais poderoso dos inimigos.

Durante a hora seguinte, carregou grandes sacas nos ombros para dentro daquela construção. Willa tinha visto os fazendeiros em Baía do Bezerro enchendo sacas como aquelas com trigo de seus campos.

Ela ficou onde estava na floresta, mas o observou através das janelas abertas e da porta daquela construção. O homem despejou os sacos em uma boca de metal onde os grãos escorriam entre duas pedras chatas e eram moídos até se tornarem um pó amarelo-esbranquiçado.

Enquanto a roda d'água fazia seu trabalho, o homem caminhou até a pilha de galhos e troncos decepados, na lateral de sua casa, pegou um machado mortal e começou a partir as toras ao meio. A madeira era da estação anterior, então ela não ouviu seus gritos, mas ainda assim era difícil de assistir. Willa odiava como ele usava um machado com cabo de madeira para cortar mais madeira.

O homem partia um tronco após o outro, grunhindo, batendo o machado na madeira cada vez mais forte a cada golpe, a madeira fazendo um estalo intenso quando ele a partia. O suor gotejava em sua testa, e ele rangia os dentes ao jogar as placas de madeira para o lado.

Parecia que havia consertado o problema da roda, então por que estava tão bravo? A frustração parecia ferver dentro dele. Era como se ele não quisesse apenas partir aqueles pedaços de árvore, mas abrir a terra de onde eles haviam crescido.

Sua respiração foi ficando cada vez mais alta. Seu rosto barbudo se contorcia de dor. E ele continuou partindo madeira, um tronco após o outro, até que suas mãos começaram a sangrar no cabo do machado.

Isso a fez lembrar de quando escalara a montanha, em como não havia se importado que as rochas estivessem cortando suas mãos. Ela *queria* que as pedras cortassem suas mãos.

Finalmente exausto, ele jogou o machado no chão, desabou ao lado da pilha de madeira que havia feito e deixou cair a cabeça nas palmas das mãos.

Esfregou o rosto e os olhos, como se quisesse tirar alguma lembrança da cabeça.

Nesse momento, Willa se lembrou de estar sentada perto do riacho que a levara para longe da toca, tentando tirar as imagens do cadáver de sua vovozinha da memória. Lembrou-se da saudade em seu coração e da tristeza em sua alma.

Os ombros do homem se curvaram quando ele se aquietou; e ela observou a raiva dele se derreter em uma angústia lenta e moribunda.

Ele não fazia barulho, mas Willa podia ver seu corpo tremendo enquanto ele soluçava em pranto.

O cachorro, parecendo sentir que o dono precisava de sua ajuda, se deitou ao lado dele. O homem parou lentamente de soluçar e esfregou o pescoço do cão com a mão, enquanto olhava fixamente para a floresta com os olhos vidrados.

Willa não entendia o que estava acontecendo com ele, por que ele agia dessa forma, mas podia ver que o homem não tinha seu bastão de matar com ele, e o machado estava fora de alcance agora, a poucos passos de distância.

Willa sentia o coração bater forte e seus braços transpirando. Estava com cada vez mais dificuldade para respirar.

Mas ela lentamente saiu da floresta e se deixou ver por ele.

38

O homem a olhou com surpresa, mas não tentou matá-la de imediato. Não correu para seu bastão de matar quando a viu parada ali no limite da floresta. Não alcançou o machado nem puxou a faca que carregava ao lado do corpo. Não atiçou o cachorro. Não se moveu de forma alguma.

Mas Willa sabia que ele a via. Podia ver seus olhos azuis brilhantes olhando para ela intensamente como se não pudesse acreditar no que via.

Ela estava a alguns passos de distância, mas sentiu o movimento do peito do homem que respirava lentamente.

— Você está viva... — disse ele, a voz suave e baixa, mas cheia de um traço de espanto. — E você voltou para mim...

Ela não falou, mas o estudou e deixou que ele a estudasse. E, por enquanto — para os dois —, era o suficiente.

O coração de Willa batia forte no peito enquanto o homem a observava. Os espinhos em sua nuca formigaram.

Este é meu inimigo — ela pensou — *e está me vendo.*

O homem ficou perfeitamente imóvel, como se soubesse que o menor movimento a assustaria.

Quando uma brisa varreu os galhos das árvores, ela deu um passo para trás, mesclou-se à floresta e desapareceu.

39

No dia seguinte, ela o observou da floresta. Ele entrava e saía de casa, às vezes trabalhando em seu celeiro, alimentando as cabras e galinhas ou usando ferramentas que ela não entendia. Outras vezes ele trabalhava na construção que usava a água do rio para girar a roda gigante. Ele fazia tudo em silêncio e sozinho, mas às vezes parava no meio do trabalho e olhava para a floresta examinando as árvores com atenção.

Quando o sol se punha e lentamente retirava sua luz das árvores da floresta circundante, o homem voltava para dentro da casa. Ela observou quando a janela perto da sala de jantar se iluminou com o brilho suave de uma vela. As estrelas acima das árvores forneciam toda a luz de que precisava, mas ela gostava de observar o brilho da vela enquanto o homem se movia de uma sala para a outra, a luz indo com ele, deixando a escuridão para trás, até que finalmente ele subiu a escada, para o quarto onde uma vez ela o vira deitado e dormindo, e a vela se apagou.

Era uma noite quente de verão, com vaga-lumes verde-amarelos acendendo e apagando na área aberta em frente à casa do homem enquanto ele dormia. Ela caminhou até um grupo de belos e antigos oxidendros com a casca cinza áspera e os galhos longos e ondulados que cresciam perto da lateral da casa.

— Olá, meus amigos — cumprimentou Willa, na língua antiga, tocando em seus troncos com a mão aberta enquanto caminhava entre eles. — É bom conhecer todos vocês.

Decidindo não fazer um casulo naquela noite, ela escolheu a mais alta das árvores e começou a escalar seu tronco.

— Espero que não se importe com uma amiga esta noite — disse ela ao alcançar os galhos superiores. Oxidendros não eram árvores largas e suas folhas tinham um sabor amargo, mas ela amava o néctar de suas flores quando desabrochavam e apreciava seu espírito pacífico. Sempre sentia falta delas quando dormiam no inverno e ficava feliz quando acordavam a cada primavera.

Encontrou um bom lugar nos galhos perto de uma bola de folhas bem compartimentadas com um grupo de filhotes de esquilos roncando ali dentro. Enquanto os ramos da árvore rodeavam suavemente seu corpo para se certificar de que ela não cairia, Willa se enrolou e dormiu. Foi a primeira noite em muito tempo que ela não sonhou estar roubando.

40

Na manhã seguinte, quando Willa acordou, o cachorro estava sentado na base da árvore com as orelhas em pé e os olhos fixos na direção dos galhos.

Será que o cachorro a tinha detectado de alguma forma? Ou será que o ninho de esquilos havia chamado sua atenção?

Ele não estava latindo ou rosnando, e não parecia ansioso para atacar, mas profundamente interessado, como se tivesse certeza de que havia algo na árvore, talvez a criatura de duas pernas da floresta que vira no dia anterior.

— Vamos, Scout — gritou o homem ao sair de casa, enquanto descia as escadas e ia em direção ao celeiro; porém, ao perceber a posição do cachorro perto da árvore, ele parou.

O homem se virou.

— Scout?

Mas o cachorro não se mexeu, seu focinho apontava direto para a árvore.

Este foi um lugar realmente ruim para passar a noite — Willa pensou. *Agora fiquei encurralada na árvore pelo cachorro irritante!*

Enquanto o homem caminhava em direção à base da árvore, o coração dela batia forte e seus braços se arrepiaram.

O homem ficou abaixo dela e mirou os galhos da árvore. Seus olhos se moveram de um ponto a outro procurando por ela, mas as pernas e os braços de Willa tinham assumido a aparência de galhos e seu rosto não era nada além de folhas.

— O que você vê, garoto? — perguntou ele, agachando-se ao lado do cachorro. — Ela está aí em cima?

Ela havia se mostrado a eles dois dias antes, mas não permitiria que a vissem naquele momento, não assim, presa em uma árvore olhando para eles como um gambá.

Quando o homem e seu cachorro finalmente desistiram e deixaram a área da árvore, Willa desceu.

Observou o homem fazer seu trabalho diário:

Quando ele caminhava pelo pomar, ela ficava tão escura e torta como o tronco de uma macieira. Quando ele cuidava de sua horta, ela ficava verde e amarela como pés de milho. E, no final do dia, enquanto o cachorro cochilava na sombra e o homem desceu até o rio para lavar as mãos e o rosto, ela se agachou em uma rocha próxima, azul como água e cinza como pedra.

O homem terminou de se lavar, voltou a subir na margem e se dirigiu para a trilha.

Willa saltou da rocha em que estava empoleirada e o seguiu para a floresta.

Foi ali, no caminho que conduzia a casa, que ela optou por se revelar mais uma vez.

Ela deu um longo suspiro incerto, relaxou o entrelaçamento de sua pele e pisou na trilha na frente dele.

Willa apareceu diante do homem em suas cores verdes naturais: o rosto sarapintado e listrado, os braços marcados com padrões marmorizados, o cabelo escuro caindo sobre os ombros e seus olhos verde-esmeralda.

Quando ele olhou para cima e a viu ali, parou repentinamente, seus olhos arregalados por um momento, mas ficou muito quieto.

— Eu esperava que você voltasse — disse ele.

De repente, Willa percebeu a própria respiração, a posição de seus pés e a transpiração em seu pescoço. Ela observou o homem, procurando por qualquer sinal de ameaça ou ataque, absorvendo todos os detalhes: seus olhos atentos, os bigodes castanho-claros em seu rosto, as mãos recentemente limpas, mas arranhadas e gastas pelo trabalho, as calças ocre amarrotadas e molhadas até os joelhos por ele estar no rio — tudo tão diferente de qualquer tipo de ser vivo com quem ela já falara antes.

— Lamento o que aconteceu — disse ele. — Estava muito escuro e você estava se movendo muito rápido. Eu não conseguia enxergar nada. Eu não deveria ter puxado o gatilho.

Ele fez uma pausa, esperando que ela respondesse. Ela *queria* falar com ele. *Queria* dar alguns passos mais para perto dele, mas não sabia o que dizer a ele ou o que fazer. Por fora, ela imaginava que parecia estar muito imóvel, mas, por dentro, se sentia como uma cerva pequena e trêmula que estava pronta para sair correndo a qualquer momento.

— Mas você não parece mais estar muito machucada... — disse ele, quase para si mesmo, como se estivesse perplexo pelo fato de as feridas terem cicatrizado tão depressa. — Escute — acrescentou baixinho —, eu sei que nós não começamos bem, mas quero que saiba que não vou machucar você. Você é bem-vinda aqui.

Ela nunca tinha ouvido os Faeran do Recôncavo Morto usar a palavra em inglês "bem-vinda", mas sempre amara a palavra *eluin*, a qual lembrava de sua mãe e seu pai lhe dizendo muitos anos antes.

— *Esper dun eluin uma* — eles tinham dito a Willa. *As árvores sempre lhe darão as boas-vindas.*

Era uma das poucas lembranças que ela tinha dos pais.

E então o homem disse outra coisa que a surpreendeu:

— Meu nome é Nathaniel.

Os ouvidos dela captaram o som incomum em sua mente.

Mesmo assim, ela não respondeu.

— Você entende as palavras que estou falando? — ele perguntou baixinho.

Willa olhou para ele e respirou longa e lentamente.

— Sim — disse ela.

Foram as primeiras palavras que ela falou para ele.

Assim que o homem Nathaniel ouviu a voz de Willa, seu rosto se iluminou com um sorriso repentino e genuíno. Fazia tanto tempo que ela não via um sorriso que isso provocou nela uma onda inesperada de felicidade, e Willa não pôde deixar de sorrir de volta.

— Fico feliz — disse ele. — Eu estava começando a me perguntar se você era algum tipo de espírito ou algo assim, ou talvez meu juízo finalmente estivesse me deixando para sempre.

— Eu sou tão real quanto as árvores ao seu redor — disse ela. — Só não estou acostumada a conversar com...

Ela deixou as palavras definharem e não terminou a frase.

— Eu entendo — disse ele. — Às vezes, nenhuma palavra é a quantidade certa.

Ela não sabia exatamente o que ele queria dizer com aquilo, mas gostou da bondade em sua voz quando ele disse.

— Está com fome? — disse ele ao começar a caminhar em direção à casa e gesticular para que ela o seguisse. — Vamos pegar algo para comer.

Mas, no instante em que ele se moveu, ela se assustou e se foi.

41

Willa reagiu rapidamente e desapareceu, mais um reflexo do que uma decisão, mas, assim que teve um momento para pensar sobre aquilo, percebeu que o homem não estava tentando lhe fazer mal. Ele tinha acabado de começar a caminhar em direção a casa.

Depois do que aconteceu, ela se sentiu muito insegura para se juntar a ele e se retirou para a floresta para ficar sozinha.

Na manhã seguinte, quando o homem Nathaniel e o cachorro Scout saíram da casa, o homem caminhou até a base da árvore em que ela estava dormindo e colocou algo no chão.

— Caso você mude de ideia — disse ele, e continuou a caminho da floresta.

Quando o cachorro ficou para trás para cheirar o prato, o homem disse:

— Não, você já tomou seu café da manhã. Agora vamos.

Carregando seu bastão de matar na mão direita, o homem seguiu o caminho que corria ao longo da margem do rio com o cachorro trotando atrás dele.

Logo eles não podiam mais ser vistos.

Enquanto Willa descia do tronco da árvore e cheirava o prato de comida, percebeu o quanto estava realmente faminta. Parecia que ela estava *sempre* com fome. O homem sabia disso sobre ela? Era por isso que ele tinha feito aquela pergunta estranha de se ela estava com fome? Os Faeran da toca do Recôncavo Morto nunca lhe perguntavam isso. Eles não se importavam.

Enquanto se agachava no chão e comia do prato, ela se perguntava aonde o homem tinha ido com seu cachorro e seu bastão de matar. Ele parecia muito determinado a encontrar o que estava procurando.

Mas, naquela noite, ele voltou exausto e de mãos vazias, o cachorro caminhando desanimado logo atrás dele.

Enquanto vinham em direção a casa, ela decidiu ficar ao ar livre, onde eles pudessem vê-la, mas permaneceu perto do limite das árvores só por garantia.

Suas têmporas imediatamente começaram a latejar e ela teve que se esforçar muito para manter a respiração forte e estável, mas, apesar da ansiedade que ia crescendo em seu peito, ela manteve os pés firmes plantados na grama.

No momento em que o cachorro a viu, pôs-se em alerta.

— Scout, *fica*! — exclamou o homem, parando o cachorro em seu caminho. — Senta! — O cachorro logo se abaixou e ficou de cócoras, seu corpo todo tremendo de excitação. Era óbvio que ele queria correr até ela, mordê-la, sacudi-la, despedaçá-la, mas o comando do humano o manteve em seu lugar. — Ela é uma amiga, Scout — disse o homem com firmeza. — Você vai deixá-la em paz. Entendeu? Deixe-a em paz. Ela é uma amiga. Você só vai *ficar parado*.

Os olhos do cachorro brilharam com intensa curiosidade enquanto ele a observava, mas pareceu entender as instruções do homem.

Quando sentiu pelo menos um pouco de certeza de que o cachorro não iria atacá-la, Willa moveu os olhos para o homem, Nathaniel.

Ele já a olhava e não parecia aborrecido em vê-la.

— Como foi seu café da manhã hoje? — ele perguntou.

— Obrigada — disse ela, porque achava que era isso que as pessoas do povo do dia diziam umas para as outras.

— Ontem eu me apresentei, meu nome é Nathaniel, e este aqui é Scout, mas não descobrimos o *seu* nome...

Quando ela pensou em dizer seu nome, sua mente se inundou de perguntas. O que um nome Faeran significava para ele, como soava? De que maneira ele poderia usá-lo? Será que poderia fazer mal a ela com seu nome?

Muitos pensamentos passavam por sua mente ao mesmo tempo, e muitos deles a assustavam; mas, ao contrário do dia anterior, quando seus reflexos agiram antes que ela pudesse pensar, agora seus pensamentos vinham mais devagar, com mais controle.

— Como quer que eu chame você? — ele perguntou.

— Meu nome é Willa — disse ela por fim.

Nathaniel concordou.

— É um nome bonito e adorável — disse ele. — É um prazer conhecê-la, Willa. Sua mãe lhe deu esse nome?

— Eu não sei.

— Sua mãe está por perto? — perguntou o homem, olhando para a floresta. — Ou seu pai?

— Minha mãe e meu pai estão mortos.

— Eu sinto muito — disse ele, sua voz cheia de algo que ela nunca tinha ouvido fora de sua própria toca, um tom, uma emoção para a qual ela não tinha uma palavra. — Quando seus pais morreram? — ele perguntou.

— Há seis anos — Willa respondeu.

— Então quem cuida de você aqui fora? — ele perguntou.

— Fora onde?

— Na floresta.

— A floresta.

— Eu não entendo. Quem te alimenta e te dá abrigo? Onde você vive?

— A floresta — ela repetiu.

— Deve haver alguém.

— Eu deixei meu clã.

— Seu clã... — O homem olhou em volta para a floresta como se flechas fossem disparar contra ele. — Mas você não é Cherokee, é?

— Não — disse ela. — Eu não sou Cherokee.

— E você vive por aqui perto na floresta? É de onde você vem?

Sem saber ao certo se tinha entendido a pergunta, ela apontou lentamente em direção ao topo da Grande Montanha, visível da área aberta em frente à casa dele.

— Você vem de Clingmans Dome? — ele perguntou, surpreso, mas ficou claro que não achava que a estava entendendo. — Você não mora em uma cidade? Talvez no vale? Ou talvez em uma nova propriedade que eu não conheça?

— Não. Eu vivo lá em cima — disse Willa de novo, mas então percebeu que isso não era mais verdade. Ela não vivia mais no Recôncavo Morto. Vivia na floresta. — Eu vivo aqui — afirmou, sabendo que provavelmente o confundia tanto quanto ele a ela.

— Mas quem eram seus pais? Qual é o nome da sua família?

Ela não entendia. Já tinha dito seu nome. Achava que conhecia as palavras em inglês do povo do dia, mas percebeu agora que não devia conhecê-las direito.

— Bem, de qualquer forma... — Ele se virou bem devagar dessa vez e gesticulou cuidadosamente para que ela o seguisse. — Venha, vamos entrar na casa para você comer alguma coisa.

Isso a assustara antes, mas desta vez ela conteve o reflexo de se fundir ao ambiente. Enquanto ele caminhava, ela ia com ele, não exatamente ao seu lado, mas a alguns passos de distância. E o cachorro ia andando abaixado ao lado deles, olhando-a com rápidas inclinações da cabeça, mas sem mordê-la ou rosnar para ela, ele parecia entender que o homem Nathaniel não queria que ele a atacasse.

Enquanto eles subiam os degraus e passavam pela porta da frente, ela fez uma pausa, lembrando-se da noite em que viera ali — o barulho de explosão do bastão de matar, os dentes mordazes do cachorro, a dor e o sangue de suas feridas, sua fuga desesperada para o celeiro — tudo começou a voltar a sua memória.

— Está tudo bem — disse ele. — Você e eu fizemos as pazes e enterramos a machadinha.

— A machadinha? — disse ela, quase certa de que se tratava de uma espécie de machado de mão pequeno, matador de mudas.

— É apenas uma expressão antiga — disse ele. — Entre.

Willa entrou na casa e olhou ao redor para a sala de jantar e para a sala principal que ficava mais além. Tudo parecia muito diferente de quando ela estava rastejando no chão na escuridão.

— O que você deseja? — ele perguntou.

Willa soube imediatamente o que queria, antes mesmo que conseguisse se lembrar do nome. Ela tentou se lembrar de como o menino prisioneiro Cherokee os chamava. A palavra parecia errada em seus lábios, distorcida, como se não pudesse ser real, mas fez sua boca salivar só de pensar.

— Biscoit... — disse ela. — Biscoitos. Eu tenho vontad... — Ela tentou se lembrar das palavras que ele havia usado. — Tenho vontade de comer biscoitos.

— Ah — disse ele. — Achei que talvez alguém além de mim e Scout tivesse passado por aquele pote.

O homem Nathaniel começou a sorrir. Ele estava tentando ser gentil com ela, como se lhe desse as "boas-vindas", como ele dizia. No entanto, assim que disse essas palavras, pareceu subitamente tomado por alguma coisa: sua expressão se contorceu e ele se afastou dela, esfregando a testa com a mão.

— Temo que meu estoque de biscoitos tenha acabado — ele disse comedido, mas sua voz tremia de emoção.

Depois de alguns momentos, ele recuperou o autocontrole e se virou.

— Mas eu tenho um bom pão de milho fresco da última saca do moinho, e posso preparar um pouco de ensopado de carne se você quiser uma refeição adequada.

— O que é carne? — ela perguntou.

Nathaniel olhou para ela com surpresa.

— Você sabe... carne de caça.

Quando viu a confusão no rosto dela, ele disse:

— Carne de veado.

— Eu durmo com veados, não os como — disse ela.

— Ah... — disse ele, hesitante. — Tudo bem. Sem veado, então. O que *você* come?

— Brotos, frutas vermelhas, nozes, líquen...

Ele inclinou a cabeça, como se não tivesse certeza de que ela estava falando sério.

— Já tentei esse tipo de coisa — disse ele —, mas nunca gostei muito. Receio que palitos tenham gosto de palitos, se é que você me entende. E eu, particularmente, odeio nozes. Meu papai costumava me dizer que era possível comê-las, mas acho que a pessoa teria que estar morrendo de fome para fazer isso. Bem, ouça, vamos experimentar um pouco desse pão de milho aqui e ver se você gosta.

— Que animal você matou para fazer o pão de milho? — perguntou ela, estreitando os olhos para Nathaniel.

— É feito de farinha de milho do moinho — disse ele.

— A roda na água.

— Isso mesmo.

— Então se chama moinho.

— Sim, isso mesmo. As pessoas me trazem o milho e o trigo e eu moo para elas. Pego uma saca a cada oito como forma de pagamento. Fiquei pensando: por que plantar e colher safras, cavar a terra para outra pessoa o dia todo, quando posso ficar sentado vendo a roda girar a meu bel prazer?

— Você não estava vendo a roda girar no dia em que vi você pela primeira vez — disse ela, tentando dizer a palavra *girar* como ele tinha feito.

— Não, é verdade — disse ele. — Alguém aprontou para mim: enfiou um martelo no maquinário, deixou tudo torto, tentando quebrar os dentes da minha engrenagem principal. Tentando me tirar da concorrência, sem dúvida, mas parei a roda a tempo e alinhei as engrenagens do jeito certo de novo.

Willa ouviu com tanta atenção quanto pôde, tentando entender todas as palavras confusas que ele usava, mas ela não conseguia compreender como o moinho poderia ter dentes.

— Estou competindo com meia dúzia de outros moinhos na Baía do Bezerro — ele continuou. — Então preciso continuar trabalhando.

— Foi quem danificou o moinho?

— Não, não, aquelas pessoas lá embaixo são boas — disse ele. — Somos concorrentes, claro, mas eles nunca fariam algo sorrateiro desse jeito. — Ele olhou pela janela em direção à floresta. — Eu sei exatamente quem fez isso — acrescentou com amargura. — E é com eles que você tem que ter cuidado.

Aquele homem Nathaniel falava de uma maneira peculiar e falava muito. Era como se durante anos ele tivesse se acostumado a falar o dia todo, mas ultimamente estivesse sozinho e todas as palavras reprimidas dentro dele começassem a sair jorrando, como água espirrando pelos baldes de sua roda.

Nathaniel continuava; Willa não falava tanto quanto ele, mas o observava e o ouvia. Ele a fascinava. Ele não era nada parecido com o que o padaran dissera sobre o povo do dia. Não era violento ou cheio de ódio. Não a atacou, espancou nem tentou capturá-la ou matá-la. Ela tinha visto outros colonos apenas de longe — pequenas famílias construindo suas cabanas de madeira, cuidando de suas pequenas fazendas, viajando em suas carruagens —, mas aquele homem, aquele homem que se chamava Nathaniel, parecia tão diferente do padaran, dos jaetters e de outros Faeran do clã. Todas as pessoas do dia eram tão más quanto o padaran havia descrito, exceto aquele homem?

— Por que você corta as árvores? — ela deixou escapar de repente, procurando traços de maldade nele.

— Ah... — Ele hesitou, incapaz de encontrar palavras para explicar suas ações.

— Por que você as mata? — ela pressionou.

— Eu corto árvores para... fazer minha casa, para aquecer minha casa, para fazer ferramentas... A madeira tem muitos usos. Eu não poderia viver aqui sem ela. Por que você está fazendo essa pergunta? As árvores são amigas suas?

Ela sabia que a intenção dele era fazer uma brincadeira, mas respondeu com a verdade.

— Sim, elas são — respondeu Willa. — E quando você as corta, elas morrem.

Ele a estudou por vários segundos sem dizer uma palavra.

— Sim — admitiu ele, por fim, bem baixinho. — As árvores morrem, mas eu só corto as que preciso. Todos nós temos que sobreviver.

— Você precisa desta parede? — ela perguntou apontando para a parede de madeira. — Você precisa da roda de madeira que gira na água mais do que aquelas árvores precisavam de suas vidas? Você precisa da carne do veado mais do que o veado precisa da vida, mais do que o veado filhote precisa da mãe?

— Nunca pensei nisso — admitiu ele. E então repetiu: — Eu só pego o que preciso.

— Como o lobo — disse ela.

— Não sei quanto a isso — disse ele, irritando-se.

Ele não gostava de ser comparado a um lobo.

Willa podia perceber que ele não gostava de lobos. Ele era um homem bom, mas também um tolo.

Ela o observou puxar uma lâmina afiada de aço com um cabo de chifre e cortar uma fatia de pão de milho, entregando-a para ela.

— Experimente um pouco e veja se você gosta do moinho — disse ele, sorrindo um pouco. — Quer manteiga?

— Não — disse ela. Ela não sabia o que era manteiga ou o que ele matava para fazê-la.

Assim que Willa colocou o pão entre os lábios, ele começou a derreter em sua boca. Era diferente de tudo que ela já havia provado antes.

— Você gostou — disse ele, balançando a cabeça e sorrindo. — Você gostou muito. Viu só? Eu não sou tão mau assim.

Naquele primeiro dia, enquanto ela o observava da floresta, ele parecia muito triste, e então sua melancolia mudara como o vento entrando em uma ravina profunda. E depois que ele voltou de sua jornada rio abaixo naquela tarde, parecia tão exausto, não apenas no corpo, mas no espírito, embora agora parecesse que ele tinha esquecido um pouco do que o invadira não fazia tanto tempo.

Willa podia sentir o mesmo acontecendo com ela.

As palavras e sorrisos de Nathaniel a estavam afetando, transformando-a pouco a pouco, como um rio moldando uma pedra.

42

Nos dias que se seguiram, houve um incidente estranho após o outro. Ela comeu com o homem Nathaniel em algo que ele chamava de mesa de jantar; sentou-se com ele e com o cachorro à sombra do brilho quente do fogo à noite.

Willa o via trabalhar em seu moinho à tarde, com o giro, giro, giro da pedra que moía o trigo em farinha enquanto conversavam.

Às vezes, eles caminhavam juntos pela floresta, ensinando um ao outro a maneira como viam o mundo.

Ela aprendeu muitas palavras novas em inglês, como quando ele chamava o bastão de matar de "espingarda" ou "arma". E ela ensinou para ele os nomes Faeran de muitas plantas e animais da floresta. Quando ele mostrou a ela como operar o moinho, ela ensinou para ele o canto dos pássaros que voavam nas árvores no alto.

— Há algo que sempre me confundiu na sua língua — admitiu ela uma tarde, enquanto caminhavam pela floresta.

— O quê? — ele perguntou.

Ela parou e apontou para as agulhas de um pinheiro.

— De que cor você chama aquilo?

— Verde — disse ele.

— Na língua Faeran essa cor se chama *erunda* — disse ela. — Então, se as agulhas dos pinheiros são o que vocês chamam de verde, que cor é aquela? — E apontou para a grama fresca crescendo em uma pequena mancha de sol.

— Aquilo também é verde — disse ele.

— Mas aquilo é *finlalin* — disse ela, confusa. — São cores totalmente diferentes.

— Verde-claro? — Ele encolheu os ombros. — Ainda é verde.

— E aquela cor ali? — perguntou ela, apontando para as folhas brilhantes e pálidas de um arbusto de rododendro.

— Verde — afirmou ele.

— Não! — disse ela, exasperada. — Aquela é uma cor diferente. Você consegue ver a diferença com seus olhos, não consegue?

— Parece verde para mim — disse ele. — Talvez um tom ligeiramente diferente, mas ainda é verde. Quantas palavras você tem no seu idioma para as cores verde, que vê na floresta?

Ela balançou a cabeça.

— Não sei. São todas cores diferentes para mim, mas pelo menos quarenta ou cinquenta.

— Vou ficar com o velho *verde* comum, obrigado — concluiu ele com um sorriso, cutucando-a de leve com o braço.

Enquanto continuavam pela floresta, ela não conseguiu evitar um suspiro silencioso e satisfeito. Havia algo sobre passar um tempo com aquele humano incomum que surpreendentemente era como se sua alma estivesse nadando nas águas quentes do lago sagrado dos ursos.

Mas todas as manhãs o homem Nathaniel agarrava seu bastão de matar e se arrastava para a floresta na direção do rio com o cão Scout ao seu lado. Ele não dizia para onde estava indo ou o que iria fazer, e estava claro que ele não queria falar a respeito desse assunto.

Curiosa para saber o que ele andava fazendo, ela deslizou pela vegetação rasteira e o observou de longe.

Ele seguiu a margem do rio descendo a corrente, próximo das rochas irregulares e cobertas de musgo, muitas delas se elevando sobre sua cabeça, outras baixas e tombadas, com a água fluindo entre elas.

O cachorro corria de um lado para o outro ao longo da margem, com o focinho no chão procurando um rastro, trabalhando com o homem Nathaniel, parecendo entender o que ele procurava e tão ansioso para encontrar quanto ele.

O homem e o cachorro chegaram a uma seção rasa do rio onde ficou evidente que o homem queria atravessar, mas a água estava forte mesmo ali. Para a surpresa de Willa, o homem pendurou a espingarda nas costas pela correia de couro, pegou o cachorro nos braços e começou a atravessar com dificuldade.

Ele avançou lentamente pela corrente com passos vigorosos e deliberados, a água batendo em suas coxas.

— Tenha cuidado — Willa sussurrou observando-o das árvores, as palmas das mãos suando.

Ela podia imaginar a poderosa corrente tirando o homem Nathaniel do chão e arrastando-o com o cachorro e o animal tentando nadar freneticamente ao ser levado pelas corredeiras pedregosas abaixo.

Quando finalmente chegaram ao outro lado, o cachorro saltou dos braços dele e se sacudiu para se secar, e então os dois continuaram seu caminho, afastando-se mais, no sentido da corrente, na margem oposta do rio.

Ela achava que o homem e seu cachorro deviam estar saindo para caçar seu alimento, e que ele não falava sobre isso porque sabia que iria perturbá-la, mas quando eles voltaram, no final da tarde, o homem não estava apenas de mãos vazias, mas solene e exausto, como se tivesse ido até os confins da terra. Suas botas e calças estavam encharcadas; suas mãos ásperas pela abrasão da pedra; e suas roupas rasgadas.

As sobrancelhas de Willa franziram em confusão. Para onde ele ia todos os dias? O que ele estava fazendo lá?

Ela os observou do topo da árvore subindo o rio. O cachorro correu para dentro da cabana, abanando o rabo, animado por estar em casa — talvez procurando por ela, Willa pensou.

Mas o homem Nathaniel não entrou.

Ele caminhou em silêncio até a campina perto da casa, onde os raios do sol poente estavam brilhando. Ele ficou ali sozinho, imóvel e imutável por um longo tempo, exceto pelo brilho da luz descendo por seu rosto.

Observando-o, Willa sentia como se o mundo estivesse parado, como se não pudesse respirar nem se mover, enquanto seu coração desacelerava, ficando baixo e constante, como se, naquele momento, ela pudesse cobrir a distância entre eles e sem nenhum conhecimento, compreensão ou palavras, saber o que o homem Nathaniel estava sentindo.

Mais tarde, naquela noite, com a sensação daquele momento ainda em seu coração, ela desceu até o rio e sentou-se sozinha, ouvindo a água fluindo entre as pedras e lembrando-se do som da voz Faeran da avó.

Ela se lembrou do olhar da avó e do calor de seu toque, do jeito com que sua vovozinha a envolvia em seus braços, como se ela a estivesse encerrando em um casulo que a protegeria para sempre.

E Willa se lembrava de brincar de esconde-esconde com a irmã, Alliw, na sombra manchada de luz nos vales arborizados — as duas se embaralhando de um lugar para o outro ao se revezarem para se esconder. Willa se lembrou do sorriso que iluminava o rostinho pintado de Alliw sempre que a encontrava. Elas brincavam durante os dias ensolarados e as noites de luar, correndo, escondendo-se, procurando e rindo, vez após outra.

Sentada ali perto do rio, sozinha, ela podia enxergar todas essas lembranças em sua mente. E ela podia ouvir o som suave da voz de Alliw enquanto exploravam a floresta junto com sua vovozinha e seus pais. Ela se lembrou de Alliw conversando com um ninho de pardais assustados que havia caído de uma árvore e a maneira como ela segurava os passarinhos nas mãos e assegurava-lhes que os colocaria de volta onde pertenciam.

Willa se lembrava de tudo, mas, à medida que o som das palavras Faeran se esvaíam de sua memória, era como os sussurros da água fluindo pelo rio revolto.

E quando a lua se ergueu do pico escuro da Grande Montanha que agigantava-se a distância, o homem Nathaniel desceu até o rio e sentou-se ao lado dela em silêncio; ele parecia compreender não apenas seu senso de silêncio, mas seu senso de perda.

Ele parecia saber, por sua própria experiência, que havia partes da vida de Willa que não conseguiria entender, palavras do passado dela que desejava ouvir, mas ele não conseguiria falar.

43

No dia seguinte, quando o homem Nathaniel desceu o rio, Willa permaneceu na floresta perto da casa.

Todos os dias, independentemente de onde estivesse e do que estivesse fazendo, ela praticava suas habilidades relacionadas à floresta. Sua vovozinha ensinara a ela a longa história de seus amigos que alcançavam o céu e as outras plantas, e todas as palavras antigas e os sussurros que ela precisava saber para conversar com eles. Mas agora, que começava a aprender mais e mais por conta própria, percebia que havia muito mais que ela queria entender e fazer.

Praticou deitada no chão em um canteiro de samambaias e trepadeiras e, em seguida, pediu às plantas para crescerem em seu corpo até que ela desaparecesse, não apenas misturando a cor e a textura de sua pele, mas cobrindo fisicamente toda a sua extensão. Ela foi capaz de alcançar o crescimento que desejava. Mas, na verdade, acabou sendo surpreendentemente difícil *sair* das samambaias e trepadeiras depois que estas cresceram sobre ela. As plantas pareciam gostar de segurá-la, com seus caules pequenos e pegajosos e seus ramos enrolados aderindo à sua pele.

Enquanto escalava para fora das vinhas, Willa notou uma pequena lesma deslizando sobre uma rocha próxima, era uma das poucas criaturas da floresta de que ela não gostava, mas dessa vez a lesma lhe causou mais repulsa que o normal. A pele revestida de muco da lesma a lembrou do padaran, quando ele prendera o pé nas mandíbulas da armadilha. Ainda não tinha conseguido descobrir exatamente o que vira quando olhou rapidamente para trás, a imagem ficou gravada em sua memória. O padaran sempre tivera uma pele em um tom profundo de bronze, mas naquele momento único em que sentiu uma dor e angústia terríveis, sua pele se tornou cinza e viscosa como a de uma lesma.

Na época em que era uma jaetter que roubava para o clã, Willa achava que o padaran era um grande líder, temido e respeitado por todos, o pai sábio de seu povo em dificuldades. Mas agora, que havia deixado a toca, ela se perguntava por que ele odiava tão profundamente os costumes antigos, por que ele estava tentando com tanto desespero eliminar as últimas fadas da floresta e seus poderes. Que mal elas cometiam?

Willa odiava as memórias sombrias de sua antiga vida, não queria pensar na toca do Recôncavo Morto ou no padaran. Mas perguntas não paravam de surgir em sua mente como pequenos vermes: de onde ele tinha vindo? Quem ele era?

Ela tinha ouvido histórias de que o padaran não era como os outros membros do clã, um Faeran normal, mas que ele havia descido do topo da Grande Montanha para liderar o seu povo. E isso tinha sido fácil de acreditar. Porém, isso a confundia agora, que ela escalara a Grande Montanha, sentira a presença dela em seu coração e ouvira sua voz em sua alma. Willa se recordou das vastas nuvens de bruma e do falcão voando alto, recordou-se das árvores e montanhas até onde a vista alcançava. Mas ela não via nenhum sinal de que o padaran, ou qualquer pessoa como ele, tivesse estado lá.

Perto do final do dia, quando ouviu o homem Nathaniel vindo em sua direção, ela relaxou o entrelaçamento com o ambiente para que ele pudesse vê-la. Quando ele se aproximou, um ramo crescia no braço de Willa e ao redor de seu pulso, como uma pulseira do povo do dia, e outro se enroscava em seu cabelo.

O homem observou o movimento dos ramos em silêncio, espantado e paralisado com o que via.

— Como você faz isso? — ele perguntou suavemente.

Willa tentou pensar em uma maneira de explicar com palavras em inglês, mas era difícil.

— Com a minha mente, às vezes com a minha voz, eu peço aos ramos que se mexam.

— Você sempre foi capaz de fazer isso?

— Minha vovozinha me ensinou durante toda a minha vida, e eu tenho praticado cada vez mais.

— Como você... Como você chama isso que você faz?

— Na língua Faeran costumava ser chamado de *esperia*. Em inglês, nós chamamos de arte da floresta.

— Arte da floresta... — ele repetiu devagar, como se tentasse absorver tanto o som quanto o significado do que via.

— Anos atrás, muitas pessoas do meu povo tinham o conhecimento e o poder da arte da floresta. Ainda é muito forte em integrantes de algumas famílias. Minha mãe, meu pai e minha irmã, todos tinham o poder. E minha avó foi quem me ensinou. Mas acho que posso ser a última dos sussurrantes agora...

— Os sussurrantes — repetiu o homem Nathaniel com delicada surpresa. — Eu gosto do som desse nome. E você e seu povo se chamam de *Faeran*... Certo?

Willa sorriu.

— E você e seu povo se chamam de *humanos*, certo?

O homem Nathaniel sorriu.

— Sim, pelo menos depois que eu tiver tomado meu café da manhã.

Ela gostava da maneira como ele sorria ao dizer essas palavras, e gostava da maneira como a fazia se sentir.

— Ouça, vim perguntar uma coisa. Preciso dar uma olhada em uma coisa e achei que você gostaria de vir comigo. Acho que você pode me ajudar.

Willa se levantou, satisfeita por ser incluída.

Um pouco mais tarde, enquanto caminhava com o homem Nathaniel e o cão Scout pela floresta, ela perguntou:

— Aonde estamos indo?

— Deixamos os limites da minha propriedade para trás — disse ele, abrindo caminho por entre a vegetação rasteira ao pé das árvores —, mas vi algo aqui na floresta que está perturbando a minha mente.

— O que você quer dizer com "sua propriedade"? — ela perguntou.

— Minhas terras — disse ele. — A propriedade que eu possuo.

Ela ainda não compreendia.

Enquanto caminhavam, Scout ia perto dela. Ele tinha se acostumado com Willa, e ela com ele. Gostava da maneira como ele estava sempre olhando para a frente, sempre avaliando o terreno com a visão, o faro e a audição. Ela achava que devia haver um pouco de lobo nele.

Quando ela se abaixou para acariciar a cabeça de Scout, ele a olhou, e Willa ficou surpresa ao ver a preocupação no seu olhar. Ele estava farejando algo à frente deles de que não gostava nem um pouco.

Ela se virou para Nathaniel e viu que ele também estava ansioso.

Logo chegaram a uma trilha e Nathaniel parou.

— Você consegue sentir alguma coisa? — ele perguntou. — Você vê algo incomum?

Compreendendo que ele queria que ela colocasse suas habilidades de floresta para funcionar, ela se agachou no chão e olhou para a terra, para o líquen e para as folhas. Ela notava a maneira como algumas samambaias estavam dobradas e algumas folhas amassadas.

— Humanos têm andado por aqui — disse ela. — Todos com botas pesadas, um deles arrastando algum tipo de ferramenta ou objeto atrás de si.

— Quantos homens? — ele perguntou.

— Pelo menos quatro — disse ela, olhando as pegadas.

O medo nublou o rosto de Nathaniel.

— Você consegue dizer há quanto tempo foi isso?

Verificando a quantidade de desgaste e ressecamento na borda das pegadas e pensando na última vez em que tinha chovido, ela disse:

— Ontem.

— Isso não é bom — disse ele, balançando a cabeça. — Vamos seguir um pouco as trilhas e ver o que podemos descobrir.

Enquanto caminhavam, os dois viram longas tiras de tecido vermelho que haviam sido amarradas em alguns dos carvalhos maiores.

— O que elas são? — ela perguntou.

— Eles estão marcando as árvores mais importantes para cortar — disse ele, sua voz cheia de medo e raiva ao mesmo tempo.

— Não entendo — disse ela.

A ideia de cortar aquelas belas árvores fez com que seus olhos lacrimejassem, ela podia sentir o calor subindo por seu rosto.

— Esses homens são batedores da companhia madeireira avaliando a floresta para determinar quais arvoredos cortar primeiro e encontrando a melhor rota para a ferrovia subir até as montanhas. Eles têm um novo tipo de motor que dá potência a todas as rodas para que possam transportar cargas completas de toras pelas encostas da montanha, mas mesmo as máquinas novas têm limites, então eles precisam mapear o caminho.

— Então eles estão vindo para cá agora — disse Willa, com a voz embargada de consternação.

— Nesse exato momento, o que eles mais querem são as minhas terras — disse ele. — Eu possuo um trecho ao longo do rio, o único que é plano o suficiente para eles levarem sua linha férrea e seus equipamentos para o resto da montanha. Então, faça o que fizer, Willa, você precisa evitar esta área da floresta de agora em diante. Vai ser muito perigoso. Jamais deixe que esses madeireiros a vejam.

Enquanto ele dizia essas palavras, ela podia ouvir o medo trêmulo em sua voz. Parecia que ela quase podia ver o futuro que ele estava vendo, o que a assustava até os ossos.

Naquele momento, Scout passou por sua perna e começou a farejar algo no chão. Então ele começou a seguir o rastro da trilha.

— Scout encontrou alguma coisa — disse Nathaniel, indo em direção a ele.

Eles seguiram o cachorro floresta adentro até que Willa viu algo no chão mais à frente.

— Espere — sussurrou ela para o homem Nathaniel tocando a lateral do seu corpo para fazê-lo parar.

Quando ela se agachou, ele se agachou com ela.

— O que você vê? — ele sussurrou, olhando na direção que ela olhava.

Estava bem disfarçado nas folhas, mas ela podia ver. Definitivamente estava bem ali.

— Scout, *venha* — disse ela, com a voz baixa, mas firme, usando a palavra que ouvira Nathaniel usar, e ficou aliviada que o cão veio depressa para o seu lado.

— O que você está vendo lá em cima? — Nathaniel voltou a perguntar, sentindo a ansiedade de Willa.

Ela apontou para o chão dez ou vinte passos à frente deles.

— Olhe bem à nossa frente, perto das raízes daquele carvalho ali, e ao longo do chão da floresta até aquele castanheiro. Está vendo? É uma rede escondida sob as folhas.

— É uma espécie de armadilha — sussurrou ele. — Alguém deve estar tentando capturar algum tipo de animal.

— Você acha que pertence aos madeireiros? — ela perguntou.

— Eu nunca os vi usar algo assim antes. Eles estão mais interessados em assentar trilhos de ferrovia e cortar árvores do que em caçar e capturar, mas talvez estejam tendo problemas com algum urso local. Mas, pelo que conheço, não entendo por que eles iriam querer pegar um urso em uma rede. Só se quiserem ter o rosto todo arranhado.

— Outros humanos além dos madeireiros usam este caminho? — ela perguntou.

— Sim, com certeza — disse ele. — Alguns dos outros colonos usam, e eu também.

Willa olhou para a rede sem saber o que fazer.

Mas Nathaniel de repente se levantou e passou por ela. Ele pegou um grande galho e o jogou no centro da armadilha. A rede estalou com uma farfalhada alta e violenta, trazendo uma explosão de folhas com ela. Então ele puxou a longa faca que carregava no cinto e cortou a rede.

— Não sei quem fez isso ou por que, mas algo assim não pertence a esta floresta — disse Nathaniel com raiva ao cortar a rede em pedaços e torná-la inútil.

Então ele tocou Willa no ombro e gesticulou na direção da casa.

— Vamos, vamos sair daqui antes que alguém nos veja.

44

Durante todo o caminho de volta, ela continuou olhando por cima do ombro, convencida de que madeireiros ou espíritos noturnos, ou alguns animais sinistros que ela nunca tinha visto, iriam persegui-los e atacá-los, mas eles voltaram para casa em segurança.

Nos dias que se seguiram, eles continuaram com os padrões pacatos de suas vidas, trabalhando juntos no moinho d'água, cuidando de seus animais e, todas as manhãs, o homem Nathaniel se aventurava em suas jornadas diárias rio abaixo e marchava de volta com uma determinação severa e implacável.

À tarde, o homem Nathaniel mostrava a Willa como havia plantado milho, abóbora e feijão em sua horta para cultivar um pouco dos alimentos que comeria na próxima estação. E ela mostrou a ele onde encontrar as raízes e os frutos mais saborosos que cresciam selvagens na floresta e como colher as folhas mais doces da alface típica das montanhas que nascia nas partes mais rasas dos riachos próximos.

Quando um grupo de lontras veio viver na parte do rio que passa logo abaixo da casa, ela levou o homem Nathaniel para vê-las.

— As lontras parecem olhar para nós toda vez que sobem para tomar ar — ele se maravilhou, observando-as com Willa. — Mas não parecem nervosas por estarmos aqui.

— Não, elas não estão nervosas — disse Willa. — Elas querem saber por que estou com os pés no chão em vez de nadando com elas.

Uma tarde, depois que ele voltou ao fim do dia, Willa ficou observando o homem Nathaniel de longe. Depois de completar algumas de suas tarefas habituais, ele vestiu um traje de pano de aparência estranha que tinha longos braços e pernas pendentes presos nos pulsos e nos tornozelos, um capuz que cobria a cabeça e uma malha de metal que cobria o rosto. Em seguida, percorreu uma trilha que partia da casa.

Curiosa, ela o seguiu por entre os oxidendros e depois por um pequeno campo cheio de trevos brancos e roxos, onde abelhas e borboletas flutuavam sob os raios do sol poente.

Ele caminhou até um local onde cinco troncos de eucaliptos que tinham sido cortados em pedaços e estavam apoiados de pé foram transformados em colmeias. As abelhas voavam entrando e saindo das colmeias.

Willa ficou perplexa com o fato de aquelas abelhas terem feito seu lar naqueles dispositivos cortados por humanos em vez de um buraco natural em uma árvore viva, mas parecia ser isso o que tinha acontecido.

O homem abriu a colmeia no topo e começou a coletar as molduras de madeira cheias de mel enquanto as abelhas zumbiam e circulavam ao redor dele. Willa podia ouvir pelo tom das abelhas que elas estavam um pouco agitadas com a presença dele.

Quando Willa se aproximou, mudou de cor e fez barulho suficiente para indicar sua presença.

O homem Nathaniel olhou para ela através da máscara.

— Para trás, Willa! — ele gritou. — Você não está vestida com este traje! Fique a uma distância segura.

O rosto dele ficou branco de medo quando centenas de abelhas enxamearam na direção de Willa e pousaram por todo o corpo dela.

— Willa! — ele gritou consternado, pensando que as abelhas a estavam atacando.

— *Eee na nin* — disse ela baixinho para ele e para as abelhas enquanto as observava rastejando sobre a pele descoberta de seus braços. — Elas estão apenas me dizendo "olá". Estão me contando onde encontrar as melhores flores.

— O quê? — disse ele, franzindo a testa em sinal de confusão e dúvida.

Quando ele pousou o quadro em que estivera trabalhando e se aproximou dela, Willa mostrou como as abelhas operárias dançavam em padrões específicos quando voltavam para dizer às outras onde as flores estavam desabrochando naquela manhã.

— Isso é incrível... — disse o homem. — Eu não fazia ideia.

As abelhas da colônia trabalhavam juntas em grande sincronia, comunicando-se umas com as outras, todas trabalhando em harmonia com o objetivo comum de manter a colmeia saudável e forte.

— *Tia na lochen dar sendal* — disse ela.

— O que isso significa? — ele perguntou.

— Todos nós temos nossas maneiras de sobreviver — disse ela.

— Com certeza temos — disse ele, ainda observando as abelhas. E então, após um momento, ele se virou e olhou para ela. — E quanto a você? — ele perguntou. — Qual é a sua maneira de sobreviver?

Ela olhou para ele sem saber como responder à pergunta. Willa sabia que ele não estava perguntando sobre os tipos de folha que ela comia ou como ela evitava predadores. Ele já tinha visto essas partes de sua vida com os próprios olhos. Embora as palavras fossem as mesmas, era uma pergunta totalmente diferente. E, pela primeira vez, parecia que ela começava a ver a beleza oculta da língua que eles estavam falando.

— Qual é a sua maneira de sobreviver? — ele perguntou de novo.

— Eu sobrevivo aqui — disse ela.

45

Naquela noite, depois de terminarem de jantar, Willa brincou com Scout na sala principal enquanto o homem Nathaniel terminava o trabalho na cozinha.

Ela sabia que ele era um cortador de árvores e caçador de animais, mas, nos últimos dias, quase parecia que ele via o mundo como ela. Em outros momentos, porém, Willa ficava consternada com a vida que ele levava e com sua crescente participação nela.

Quando Willa olhou para trás, viu-o mastigando um galho de sassafrás enquanto varria o chão de tábuas de madeira com uma vassoura de cabo de madeira. Em seguida, limpava a mesa de madeira de quatro pernas da cozinha, sentava-se em uma cadeira de madeira e pegava um pedaço de madeira na mão e começava a arranhar marcas em um pedaço estranho e impossivelmente plano como uma lâmina esbranquiçada feita de casca de árvore.

Ele estava cercado por madeira.

Quando se conheceram, ele disse a ela que não sobreviveria sem a madeira, e ela estava começando a entender o que ele queria dizer.

O homem Nathaniel era mau por usar as árvores e os animais para sobreviver?

Já não sabia mais a resposta para essa pergunta. Isso significava que ela sabia mais ou menos sobre o mundo?

— Você disse há poucos dias que é o dono das terras — disse ela.

— Sim — ele respondeu gentilmente, e parou para olhá-la. — É isso mesmo.

— Não entendo o que isso significa. Como? De que maneira? Do chão? Do ar? Das árvores? Dos animais? O que isso significa?

— Significa que esta é minha propriedade, uma área onde posso viver minha vida da maneira que eu quero sem pedir permissão a ninguém. Sou livre. Posso fazer o que eu quiser.

Ela ficou olhando para ele, tentando entender.

— Meu tataravô ganhou estas terras em 1783 por servir na Guerra da Independência — disse ele. — E desde então pelo menos um Steadman tem vivido aqui, às vezes muitos mais do que um. Esta terra é a única coisa que tenho, e este é um dos motivos pelos quais não vou deixar os madeireiros a comprarem ou a tirarem de mim. Se depender de mim, não está à venda.

— Mas como você, os madeireiros ou qualquer pessoa podem tomar para si um lugar para chamar de seu e somente seu? Eu não entendo.

— Vou te fazer a mesma pergunta ao contrário — disse ele. — Como você pode vagar pela mata sem nunca ter um lugar para chamar de seu, um lugar para chamar de lar?

— Eu vivo no mundo como ele é, sem perturbá-lo.

Ele balançou a cabeça e parou por um momento para pensar nas palavras dela.

— Perturbá-lo... — ele repetiu. — É assim que você chama? É isso que estou fazendo quando conserto meu moinho, planto minha batata-doce ou cuido das minhas macieiras? Estou perturbando?

— Está — disse ela.

— E quanto às abelhas?

— O que têm as abelhas?

— De onde você acha que vêm suas amigas abelhas?

— Elas sempre estiveram aqui, como as árvores e o rio.

— Não — disse ele. — Não estavam. As pessoas que você chama de colonos, o povo do dia, as trouxeram da Inglaterra para a América em navios há 200 anos. E então alguém as trouxe para essas montanhas. Sim, as abelhas vivem aqui agora. Elas se tornaram parte do mundo natural. Mas foram os humanos que as trouxeram para cá. E os humanos também trouxeram o trevo para o campo. O trevo, junto com oxidendros que existem por aqui, torna o mel mais saboroso. É verdade que nós, humanos, podemos causar danos terríveis, mas também podemos fazer o bem. Vou lhe dar um exemplo: há muitos oxidendros nessas montanhas, mas não havia nenhum aqui ao redor da nossa casa e do prado, então meu avô plantou 100 mudas de oxidendros durante todos os anos que viveu aqui.

— Não entendo — disse ela, franzindo as sobrancelhas.

As abelhas que ela conhecia tão bem, cuja linguagem do movimento sua avó lhe ensinara, vieram de fora do mundo? Tinham vindo da Inglaterra dos colonos? Como isso pode ser verdade?

E ele disse que seu avô plantara oxidendros perto do prado...? Ela havia caminhado entre aquelas árvores. Havia *falado* com aquelas árvores. Havia *dormido* naquelas árvores. O povo do dia não *plantava* árvores, ele cortava as árvores!

— Sei como você se sente em relação às árvores da floresta — disse ele. — Não posso viver dessa forma, mas eu entendo. E eu sei como você se sente em relação aos animais. Você está com raiva de mim porque eu como carne? É isso que está incomodando você?

Willa pensou muito sobre a pergunta. E então aos poucos chegou a uma conclusão, algo que já sabia, mas não tinha realmente entendido antes.

— Você é como um lobo.

— Eu não sou um lobo! — ele insistiu, levantando a voz, seu rosto se tornando vermelho de repente.

Assustou-a um pouco, mas então a fez sorrir.

Ele não gostava de ser comparado a um lobo. Nunca tinha gostado.

— Eu não odeio lobos — disse ela. — Eu os adoro. E eu não odeio raposas, linces ou lontras. Não odeio nenhum dos animais que caçam para comer mais do que odeio os abutres ou os cogumelos por viverem da decomposição das coisas mortas.

Nathaniel olhou para ela, estudando-a por vários segundos com olhos firmes. E então ele sorriu e estreitou os olhos em sua direção, como se não tivesse certeza se tinha acabado de ser aceito ou rejeitado.

46

Algumas noites mais tarde, depois que terminaram de jantar, Willa trabalhou com o homem Nathaniel para limpar a mesa e lavar os pratos. Depois, ela foi para a sala principal, sentou-se no sofá em frente à lareira com Scout deitado em seu colo e ficou acariciando as orelhas dele. Ela gostava do toque do pelo branco e macio nas pontas dos dedos, e sabia, pela maneira como se aninhava a ela, que ele gostava de ser acariciado.

O homem Nathaniel estava sentado à mesa da cozinha e, como fizera algumas noites antes, havia pegado seu pequeno pedaço de madeira e começado a fazer marcas no que parecia ser um pedaço muito fino de casca de árvore morta.

— O que você está fazendo? — ela perguntou.

— Uma lista — respondeu ele. — Tenho que ir a Gatlinburg amanhã para cuidar de alguns negócios. É um longo caminho, então vou passar a noite lá e voltarei no dia seguinte.

— Você vai seguir o caminho onde vimos as pegadas dos madeireiros?

— Não aquele, mas um semelhante que desce a montanha em direção à cidade — disse ele.

— Você vai precisar ter cuidado — disse ela.

Ele balançou a cabeça em concordância silenciosa.

Willa não sabia o que era Gatlinburg, a não ser um enxame de humanos na borda do mundo, e ela não entendeu completamente o que ele tinha dito ou como isso se relacionava com os símbolos que ele estava marcando na pele da árvore, mas concordou com a cabeça e fingiu que entendia. Não sabia por que dissera que compreendia quando não era verdade, exceto que queria que ele pensasse que sim.

Ela queria ser incluída, saber das coisas, fazer parte de tudo. Queria tudo aquilo: as orelhas macias do cachorro, as brasas crepitantes na lareira, a louça lavada depois do jantar e o homem sentado à mesa da cozinha.

— Escute — disse ele baixinho ao se virar para ela. — Todas essas noites, você tem dormido na árvore do quintal. Eu estava pensando que você poderia querer entrar em casa, talvez dormir aqui dentro com a gente, se isso for algo que você tenha vontade de fazer.

Willa o olhou. Ela sabia o que ele estava perguntando.

— Volto daqui a pouco — disse ela e saiu de casa.

Ela desceu até o rio, juntou caules de juncos e galhos de salgueiro e começou a trançá-los uns nos outros em uma malha fina e macia até fazer um casulo.

Quando ela voltou para casa e o homem Nathaniel viu o que ela havia feito, ele se levantou da mesa da cozinha.

— Vamos — disse ele baixinho. — Eu tenho o lugar certo para isso.

Ele levou o casulo para cima e ela observou enquanto ele o pendurava no teto de seu quarto, ao lado da janela aberta, onde ela estaria perto das folhas e dos galhos das árvores e seria capaz de olhar através da copa da floresta em direção às subidas e descidas das montanhas distantes.

Mais tarde, naquela noite, enquanto estavam deitados ali na escuridão, ele em sua cama com o cão Scout de um lado e o bastão de matar do outro, e ela pendurada no teto em seu casulo, o luar brilhou através da janela da mesma forma que na primeira noite em que ela viera àquele lugar.

Bem quando ela estava prestes a cair em um sono profundo e bem-vindo, ele falou na escuridão.

— Willa da Floresta — disse ele com suavidade, o som do mistério em sua voz, como se houvesse coisas no universo que ele simplesmente não entendesse. — É quem você é — disse ele. — Você é minha Willa da Floresta.

— Willa da Floresta — ela sussurrou para si mesma, sorrindo. Gostou do som desse nome, e gostou do som de Nathaniel ao dizê-lo.

Sua vida como uma ladra jaetter parecia tão distante agora, como uma estação fria e turva com poucos raios de luz.

Durante todos os dias e as noites juntos, eles conversavam sobre muitas coisas, mas ela sabia que havia muito mais coisas sobre as quais eles não haviam falado.

Ela tinha contado sobre sua vida na floresta, sobre escalar a montanha até o topo e ver os vaga-lumes azuis fantasmas, os sons dos pássaros pela manhã e a emoção de resgatar uma pantera ferida. Mas não tinha contado a ele sobre sua vida como uma jaetter no clã do Recôncavo Morto, ou sobre a morte de sua amada vovozinha, ou sobre todas as coisas que ela havia feito no passado. O passado era dor, aparentemente para os dois, e era um inverno sombrio ao qual ela não queria voltar.

E sobre ele, também, havia pensamentos que ela sabia que não deveria ter. Havia perguntas que ela sabia que não deveria fazer. Por que ele subia e descia o rio todos os dias? Por que os outros quartos da casa estavam tão vazios? Qual era a agonia por trás de seus olhos?

47

Willa acordou cedo na manhã seguinte, quando ainda estava escuro, e desceu. Lá fora, os sons da noite haviam morrido horas antes, mas os dos pássaros matinais ainda não tinham começado. Um silêncio misterioso dominava tudo.

Em pé na cozinha ela observou quieta Nathaniel guardar os suprimentos na mochila de couro para a longa jornada pela floresta até Gatlinburg.

— Vejo você quando voltar — disse ele em tom bondoso.

Ela concordou.

— Eu sei que você sabe se cuidar nesta floresta — disse ele —, mas se aqueles madeireiros vierem aqui causar problemas enquanto eu estiver fora, então você faz aquilo que você sabe, some.

— Vou fazer isso — ela confirmou.

Sumir, como ele dizia, era praticamente a única coisa em que ela era boa.

Ela observou Nathaniel pegar a espingarda e sair pela porta com Scout ao seu lado, o cão estava contente em ir aonde quer que fosse.

Ela os seguiu e parou no quintal. Ao vê-los desaparecer na densa floresta, sentiu uma pontada peculiar no coração que nunca havia sentido antes e rezou para que eles ficassem seguros.

Willa nunca tinha estado em Gatlinburg, mas já tinha visto o lugar de longe. Por que ele iria para lá?

Enquanto voltava para dentro e caminhava sozinha, ficou impressionada em ver como a casa parecia diferente agora, tão silenciosa e sem vida. Parecia uma caverna oca de madeira que fora abandonada havia muito tempo por aqueles que nela tinham vivido.

Não queria ficar na casa sem Nathaniel e Scout por lá, então voltou para fora. Um a um, os pássaros começaram a cantar, a piar e a assobiar na escuridão, cada um se fazendo conhecer aos outros à sua volta, até que a luz da manhã começou a encher o céu acima das árvores.

Ela sentiu uma inquietação incomum. Não tinha certeza do que fazer ou para onde ir. Alimentou as cabras e as galinhas, e então foi até o rio. Olhou para a água fluindo entre as grandes pedras, depois caminhou ao longo da margem. Foi andando no sentido da corrente, mantendo-se perto da borda do rio.

Ela pretendia caminhar apenas um pouco, mas, quando começou, não conseguiu parar. Apenas continuou andando, forçando-se cada vez mais. Seguiu durante horas, a água fria do rio encharcando seus pés e suas pernas quando ela cruzava as poças rasas, a superfície áspera das rochas irregulares esfolava a pele de suas mãos quando ela as escalava.

Willa não sabia o que estava procurando. Mas Nathaniel tinha feito aquilo todos os dias e parecia certo fazer o mesmo no lugar dele, seguindo o mesmo percurso que ele havia feito.

Na jornada rio abaixo, ela manteve o olho atento ao que quer que Nathaniel pudesse estar procurando, estava determinada a descobrir o que era.

Viu uma família de guaxinins, uma mãe e três filhotes pequenos, procurando lagostins na parte rasa com suas mãozinhas pequenas. Depois, avistou uma raposa olhando para ela do mato. Com frequência ouvia as batidinhas dos pica-paus, o que sempre trazia um sorriso ao seu rosto.

Mas então ela ouviu um tipo diferente de som a distância.

Ela parou e prestou atenção, inclinando a cabeça.

Vinha do outro lado do rio, um som abafado, repetitivo, de pancadas rítmicas que ecoavam ameaçadoramente pela floresta.

Sentiu seu estômago se revirar, era o som de machados cortando corpos vivos de árvores.

Willa respirou fundo e se afastou do rio indo para o meio da vegetação rasteira da floresta.

Os madeireiros se aproximavam mais a cada dia. Nathaniel a alertou para ficar longe deles, e ela já tinha visto a destruição com os próprios olhos e não queria ver de novo.

Willa se virou e fugiu, pela floresta, para casa, olhando para trás e por cima do ombro enquanto corria. Às vezes, ela parava perto de uma árvore, fundia-se ao tronco, esperava apenas o tempo suficiente para ouvir, depois continuava.

Enquanto caminhava, ela se perguntou se Nathaniel tinha descido pelo rio todos os dias para guardar e proteger sua terra dos madeireiros, mas achava que não. Ele sempre ia rio abaixo, e sempre perto da água, embora ela soubesse que grande parte de sua propriedade ficava rio acima.

Quando Willa voltou para casa estava encharcada, exausta e sem entender nada além do que quando decidiu se aventurar na floresta naquela manhã. A jornada rio abaixo tinha sido um fracasso.

Quando ela chegou ao bosque de oxidendros que cresciam perto da casa, finalmente diminuiu o passo e prendeu a respiração, aliviada por estar de volta. Ao caminhar pelo gramado aberto em direção à varanda, ela olhou para a campina, onde às vezes via Nathaniel de pé sozinho, e ali ela parou.

Olhou pela abertura entre as árvores em direção ao campo tentando entender.

Por que ele ia lá?

Por que para aquele prado em particular?

Se estava relutante em deixá-la vê-lo chorar, então por que não ia para o celeiro ou para o moinho onde Willa não o veria?

Que refúgio a campina proporcionava à sua alma chorosa?

Curiosa, ela se virou e caminhou em direção à abertura nas árvores.

Para sua surpresa, os pelos de seus braços começaram a se arrepiar e suas têmporas começaram a latejar. Algo estava dizendo a ela para parar, para não entrar no prado.

Willa fez uma pausa, perguntando a si mesma se deveria ouvir os avisos, mas não queria parar.

Ela queria *saber*.

Ela caminhou até o centro da campina, um pequeno campo verde pontilhado por orquídeas roxas. Um bando animado de pintassilgos-americanos e pardais azuis cintilantes banqueteava-se com as equinácias que caíam sob os longos raios do sol poente.

Então ela percebeu algo no chão na outra extremidade do prado.

Enquanto caminhava em sua direção, seu coração batia lento e constante.

A princípio, ela não conseguia ver o que era, pois estava em uma porção sombreada ao pé de uma cerejeira-negra retorcida com longos galhos que chegavam quase até o chão. Mas então ela passou a enxergar.

Alguém colocou pedras no chão na forma de um grande retângulo. Dentro do retângulo havia um único monte de terra. Gravetos e outras coisinhas da terra haviam sido removidos daquele retângulo e parecia que alguém havia alisado cuidadosamente a terra com as próprias mãos. Pervinca e hera tinham sido plantadas ao redor, e ramos de flores do prado e da floresta próxima haviam sido colocados ao lado. No final do monte havia uma cruz de madeira. E ao lado dessa cruz havia três outras, lado a lado na grama, uma após a outra.

Ela engoliu em seco.

De repente, ela se sentiu muito pequena, como uma folha flutuando ao vento, sem vontade ou destino, a não ser apenas cair no chão.

Estas são sepulturas humanas — ela pensou.

Cada uma das quatro cruzes tinha uma pequena placa de madeira entalhada com as marcas do povo do dia. Ela olhou para as marcas por um longo tempo, mas não conseguia lê-las. De repente, havia uma parte sua que parecia tão descolada do mundo de Nathaniel como sempre tinha sido. Havia outra parte, porém, mais profunda, que sentia a conexão entre eles e sabia que, naquele momento no fluxo do tempo, não existia outra pessoa no mundo que fosse mais próxima dele do que ela. Tinham se tornado gêmeos de alma.

Enquanto voltava lentamente para a casa, perdida em seus pensamentos, ela sabia que não deveria perguntar a Nathaniel sobre os túmulos.

Não deveria perguntar sobre os nomes que estavam neles.

Não deveria perguntar sobre o que tinha acontecido antes de ela chegar.

Isso destruiria tudo.

48

Na tarde seguinte, quando Nathaniel e Scout enfim voltaram de Gatlinburg, Scout correu pela grama e foi até ela abanando o rabo com entusiasmo.

— Olá, Scout! — disse ela alegremente ao se ajoelhar, colocar os braços em volta dele e o abraçar. — Bem-vindo de volta!

Com o coração inchando de felicidade, ela olhou para Nathaniel, mas seu rosto estava mais cansado e abatido do que nunca. Ela esperava notícias boas de sua jornada, mas, quando seus olhos se encontraram, ele apenas balançou a cabeça em desânimo e caminhou em direção a casa.

Depois de guardar a espingarda e os suprimentos, ele entrou no moinho e começou a trabalhar, retinindo e batendo, como se estivesse destruindo pensamentos de seu cérebro.

Quando saiu do moinho, foi até a pilha de lenha e partiu os troncos com seu machado em um ataque de violência, batendo com a lâmina cada vez mais forte a cada golpe até que não houvesse mais toras para cortar.

Naquela noite, sentados frente a frente na mesa da cozinha, durante o jantar, ela o observou com cautela, perguntando-se se o mau humor dele havia passado.

Ele comeu a carne de veado com uma pilha alta de abóbora amassada, maçãs e mel, e colocou montes de milho doce na boca, mas não fez comentários nem perguntas.

— Outro dia — disse ela, timidamente —, você estava fazendo marcas com um pedaço de pau na casca de uma árvore...

— Eu estava usando um lápis para escrever letras em um pedaço de papel — explicou ele, e ela percebeu pelo seu tom de voz que ele não se importava em conversar naquele momento.

— O que as letras representam? — ela perguntou. — Cada uma tem um significado?

— Não, não exatamente — disse ele, cortando outro pedaço de carne e o colocando na boca. — Cada letra é um som.

— Como pode ser isso, quando a casca da árvore está morta e as letras são silenciosas?

— Vou lhe mostrar — disse ele ao deixar a mesa e subir as escadas. Willa ouviu suas botas enquanto ele caminhava pelo corredor. Ele voltou alguns minutos depois com um conjunto de blocos de madeira.

— Isso se chama *A* — disse ele, segurando uma das letras. — Representa o som "ah", como na palavra *abelha*. Cada letra representa um som que escrevemos no papel para que as pessoas possam entender o que estamos dizendo a elas.

— Mesmo que elas não estejam no mesmo lugar... — disse ela, maravilhada com a magia daquilo.

Nathaniel fez que sim, satisfeito com a reação dela, e pegou outra letra.

— Este aqui é um *H*. Tem um som aberto, como em *horta*.

— O que é esta? — ela perguntou, apontando para uma letra que parecia uma das que ela tinha visto nas placas perto dos túmulos. — Parece ser um conjunto de gravetinhos.

— Este aqui é um *K*. Emite um som como no início da palavra *casa*. Veja, o alfabeto contém todos os diferentes sons.

Willa fez uma pausa tentando entender.

— Então... qualquer palavra pode ser formada a partir dessas letras?

— Pode.

— E as palavras Faeran?

— Sim, acho que sim.

— E quanto ao nome Willa, como você escreve?

— W-I-L-L-A — disse ele, depois escreveu as letras no papel para que ela pudesse ver como eram.

— E "Alliw"?

Ele olhou para ela com incerteza.

— Você fala "Ali-u"?

— Falo — respondeu ela.

— É um nome?

— É.

— Bem, o início do nome pode ser A-L-I ou A-L-L-I — disse ele. — Mas não tenho certeza sobre o final. Talvez um U ou um W. Portanto, pode ser A-L-L-I-W.

Ela observou enquanto ele escrevia cuidadosamente as letras com o lápis para ela ver.

Ela olhou para os dois nomes lado a lado.

W I L L A e A L L I W.

Gêmeas — ela pensou. *Minha irmã e eu éramos gêmeas, até nos sons, nas letras, como a mão esquerda e a mão direita pintadas na parede da caverna.*

— E como você escreve "Nea"? — ela perguntou a seguir.

— Imagino que provavelmente seja N-E-A — disse ele, e escreveu as letras para ela. — Então, você já viu o A antes, mas os sons *E* e *N* são novos. O *N* é "nn, nn". Consegue ouvir?

— Consigo — ela disse perplexa e satisfeita ao mesmo tempo.

— Essa Nea é amiga sua? — ele perguntou. — Talvez uma abelha ou um esquilo?

— Não — disse ela com um sorriso, sabendo que ele estava brincando com ela. — Nea era minha mãe. E Alliw era minha irmã.

— Oh, sinto muito — disse ele. — São lindos nomes, Willa.

Ele olhou para ela por vários segundos como se não tivesse certeza se deveria fazer mais perguntas.

— E faleceram há seis anos, não é? — ele perguntou timidamente.

— Meus pais e minha irmã morreram quando eu tinha 6 anos — disse ela, mas não falou o resto: que tinha sido o povo *dele*, os seres humanos, que os haviam matado.

— Eu sinto muito, Willa — disse ele, com tanta compaixão na voz que era quase como se soubesse a verdade.

Às vezes ela se perguntava como tinham sido mortos, por que tinham sido mortos. Foram os recém-chegados que chacoalhavam metais, serras e machados? Um colono como ele com um bastão de matar? Sempre que ela tentava pensar nos pais e na irmã, ela via de novo as imagens deles correndo pela floresta, e então a escuridão do submundo do Recôncavo Morto.

Assustada, ela tentou mudar de assunto.

— E o som que um urso faz quando está feliz por ter encontrado um tronco cheio de mel ou a voz de uma árvore quando sussurra ao vento? As letras em inglês também podem fazer esses sons?

— Ah... — disse ele, incerto. — Agora acho que você me pegou. Mas a maioria dos outros sons, sim; sabe, os que pessoas como nós podem fazer.

Willa sorriu.

— O que é tão engraçado? — ele perguntou.

— "Pessoas como nós" — ela repetiu. — Eu gosto disso.

Ele retribuiu o sorriso, entendendo o que ela quis dizer.

— Então por que todas as perguntas sobre letras de repente? Você quer que eu lhe ensine a ler?

— Enquanto eu puder ouvir sua voz, por que precisaria ler? — ela perguntou.

— Isso permitiria que você ouvisse as vozes de outras pessoas, suas histórias — disse ele.

— Como quem?

— Pessoas que já não vivem ou que vivem fora das montanhas.

Willa tentou entender o que Nathaniel estava dizendo a ela. Será que aquelas letras do inglês traziam mesmo vozes de fora do mundo? Poderiam realmente trazer de volta as vozes das pessoas que morreram?

— Não estou explicando muito bem — disse ele. — Deixe-me tentar de novo: as pessoas escrevem coisas e depois outras pessoas podem lê-las. Posso escrever a história do que aconteceu na minha vida. Ou posso escrever uma história que imagino na minha cabeça. Ou posso escrever uma carta para alguém que mora em um lugar diferente ou uma mensagem para lhe dizer como me sinto a respeito de algo.

Willa ouviu com atenção tudo o que ele lhe dizia.

À luz bruxuleante de uma vela feita com a cera das abelhas, eles conversaram noite adentro sobre letras, sons e histórias contadas.

Mais tarde, ela se sentou em frente à lareira com Scout deitado em seu colo, como ele sempre fazia, e olhou para as brasas do fogo sonolento. Enquanto Nathaniel assava castanhas em uma frigideira de ferro preto sobre as brasas, contava as lembranças de quando tinha aprendido a cultivar vegetais e a plantar árvores com seu pai, a cozinhar e assar castanhas com sua mãe, e a ler e escrever com sua avó. Muitos anos atrás, quando ele era criança, todos eles moraram juntos naquela casa.

Na manhã seguinte, quando Nathaniel pegou a espingarda e saiu em sua jornada diária rio abaixo, Willa quis lhe contar que seguira seus passos descendo o rio enquanto ele estava fora, mas não o fez.

Ela queria dizer: *o que estamos procurando lá longe? Eu desci aquele rio. Não há nada para ser achado lá.*

Mas não o fez. Ela não o questionou ou pressionou. Não queria incomodá-lo ou irritá-lo. Não havia mais lenha para partir.

Mas ela sabia que havia uma coisa que precisava dizer antes de ele partir.

— Ouvi os madeireiros a distância ontem — disse ela.

— Você os ouviu? — ele perguntou.

— Bem longe, mas chegando cada vez mais perto — disse ela.

— Entendo — disse ele com seriedade.

— Então, tenha cuidado — pediu ela, olhando para ele o mais firme que pôde.

— Eu terei — disse ele, virando as costas e começando sua jornada. A ameaça dos madeireiros claramente o perturbava, mas ele ainda tinha que ir.

Ela observou Nathaniel desaparecer na floresta.

Quando teve certeza de que ele tinha ido embora, ela saiu e caminhou até a clareira.

A névoa matinal subia da grama coberta de orvalho, e borboletas-rabo-de-andorinha amarelas brilhantes flutuavam sobre o campo de orquídeas com franjas roxas.

Ela pisou no retângulo de pedras tomando cuidado para não fazer bagunça, então se sentou na frente da primeira cruz. Estudou as letras esculpidas na placa.

Reconheceu a primeira letra.

— Abelha — disse ela.

A segunda letra parecia com dois pinheiros verticais com um galho horizontal entre eles. Ela tinha certeza de que esse era o *H* que Nathaniel havia falado para ela.

O terceiro parecia uma muda de dois galhos brotando do solo.

O quarto parecia a Lua.

O quinto era a casa.

E o sexto era outra abelha.

Ela tentou fazer o som de cada letra, uma de cada vez, e então tentou misturá-los uns nos outros. Saiu parecendo uma grande trapalhada.

Mas enquanto ficou sentada ao lado da sepultura, no retângulo de pedras, e estudou as letras na cruz, sabia que não poderia desistir.

O nome era o caminho que ela deveria seguir.

Naquela noite, quando o homem Nathaniel voltou de sua jornada rio abaixo, ele parecia amargamente derrotado, com os olhos baixos e os dentes cerrados, como se tivesse caminhado o dia todo rio acima e abaixo, procurando e procurando, mas nunca encontrando. Ao sair da floresta, sua mão esquerda agarrava a espingarda e a direita abria e fechava repetidamente em um punho que bombeava.

Ele está com raiva — ela pensou. *Ele vai fazer barulho no moinho ou vai cortar uma árvore com seu machado ou cometer algum outro ato de violência. Tenho certeza disso.*

Mas então, enquanto caminhava pela grama em direção a casa, ele ergueu os olhos e a viu parada na varanda.

A frustração e a fúria sumiram das linhas de seu rosto.

A mudança em seu humor foi como a passagem de uma tempestade no alto das rochas da Grande Montanha. Ele olhou para ela com seus olhos azuis brilhantes — repentinamente cheios de algo que não era raiva, nem fúria, nem tristeza — e disse:

— Que bom que estou em casa.

49

Na manhã seguinte, depois de Nathaniel sair, Willa se sentou de pernas cruzadas no chão ao lado do monte de terra e das quatro cruzes de madeira.

Ela havia aprendido nas aulas de leitura que a muda com os dois raminhos para fora, o *Y*, fazia som de *I* no início da palavra, como em *inverno*. E a lua parecia o meio da palavra *horta*. Então ela pensou que finalmente tinha as letras de que precisava para decifrar a primeira placa. Willa a observou por muito tempo:

A H Y O K A

Willa falou o som das letras uma por uma.

— Ah-ho-in-o-k-ah — disse, mas não parecia certo. Nunca tinha ouvido falar de qualquer tipo de palavra ou nome que soasse assim. Ela tentou várias vezes, mas continuava não fazendo sentido.

Frustrada e franzindo a testa com a confusão de letras, ela estudou a placa seguinte esperando que fosse mais fácil:

I N A L I

Pensou que tinha aprendido o som do graveto no início e no final daquela sequência de letras, e o desfiladeiro com a encosta da montanha no meio, e a abelha, e o som do galho dobrado na quarta posição. Mas achava que devia estar confundindo as letras e os sons, porque também não se parecia com nenhum tipo de nome ou de palavra que ela já tivesse ouvido.

Então ela chegou ao mais longo dos nomes nas quatro placas. Parecia ser feito dos mesmos sons das outras duas palavras, mas estava em uma ordem diferente.

HIALEAH

— Ha-i-a-la-ee-a-ha — ela gaguejou lentamente os sons.

— Ha-i-a-li-a — tentou de novo, dessa vez unindo alguns dos sons. Estava começando a soar familiar a seu ouvido.

— Hi-a-li-a — disse ela devagar, ganhando mais confiança.

E de novo, mais rápido dessa vez:

— Hi-a-li-a.

E disse de novo:

— Hi-a-li-a.

E então ela entendeu.

Aquela não era uma palavra ou nome em inglês.

E também não era Faeran.

Era *Cherokee*.

Willa olhou para a placa na primeira sepultura.

AHYOKA

— Ah-yo-ka — disse ela no jeito Cherokee. Não pôde deixar de sorrir um pouco ao ouvir esse som. Parecia certo. Esses definitivamente poderiam ser nomes Cherokees.

Mas então ela voltou a ficar mais séria, percebendo o que significava. Por quê? Por que havia nomes Cherokees ali? A maioria dos Cherokees vivia do outro lado da Grande Montanha. Por que haveria nomes Cherokees no prado de Nathaniel?

Ela se virou para a última das quatro placas e a estudou.

O gravetinho.

A cobra.

A casa.

A abelha.

Começou a pronunciar as letras uma por uma.

E então parou na metade do nome.
Ela não precisava continuar.
Já sabia o que era.
Sua mente se encheu de um medo sombrio e enevoado. Uma sensação tão fria quanto a morte invadiu seu peito.
Havia cometido um erro terrível.

50

Willa estudou as letras da quarta placa, uma por uma:
WISKAGUA

Era um nome longo e ela não conhecia os sons de todas as letras, mas conhecia as quatro primeiras.

— Iska...

Dizer o nome em voz alta partiu seu coração.

Era o nome do menino Cherokee que ela havia conhecido na prisão do Recôncavo Morto. E era um nome muito incomum para ser uma coincidência. Era ele.

Os biscoitos — ela pensou. *Foi tudo o que eu fiz por ele. Eu lhe dei biscoitos para comer!*

Ela ficara com medo de ver um menino humano aprisionado em um buraco. Willa havia fugido dele. Não quis vê-lo. Não quis pensar nele. Não tinha entendido por que ele estava lá, por que eles o tinham capturado, e ainda não entendia. Mas tinha conseguido tirá-lo da cabeça. Ele era um *humano*, nada com que ela pudesse se preocupar, nada que ela tivesse permissão para ajudar. Isso foi o que ela tinha dito a si mesma.

Mas agora Willa sabia muito mais do que antes, tinha passado por muitas coisas desde então.

Suas palmas começaram a suar e seu estômago embrulhou. Sua mente se turvou de vergonha e confusão. Ele era um ser humano. Como poderia ter feito o que fez? Havia deixado o menino largado em uma cela de prisão na toca dos espíritos noturnos. Como pôde tê-lo abandonado naquele lugar? Como pôde tê-lo deixado sofrer assim? Deixá-lo morrer? Ela havia aprendido durante toda a vida que os humanos eram seus inimigos, assassinos da floresta, assassinos de seu povo. Mas como ela poderia deixar *alguém* sofrer assim?

Quando crianças, ela e Alliw haviam salvado os pardais que caíram da árvore. E ela curou Lúthien do ferimento da arma de um caçador. E ajudou a pantera. Que tipo de medo e ódio viviam tão profundamente em seu coração que a fizeram abandonar um menino humano para apodrecer em uma prisão escura e úmida?

Willa não conseguia movimentar o corpo. A sua mente ficou entorpecida. Tudo o que ela podia fazer era olhar para o nome do menino na placa acima do túmulo. *Iska* — ela pensou. *Seu nome era Iska.* Ela sabia que ele provavelmente tinha morrido na cela da prisão onde o deixara. Ele provavelmente havia morrido por causa do que Willa tinha feito.

Mas suas sobrancelhas se franziram e ela esfregou os olhos, sua mente cheia de intensa confusão.

Como Iska e aquelas outras crianças tinham ido parar na prisão da toca do Recôncavo Morto?

Pensou no pica-pau que ela desembaraçara dos fragmentos de uma rede, no bando de Cherokees procurando por seus filhos perto da devastação dos madeireiros e nas armadilhas de rede que tinha visto na floresta do outro lado do rio.

Ela sabia que o padaran estava enviando seus jaetters para caçar e prender os animais da floresta em troca de recompensa. Será que o padaran tinha enviado seus guardas aos vales para caçar crianças humanas também? Mas por quê?

E se isso tiver acontecido mesmo, se Iska tiver sido capturado pelos espíritos noturnos e depois tiver morrido naquela prisão, como o corpo tinha voltado ali para aquele túmulo? Será que o corpo tinha descido rio abaixo? Por que aquelas pessoas Cherokees estavam enterradas no prado de Nathaniel?

A mente de Willa voou para o passado. Quando viu Iska na cela da prisão, poderia tê-lo salvado? Ela poderia tê-lo tirado de lá? A própria Willa mal tinha conseguido sair da toca do Recôncavo Morto. Mas nem sequer tinha *tentado* salvá-lo, pensou envergonhada.

Willa esfregou o rosto em agonia. Mas não podia deixar sua mente ser puxada para a escuridão dolorosa e tortuosa de tudo o que tinha ou não feito, todos os erros terríveis que cometera. Precisava pensar no que iria fazer *agora*. O que tudo aquilo significava?

Uma coisa era certa: ela não podia mais fingir que não sabia de nada, que não havia conexão entre o passado e o presente, entre a vida que ela levava antes e a vida que estava levando agora. Não podia se esconder atrás das rochas do desconhecido. Tinha que falar com Nathaniel.

Ela enxugou os olhos, pôs-se de pé e correu para a casa.

51

Quando Willa chegou, Nathaniel não estava lá. A espingarda encontrava-se recostada na porta, então ela sabia que ele estaria por perto. Procurou por ele na casa do moinho e no celeiro, mas não o encontrou em lugar nenhum. Percebendo que o equipamento de apicultura havia sumido, ela se dirigiu ao campo de trevos.

No caminho para lá, uma abelha passou zumbindo em seu rosto.

— Ei! Qual é a pressa? — gritou ela para a abelha que voava com velocidade.

Então mais três abelhas começaram a zumbir ao seu redor, irritadas e agitadas. Uma pousou em seu braço e imediatamente a picou.

— Ai! — reclamou Willa, afastando-a. — Por que você fez isso? Isso vai doer muito mais em você do que em mim!

Ao se aproximar das colmeias, o zumbido alto das abelhas parecia ser preenchido com uma malevolência intensa e opressora. A vibração dos insetos enfurecidos subia e descia por sua espinha, enxameando ao seu redor.

Nathaniel, em seu traje de cuidar das abelhas, trabalhava nas colmeias, claramente tentando descobrir o que estava acontecendo. Ele havia desmontado várias das estruturas e olhava dentro delas.

Quando Willa olhou dentro de uma, levou um susto.

Antes havia ordem — cada abelha operária realizava seu trabalho para coletar pólen, alimentar a ninhada, cuidar da rainha e proteger a colmeia —, mas agora mais parecia um pandemônio. Centenas de abelhas atacavam umas às outras, as mandíbulas mastigando com violência e as patas se enredando em batalhas ferozes.

— Você consegue fazê-las parar, Willa? — Nathaniel perguntou a ela, sua voz soava cheia de desespero.

Willa tentou falar com as abelhas na língua antiga, tentou acalmá-las com sua voz, mas elas não a ouviam. Fervilhavam em uma confusão insensata de matança.

— Lá está a rainha! — Nathaniel disse apontando para a abelha que tinha abdômen bem mais longo que o das outras.

— Sai daí, rainha! — Willa disse a ela.

Normalmente, as abelhas operárias tinham deferência em relação à rainha, saíam de seu caminho sempre que ela estava andando e não lhe davam as costas quando ela parava. As operárias a mimavam, a alimentavam e cuidavam dela em todos os sentidos. Mas agora Willa e Nathaniel viram com espanto grotesco as abelhas operárias cercarem e assassinarem sua rainha.

Todas as cinco colmeias caíram no caos. Centenas de abelhas enxameavam em círculos selvagens e erráticos ao redor. Uma abelha operária picou Willa e outras duas fizeram o mesmo em seguida. Algumas voaram para a floresta sozinhas, onde logo morreriam sem o resto da colmeia. Toda a ordem tinha sido destruída e, para as abelhas, isso significava a morte. Só poderiam sobreviver trabalhando juntas.

Nathaniel ficou ali parado, impotente, diante das colmeias, os braços largados inutilmente ao lado do corpo, a cabeça caída com uma careta tensa.

— O que fez com que elas se voltassem contra a rainha? — Willa perguntou a ele, sua mente confusa, não apenas sobre as abelhas, mas sobre os nomes nos túmulos na clareira distante.

— Eu não sei. Talvez algum tipo de putrefação no mel ou uma corrupção da colmeia — disse ele observando a última das abelhas andar pelo campo de matança do favo de mel, corpos assassinados espalhados por toda parte. — É uma perda total. Estão quase todas mortas; as poucas sobreviventes não durarão muito.

Enquanto Willa e Nathaniel marchavam tristemente de volta para casa, ele não disse uma palavra.

Willa estava ansiosa para falar com ele sobre os túmulos na clareira, mas ele olhava para o chão enquanto caminhava, tão desanimado como ela nunca o tinha visto. Não sabia por que, ou o que dizer a ele, mas colocou a mão na dele para que ele soubesse que estava lá.

Quando ele segurou a mão dela também, Willa sentiu a urgência daquele toque, a gratidão por ela estar ali com ele, e uma onda de emoção se espalhou por ela.

Naquele momento, enquanto caminhavam de volta para a casa, ela começou a sentir no coração as respostas para o quebra-cabeça que sua mente não conseguia decifrar. Quando percebeu o que estava acontecendo, parecia que seu peito estava se expandindo com o ar.

— Não foi você quem começou aquelas colmeias... — disse ela, lentamente.

— Não — disse ele, taciturno.

— Você estava cuidando delas para outra pessoa...

Ele concordou enquanto caminhavam, mas não falou nada.

— As abelhas pertenciam a Ahyoka? — perguntou ela com gentileza, usando o nome pela primeira vez.

O nome, pronunciado em voz alta entre eles, com respeito e cuidado, era como uma ponte sobre um rio escuro e turbulento.

Ele suspirou como se soubesse que finalmente havia chegado a hora.

— Sim — disse ele. — As abelhas eram de Ahyoka.

— E ela era Cherokee...

Nathaniel acenou de novo com a cabeça, confirmando.

— Ahyoka era uma integrante respeitada do clã da Pintura, a tataraneta de um cacique famoso.

Ele fez uma pausa, como se não tivesse certeza que conseguiria continuar por causa da emoção que crescia dentro de si.

— E Ahyoka foi o amor da minha vida — disse ele, por fim, com a voz embargada.

— O amor da sua vida... — Willa repetiu em um sussurro de espanto. Não eram palavras que ela já tivesse ouvido na toca do Recôncavo Morto, mas ela sabia em sua alma o que significavam.

— Ahyoka e eu fomos casados por quinze anos — disse Nathaniel.

Enquanto Willa olhava para ele, todas as conexões se encaixaram em sua cabeça, como a água de três rios se unindo em um só curso. De repente, ela podia ver todos os pedaços do mundo quebrado.

— O que foi? — Nathaniel perguntou, vendo a expressão preocupada no rosto de Willa.

— Como Ahyoka morreu? — perguntou ela, com a voz trêmula.

Nathaniel balançou a cabeça, sem coragem. As linhas enrugadas ao redor de sua boca e a dor em seus olhos pareciam estar cheias de raiva, tristeza e culpa ao mesmo tempo.

— Tenho lutado contra a ferrovia e os madeireiros de todas as maneiras que posso — disse ele. — Apresentando queixas ao xerife do condado, interrompendo as reuniões da cidade e tentando organizar os outros colonos para firmarem posição contra eles.

— E a sua terra... — disse ela.

— Isso mesmo — disse ele. — Os madeireiros passaram a me odiar; mas, para piorar as coisas, minha terra aqui bloqueia o caminho deles para subir o rio, então eles não podem levar sua ferrovia para mais longe. Eles têm enviado as autoridades aqui, ameaçando a mim e à minha família, espantando meu gado, sabotando meu moinho, fazendo tudo o que podem para me calar ou expulsar.

— Mas por quê? Por que eles vieram aqui para as nossas montanhas? — Willa perguntou, consternada.

— São empreendedores, empresários — disse Nathaniel. — Eles cortaram todas as florestas no norte, então agora estão avançando pelas montanhas ao sul. Eles pretendem vir até Clingmans Dome e cortar essas árvores também.

— Quais árvores?

— Todas elas — disse Nathaniel com desgosto. — Eles limpam o terreno. Não acreditam em escolher e selecionar, deixar algumas crescerem e cortarem outras, eles tiram todas.

Willa engoliu em seco, lembrando-se da destruição.

— Eu já vi — disse ela.

— Então você sabe do que estou falando — continuou Nathaniel. — Foi aí que tudo começou.

Ele balançou a cabeça de novo, apertando os lábios firmemente e respirando pelo nariz, como se estivesse tentando encontrar forças para continuar.

— Comecei uma luta que não poderia vencer — disse ele com a voz grave e cheia de pesar.

Ela podia perceber que ele se repreendia, atormentado não só pela tristeza, mas pela culpa.

Havia muitas perguntas rodopiando a mente de Willa, e tantas coisas que ela queria dizer a ele, mas, apesar disso tudo, só o que ela conseguia sentir no coração era uma tristeza profunda e latente pelo que Nathaniel havia passado. Ela via que tinha sido ruim. Que tinha sido insuportável para ele.

Ela sabia que não queria ouvir a história, mas segurou o braço dele e disse:

— Conte-me o que aconteceu com a sua esposa...

52

Nathaniel parou de andar e se virou devagar para ela. Willa pensou que ele fosse olhá-la, mas a cabeça do homem permaneceu caída.

— Um bando inteiro deles entrou em casa no meio da noite — disse ele com esforço, sua voz baixa. — Deviam ser uns vinte ou trinta...

Enquanto falava, Nathaniel limitava-se a olhar para o chão e a negar com a cabeça, como se revivesse tudo aquilo na mente.

— Ahyoka e eu tentamos lutar contra eles, eu dei vários tiros. Acho que matei pelo menos dois deles, e depois os ataquei com meus próprios punhos. Scout também pegou um deles. Eu nunca o vi lutar tanto... Mas estava tão escuro, e então quatro deles me agarraram...

Quando suas palavras vacilaram e definharam até silenciarem, Willa tocou seu braço devagar para lhe mostrar que ela ainda estava ali presente para apoiá-lo, que ainda estava ouvindo.

Ele ergueu a cabeça e olhou para ela.

— Tentei lutar — disse ele. — Eu tentei salvar Ahyoka. Tentei salvar meus filhos! Mas um dos agressores me apunhalou com algum tipo de lança ou vara, o outro me atingiu na cabeça com um porrete e eu caí com força...

Ele apertou os lábios e olhou para o chão, puxando o ar pelo nariz. Por fim, disse:

— Eu desmaiei...

— Seus filhos... — disse Willa, sua voz enroscando na garganta. Foi o que ela ouviu; ele dissera: *eu tentei salvar meus filhos.*

— Já repassei isso na minha mente mil vezes — continuou ele —, mas não sei o que aconteceu depois. Quando acordei, era de manhã e minha esposa e meus filhos tinham desaparecido.

Uma sensação nauseante brotou no estômago de Willa, ela precisava ter certeza de que realmente tinha entendido o acontecido. Tinha que ouvir as palavras sendo ditas, não apenas ver as letras em inglês riscadas em placas de madeira na campina.

— Quais eram os nomes dos seus filhos, Nathaniel? — ela perguntou a ele. — Eu quero saber os nomes deles.

— Minha filha, Hialeah, tinha 12 anos, era muito forte e corajosa. Lembro-me de ouvi-la gritar no outro quarto, lutando para proteger seus irmãos mais novos.

Nathaniel se deteve por um instante incapaz de continuar. Willa sentiu seu coração bombear o sangue aos solavancos por seu corpo enquanto esperava pelo nome que ela sabia que viria.

— Meu filhinho, Inali, tinha apenas 5 anos. E meu filho mais velho tinha 10 anos. Nós o batizamos em homenagem a seu tataravô. O nome dele era Iskagua.

Willa sabia que ele falaria aquele nome antes mesmo dele pronunciá-lo, mas seu estômago embrulhou mesmo assim.

— Iska... — Willa sussurrou em desespero.

Ela fechou os olhos para evitar as lágrimas, tentando apenas respirar enquanto o calor intenso enchia seu rosto de dor. Ela queria chorar, se virar e se esconder. Parecia muito tempo atrás, como em um mundo diferente, como uma outra Willa. Mas ela havia deixado o filho de Nathaniel na prisão. Ela o havia deixado lá com os guardas de lanças que apunhalavam e os jaetters de dentes tiritantes. Iska era filho de Nathaniel, e ela o havia deixado lá para morrer!

— Por que você disse o nome dele assim? — Nathaniel perguntou a ela. — É assim que o chamávamos, nós o chamávamos de Iska.

— Eu sei... — disse ela com o coração partido.

Como poderia dizer a ele que tinha visto seu filho vivo, que tinha inclusive falado com ele, mas que o abandonara em uma prisão escura e vil para morrer sozinho? Sua mente nadava em confusão, culpa e medo. Ainda havia tantas coisas que ela não entendia.

— Conte-me o que aconteceu depois — disse ela, olhando para Nathaniel. — O que aconteceu quando você descobriu que sua esposa e seus filhos tinham sumido?

— Procurei por eles em toda a casa. Achei que talvez tivessem fugido ou se escondido em algum lugar. Eu sabia que Ahyoka nunca desistiria de lutar pelas crianças. E Hialeah era uma garota muito engenhosa. Mas Scout ficava latindo e me puxando, como se estivesse farejando algum rastro.

— Rastro de quê? — ela perguntou.

— Ele podia sentir o cheiro deles — disse Nathaniel. — Quando ele saiu correndo pela porta da frente, eu o segui de perto. Seguimos o faro pelo gramado até chegar ao rio. E então, quando chegamos à margem, eu vi...

Nathaniel engasgou fortemente com as palavras e teve que parar no meio da frase.

Ele pressionou o rosto nas mãos, respirou longa e profundamente e depois exalou.

— Nunca senti uma dor assim em toda a minha vida... — disse ele, tão baixinho que ela quase não conseguiu ouvir. — Lembro que caí de joelhos...

— Diga-me, Nathaniel... — Willa insistiu.

— As pedras da margem do rio estavam salpicadas de sangue e as roupas dos meus filhos estavam jogadas pelo chão. Foi quando percebi o que os invasores tinham feito...

— O quê? — Willa perguntou, consternada. — O que eles fizeram?

— Mataram todos eles e jogaram seus corpos no rio — disse ele.

— Eu... — ela começou a dizer, mas suas palavras vacilaram. Estava chocada demais para falar.

— Mataram todos eles — Nathaniel repetiu, como se fosse necessário para sentir toda a dor que aquilo representava.

— Na noite em que invadi a sua casa... — disse ela.

— Eu não estava no meu perfeito juízo — disse ele. — E não estou desde então.

— Descendo o rio... — disse ela. — É para lá que você tem ido todos os dias.

— Naquela primeira manhã, comecei a procurá-los. Encontrei minha esposa rio abaixo, seu corpo preso contra uma rocha sob a água. Tive de usar uma corda e uma roldana para tirá-la de lá, quase me afoguei no processo. Chegou um momento em que o rio estava tentando me puxar para baixo e eu quis que ele me vencesse. Queria deixar o rio me levar como a tinha levado, eu queria sair deste mundo.

— Mas você não fez isso — disse ela baixinho tentando encontrar alguma esperança.

— Eu não *podia* — continuou ele. — Eu não tinha encontrado o corpo dos meus filhos, então não poderia partir. Ainda não. Eu não suportava a ideia de meus filhos estarem naquela água fria. Quando finalmente tirei Ahyoka do rio, carreguei-a para casa, cavei uma sepultura no prado e a enterrei. Guardei sua aliança de casamento porque eu sabia que ela ia querer que ficasse comigo, para permanecermos juntos.

— Conte-me o que aconteceu com seus filhos... — disse Willa.

— Fiquei exausto após cavar o túmulo de Ahyoka, mas voltei e continuei a busca pelo corpo deles. Tenho procurado por eles todos os dias desde então, vasculhando as margens do rio, os redemoinhos e os buracos mais profundos, mas parece que a cada dia que eu não os encontro eles escapam para mais longe de mim.

Nathaniel balançou a cabeça devagar.

— Estou em um ponto em que nada mais tem significado, em que é hora de eu deixar este mundo, mas não posso. Não consigo pensar direito. Não consigo fazer nada. Não encontrarei paz na minha vida, nem na minha morte, até que descubra o corpo deles e possa enterrá-los ao lado da mãe.

— Mas são quatro cruzes... — disse ela.

— Eu não poderia abandoná-los, não poderia aceitar um mundo sem eles. Simplesmente não parecia real. Então, eu fiz uma cerimônia fúnebre para todos, apenas Scout e eu, tentando assimilar e aceitar o que tinha acontecido. Coloquei as cruzes ao lado da cruz de Ahyoka e orei pela alma deles como se tivesse encontrado os corpos, como se fosse um funeral de verdade. Achei que poderia me ajudar a aceitar que eles tinham partido, mas não...

Willa segurou as mãos de Nathaniel enquanto ouvia as palavras se derramarem de dentro dele.

— Isso só me deixa com raiva — disse ele. — Esses madeireiros ainda estão lá, ainda derrubando árvores. Eu ouvi suas máquinas infernais do outro lado do rio esta manhã. As equipes de reconhecimento do terreno estão se aproximando mais a cada dia. Não fui capaz de detê-los legalmente, mas se eles chegarem perto demais das minhas terras, vou criar um inferno como eles nunca viram. Fui para Gatlinburg em busca de justiça para minha esposa e meus filhos, entretanto, quando acusei os ferroviários e os madeireiros, o xerife ficou frio como pedra. Não acreditou em uma única palavra do que eu disse a ele. Olhou para mim como se eu fosse louco. A maioria daqueles homens lá embaixo foi comprado e pago, gente demais ganhando bons salários com a ferrovia e a madeireira para deixar que algo atrapalhe. As autoridades deles começaram a espalhar boatos de que tinham me visto batendo na minha esposa e machucando meus filhos. Agora o xerife está me investigando pelo que aconteceu com a minha família.

Enquanto ouvia a história, uma sensação densa e pesada ficou presa no fundo da garganta de Willa. Naquele exato momento, parecia que ela podia ver todos os pedaços quebrados do mundo de uma forma que ninguém mais podia. E um desses pedaços quebrados era ela.

O que Nathaniel achava ter acontecido, na verdade, ela sabia, não tinha. Não foram os madeireiros os atacantes da família dele. E o que os detetives achavam que tinha acontecido também não aconteceu. Como quando os dois homens discutiam se a Terra era plana ou redonda e ambos estavam errados. O mundo era montanhas.

Mas como ela poderia dizer a Nathaniel que seu próprio povo havia atacado a família dele? Como ela poderia dizer a ele que tinha visto Iska em uma prisão dos espíritos noturnos e o deixado para morrer? Se ela contasse a ele o que de fato tinha acontecido, ele passaria pela dor cruel da morte de Iska novamente. Isso destruiria o pouco que restava de sua alma apegada. E isso estilhaçaria a vida que ela e Nathaniel tinham compartilhado nas últimas semanas.

Willa revirou sua mente tentando descobrir se era possível, de alguma forma, que Iska estivesse vivo, que pudesse, de algum jeito, ter sobrevivido na prisão todo aquele tempo. Por que os espíritos noturnos estavam capturando e matando seres humanos? Que utilidade o padaran teria para as crianças?

Ela tentou se lembrar do que tinha visto na toca. Quem era o padaran de rosto bronze ou cinza, o deus do clã? Como ele era capaz de exercer um poder tão terrível sobre aqueles que já tinham sido um povo tão bom e honrado?

Willa estava tão envolta nos próprios pensamentos que, quando o cão teve um acesso de latidos selvagens, ela pulou, surpresa.

— O que foi, garoto? — Nathaniel perguntou a Scout, que continuava latindo e olhando para a floresta.

A orelha de Willa se contraiu.

— Espere — disse ela, tocando o braço de Nathaniel para mantê-lo parado. — Agora também estou ouvindo.

Era fraco, mas ela definitivamente podia ouvir o som a distância.

Tum. Tum. Tum...

— O que você está ouvindo? — Nathaniel perguntou, a tensão aumentando em sua voz.

O padrão incessante do som infiltrou-se no peito de Willa como sanguessugas-negras. *Tum. Tum. Tum...*

— Eu ouço machados... — ela sussurrou.

O rosto de Nathaniel se encheu de raiva.

— São aqueles malditos madeireiros!

Ele começou a andar rápido em direção a casa; ela nunca o tinha visto tão aborrecido.

— O que você vai fazer? — Willa perguntou em pânico enquanto corria para alcançá-lo.

Ele não estava em condições de enfrentar os madeireiros.

Nathaniel invadiu a casa, jogou no chão seu equipamento de apicultura e pegou a arma.

— Vamos, Willa — disse ele saindo correndo de casa e se dirigindo para a floresta. — Vamos atrás deles.

53

Nathaniel saiu furioso do meio das árvores, segurando sua espingarda carregada nas mãos, indo em direção aos madeireiros. Scout avançou com ele, rosnando ferozmente. Mas Willa permaneceu parada na vegetação rasteira. Ela não era uma lutadora ou uma assassina. Não podia ameaçar, gritar ou intimidar. Ela teria sorte se eles pudessem sequer vê-la.

Uma tripulação de vinte madeireiros barbados e rudes tinha chegado com cavalos e uma carroça de serras, malhas, correntes e machados. Eles já haviam derrubado uma bela cerejeira-negra. Meia dúzia de homens com machados cortava seus galhos enquanto os carroceiros atrelavam os cavalos. Dois homens com uma serra dentada de quase 2 metros de comprimento já haviam cortado até a metade o tronco de uma segunda árvore, um velho carvalho que parecia estar ali havia 150 anos.

— Parem! — gritou Nathaniel. — Esta terra é minha! Vocês não têm o direito de cortar essas árvores!

Um dos homens, segurando seu machado, caminhou até Nathaniel e gritou na sua cara:

— É um país livre, não é?

— Podemos fazer o que quisermos — disse outro enquanto cortava os galhos da árvore. — Não é isso que significa liberdade?

— Vocês não têm licença para cortar aqui — disse Nathaniel.

Um homem mais velho, grisalho e caolho, cuspiu no chão uma torrente marrom-escura de tabaco de mascar.

— Não precisamos de porcaria de licença nenhuma.

— Sou Nathaniel Steadman — disse ele, enfrentando o chefe da equipe. — Eu sou dono desta terra.

— É floresta — disse o chefe. — Ninguém é dono da floresta, é terra pública, é de quem pegar.

Os músculos de Willa ficaram tensos quando vários dos outros madeireiros caminharam para ficar na frente de Nathaniel, ao lado do chefe. Eles não iriam recuar.

— Nathaniel Steadman não é o nome do homem que bateu na esposa e a matou? — questionou um dos madeireiros.

— Isso é verdade? — perguntou o chefe semicerrando os olhos para o rosto de Nathaniel. — É você? Você matou sua esposa?

— Não, eu não matei minha esposa! — exclamou Nathaniel. — Vocês não podem simplesmente entrar aqui e começar a cortar minhas árvores!

— Quem disse que eu não posso? — perguntou o chefe. — Você? Como você vai me impedir?

— Eu tenho o direito dado por Deus de proteger as minhas terras — disse Nathaniel brandindo a espingarda.

O homem parado ao lado do chefe bateu com a coronha do machado no rosto de Nathaniel.

Todo o corpo de Willa sacudiu com o choque do ato. Ela cambaleou para a frente para ajudar Nathaniel quando ele caiu no chão.

Scout avançou e mordeu o agressor, mas o homem chutou o cão na cabeça e apontou seu machado para ele. Scout saltou para trás e se esquivou da lâmina, então saltou para a frente e agarrou o pulso do homem, rosnando e mordendo.

Nathaniel tentou voltar a ficar em pé, mas três dos homens vieram correndo e o chutaram nas laterais do corpo e o socaram com os punhos cerrados. Golpearam-no com o cabo de suas ferramentas.

Willa gritou e tentou bloquear os golpes, mas não havia nada que ela pudesse fazer. Eles o espancaram, um soco após o outro. Ela sentiu cada golpe contra a cabeça de Nathaniel como se fosse contra a sua. Cada chute no corpo dele atingia Willa nas costelas.

Com as lágrimas escorrendo pelo rosto e a raiva crescendo dentro dela, ela se jogou no chão de joelhos e agarrou as raízes grossas das árvores próximas.

— Se vocês querem viver, então devem nos ajudar! — gritou ela na língua antiga. Não havia bondade nem compaixão em sua voz. Ela estava exigindo, gritando com as árvores. — Eu sei que vocês podem ajudá-lo! Mexam-se agora ou todas vocês vão morrer com os cortes dos machados desses homens!

Levada por puro desespero, Willa focou sua mente no solo abaixo dela. Valeu-se de tudo o que sua vovozinha lhe havia ensinado sobre a floresta, as árvores e o fluxo do mundo. Entrelaçou tudo o que aprendera sozinha sobre os ramos que cresciam das plantas e a curvatura dos troncos e buscou profundamente seu espírito da floresta tecendo a arte da floresta mais poderosa que ela poderia imaginar em sua mente. A terra, a água, a raiz; o tronco, o galho, a folha; era tudo seu. Ela gritou uma série de palavras antigas Faeran que nunca tiveram significado no inglês e nunca teriam. Eram as frases antigas de seu povo, a invocação de seus ancestrais para despertar a ira das árvores, para trazer movimento às raízes que não tinham se movido em centenas de anos.

As raízes das árvores que corriam por todo o solo ao redor dela e sob os pés dos madeireiros começaram a vibrar em agitação. As raízes rangeram e se inclinaram empurrando o solo ao redor dos madeireiros e romperam a terra e espalharam-se como dedos longos, trêmulos e curvados em garras.

Willa inspirou assustada e surpresa com o que tinha feito. Ela empurrou seu medo para longe e continuou.

As raízes das árvores moviam-se ao seu comando, como cobras rastejando no chão, retorcendo-se e agarrando-se, tentando tocar tudo ao redor. Eles eram as *raízes do lodo*, os espíritos primitivos das árvores que ganhavam vida.

Quando a própria terra explodiu ao redor deles, os olhos dos madeireiros se arregalaram de terror. O rosto deles se encheu de expressões de choque. As raízes contorcidas se enrolaram nas pernas deles, agarrando-se aos joelhos e às panturrilhas. Os galhos das árvores da floresta balançavam para a frente e para trás acima da cabeça deles, como se estivessem irritados por uma violenta tempestade.

Um dos homens tropeçou para trás e caiu. As raízes entrelaçaram-se a seus braços, suas pernas e sua garganta sugando-lhe a vida e os nutrientes como se ele fosse a própria terra. Sua pele murchou e rachou, os dedos secaram em galhos quebrados e os olhos se transformaram em sementes negras do que haviam sido.

Os outros homens gritaram, berraram e tentaram fugir. Em um acesso de pânico selvagem, um lenhador golpeou uma raiz do lodo com um machado, mas a lâmina ricocheteou e atingiu profundamente a canela de seu companheiro. O homem deu um gritou doloroso de dor e desabou para as garras da morte das raízes do lodo enquanto os outros homens recuavam horrorizados.

Vários deles pularam nos cavalos e galoparam para longe. Outros apenas correram. Mas o chefe caolho puxou a espingarda da sela do cavalo e mirou em Nathaniel, achando que ele era a causa de tudo o que estava acontecendo. Scout avançou e saltou sobre o homem assim que ele puxou o gatilho.

54

Willa viu com alívio os madeireiros aterrorizados fugirem em pânico, partindo a pé e a cavalo.

Quando eles finalmente se foram, ela largou as raízes da árvore e desabou exausta no chão.

Ficou deitada na terra, tremendo e ofegando para recuperar o fôlego, apenas se agarrando à estabilidade do chão.

Os galhos das árvores pararam de se debater.

As raízes recuaram devagar de volta ao solo.

A gritante tempestade de violência que enchera o mundo momentos antes se transformou em um silêncio assustador.

Nathaniel, gravemente ferido, estava deitado no chão a alguns metros de distância, embalando o corpo inerte de seu cachorro nos braços.

— Não, você não, Scout! — ele gritou, abraçando o cachorro contra o peito.

Havia sangue e hematomas por todo o rosto e cabeça de Nathaniel, e ela sabia que ele deveria estar com uma dor terrível, mas ele passou os braços em volta do cachorro e o abraçou.

— Você não, garoto, você não! — ele chorava acariciando a cabeça de Scout.

E então Nathaniel olhou para ela e encontrou seus olhos.

— Temos que ajudá-lo, Willa. Temos que ajudá-lo...

Mas Willa sabia que era tarde demais, a arma do madeireiro havia causado estrago, o espírito de Scout havia partido.

O último membro vivo da família de Nathaniel estava morto, fora arrancado dele pelas forças do mundo.

— Sinto muito — disse Willa passando os braços em volta de Nathaniel. — Eu não posso salvá-lo.

E Nathaniel passou os braços em torno de Willa, abraçando-a como ela nunca tinha sido abraçada... abraçando-a como se ela fosse o último ser na Terra em que ele pudesse se agarrar.

55

Depois de muito tempo deitada no chão com Nathaniel e Scout, Willa se levantou e puxou Nathaniel lentamente para ficar em pé. Ela colocou o ombro embaixo do braço dele e, juntos, mancaram de volta para casa em silêncio.

Depois que ele desabou sangrando e ferido em sua cama, ela tentou dizer-lhe palavras gentis que poderiam acalmá-lo, que poderiam ajudá-lo a superar a dor de sua perda, mas ela sabia que não significavam nada. Nathaniel havia sofrido demais. Havia perdido a esposa, os filhos e agora o cachorro.

Queria dizer que tinha visto Iska vivo, dar-lhe esperança, dar-lhe algo a que ele pudesse se apegar. Mas sabia que não podia. Não naquele momento. Não daquele jeito. Depois de todo o tempo que havia se passado, provavelmente Iska já estava morto. Não poderia machucar Nathaniel com essa nova incerteza, com essa nova dor, com a agonia de saber que ele poderia ter sido capaz de salvar seu filho se soubesse onde ele estava.

Enquanto pensava no que fazer, ela saiu e colheu frutinhas silvestres e ervas da floresta. Quando voltou, aplicou cataplasmas nos cortes sangrando e nos hematomas, tentando ajudá-lo de todas as formas que podia.

Ele ficou deitado na cama sem se mover, os olhos vidrados de desespero.

Willa voltou a se perguntar se deveria contar sobre o que tinha visto na prisão. Ela sabia que não era certo esconder dele o que sabia. Mas se contasse sobre ter visto Iska na cova dos espíritos noturnos, ele arrastaria seu corpo ferido e sangrando, ficaria em pé, pegaria a espingarda e subiria a montanha para encontrar o filho. Seria impossível detê-lo. Ele iria com ou sem ela. Mas não havia como ele conseguir atravessar as ravinas e cristas de rocha até o Recôncavo Morto. E ela não conseguia suportar a ideia de ele desmaiar de exaustão e cair morto e sozinho entre as rochas. Não conseguia suportar a ideia dos jaetters pegando-o do mesmo jeito que tinham feito com sua vovozinha.

No entanto, ao molhar um pano e limpar a terra e o sangue do ferimento na cabeça de Nathaniel, ela já começava a enxergar o que deveria fazer.

Não queria fazer isso. Não queria partir. Não queria voltar lá para aquele lugar escuro. Ela sabia que provavelmente iria morrer. E se, por algum fio de força, Iska ainda estivesse vivo, e pela graça da Grande Montanha ela conseguisse trazê-lo de volta para o seu pai, então ela sabia o que aconteceria em seguida. E isso partiria seu coração.

Pelo que ela vira e experimentara durante toda a sua vida na toca murcha do Recôncavo Morto, o amor era uma coisa rara e tênue, as famílias eram pequenas, frágeis e estavam morrendo. O amor era algo que se desfazia em pedaços. Era algo que não poderia durar.

Finalmente tinha encontrado em Nathaniel um lugar para seu coração morar. E parecia um refúgio numa floresta mágica e sombreada como nenhuma outra. Mas se ela conseguisse devolver Iska para ele, e talvez até seus outros filhos, se ainda estivessem vivos, ela sabia que tudo mudaria. Nathaniel teria sua família real de volta, sua família *humana*, a família que ele procurava e pela qual ansiava. A família que ele amava de verdade. A necessidade que ele tinha por ela e seu estranho espírito noturno desapareceriam como a névoa do topo da montanha: ao redor dela em um momento, e se dissipando no próximo, como se a Grande Montanha dissesse: *Você já viu o suficiente, pequenina. Agora é hora de você ir...* E Willa sabia que era uma dor que não conseguiria suportar.

Mas, apesar do que aconteceria, ela sabia, em seu coração, que tinha que partir.

Nathaniel estava deitado em sua cama, quebrado e ferido, de corpo e alma, lamentando não apenas seu cão Scout, mas sua amada esposa e seus amados filhos. Willa sabia que, de uma forma ou de outra, quer ela vivesse, quer morresse na montanha, tivesse êxito ou falhasse, essa seria a última vez que o veria, a última vez que tocaria em seu ombro com a mão ou ouviria sua voz.

Quando os olhos do homem Nathaniel finalmente se fecharam e ele caiu em um sono agitado, ela quis dizer *obrigada* a ele, agradecer por tudo o que ele tinha feito por ela, pela bondade que ele demonstrara naquela primeira noite no celeiro e em todos os dias que eles estiveram juntos desde então. E ela queria dizer o quanto lamentava por tudo o que havia acontecido, o que acontecera antes e depois.

Mas ao se virar e descer as escadas, ela não conseguiu encontrar uma maneira de dizer qualquer uma dessas palavras ou expressar qualquer um desses sentimentos, no novo idioma ou no antigo. E, embora ele tivesse ensinado algumas das letras em inglês a ela, Willa ainda não sabia como escrever os sons dos sentimentos em pele de árvores.

Então ela saiu sozinha, atravessou o gramado e desapareceu na floresta.

Era o mesmo caminho pelo qual tinha chegado.

56

Willa seguiu pela margem do rio como fizera muitas vezes antes, mas agora viajava rio acima, contra o fluxo do destino, contra o fluxo do tempo, de volta ao mundo de onde tinha vindo.

Trilhou seu caminho para o alto das montanhas, através da floresta que escurecia enquanto a névoa subia pelas árvores iluminadas pela lua e as corujas levantavam voo.

Horas depois, finalmente chegou ao desfiladeiro rochoso que levava ao Recôncavo Morto.

A Sentinela — a carcaça envelhecida da árvore de cabeça para baixo presa entre os paredões estreitos da ravina — surgia no caminho, uma guardiã sombria contra os inimigos do clã.

E, esta noite, esse inimigo sou eu — ela pensou.

Willa havia dito a si mesma que nunca mais voltaria àquele lugar escuro e miserável, mas aqui estava ela. Queria se afastar, fugir montanha abaixo e deslizar silenciosamente em seu casulo macio pendurado no quarto de Nathaniel. Queria voltar para Scout e acariciar suas orelhas, correr e brincar com ele nos bosques de árvores altíssimas. Mas Willa sabia que não podia. Sua vida com Nathaniel e Scout tinha sido destruída por quatro símbolos em pedaços de madeira e uma arma de um madeireiro.

Não tinha escolha agora. Ela sabia o que tinha que fazer, mas sentia o peso disso na boca do estômago enquanto observava bandos de jaetters e guardas entrando e saindo da toca do Recôncavo Morto como vespas em volta de um ninho.

Era significativo como os membros de seu clã sempre se aventuravam a sair da toca em grupos. *Não existe eu, apenas nós.* Mas, quando ela era uma ladra jaetter, gostava de sair sozinha, de usar as próprias habilidades e tomar as próprias decisões. Willa nem tinha percebido, na época, quanto isso a diferenciava dos outros, como tinha sido irritante e incompreensível para Gredic e como parecia suspeito para o padaran.

Agora existe um eu — ela pensou. *Eu, a fada da floresta, a entrelaçadora, a jaetter, a ladra. Mova-se sem fazer barulho, roube sem deixar vestígios. É o que vou fazer: roubar sem deixar vestígios, como nos velhos tempos.*

Mas, olhando para a Sentinela, ela sabia que, se entrasse pela frente da toca, eles a atacariam e a matariam assim que a avistassem.

E Willa suspeitava de que os guardas da prisão provavelmente tinham encontrado a rachadura na pedra que ela usara da última vez. Era provável que estivesse sendo protegida ou tivesse sido bloqueada. Agora não tinha utilidade para ela.

Desta vez, ela precisava de uma maneira diferente para entrar. Algo pequeno. Algo silencioso. E algo que reservaria suas forças para as batalhas que viriam. Uma das coisas que ela aprendera como jaetter era que as noites de roubo eram longas e cheias de muitos perigos.

Willa recuou para a floresta e se dirigiu a um riacho próximo para encontrar ajuda.

Pouco tempo depois, arrastou-se sorrateiramente pelo sub-bosque gotejante das árvores enegrecidas que cresciam ao longo das paredes traseiras da toca. Logo atrás dela, ouvia-se o som do movimento rastejante da cauda de seus novos aliados.

Quando Willa finalmente chegou ao local que pensava ser o mais próximo da prisão, ela sussurrou "aqui", na língua antiga, tocando os dedos na base da parede.

Os dois castores avançaram e começaram a mastigar, mastigar e mastigar com seus dentes fortes e afiados, abrindo caminho através das grossas camadas de gravetos entrelaçados.

Desde que Willa tinha visitado a colônia pela última vez, três dos jovens castores e dois dos adultos haviam sido presos e mortos pelos jaetters, que queriam ganhar a recompensa por suas peles. Parecia impossível, mas os Faeran do clã do Recôncavo Morto, que no passado já tinha vivido em harmonia com todas as coisas vivas, haviam se tornado seu pior inimigo.

— Obrigada, meus amigos — sussurrou ela quando eles terminaram de abrir um pequeno buraco na parede de gravetos entrelaçados para ela passar. — A coisa vai ficar feia a partir de agora, então é melhor vocês voltarem para o seu refúgio. Fiquem em segurança.

Enquanto ela engatinhava pelo buraco escuro e viscoso, seu estômago se apertou. Ela detestava o cheiro daquele lugar e a sensação claustrofóbica. Mas como ela poderia ter ficado com Nathaniel sabendo o que ela sabia? Como poderia abandonar Iska aos guardas dos espíritos noturnos se ele ainda estava vivo? Ele era filho de Nathaniel!

Willa engatinhou por vários metros de gravetos dispostos em camadas densas, e enfim conseguiu chegar ao outro lado.

Ela espreitou devagar com a cabeça e olhou em volta.

O buraco não a levara diretamente para a prisão, mas para um dos túneis inferiores da toca. Verificou uma passagem, depois a outra, em busca de quaisquer sinais dos guardas. Por enquanto, seu caminho parecia livre.

Mova-se sem fazer barulho. Roube sem deixar vestígios — ela pensou novamente, arrastando-se com cautela para fora do buraco e se agachando no chão.

Ela ficou muito quieta, ouvindo os menores sons a distância, seus espinhos oscilando, pronta para detectar o menor movimento vindo em sua direção. Todos os sentidos de seu corpo estavam sintonizados na tarefa.

Ela correu pelo túnel rápido e silenciosamente, vasculhando com o olhar o que havia à frente. Chegou a uma curva e depois a outra, percorrendo o caminho em direção à prisão.

Era difícil imaginar que o menino Iska tivesse sobrevivido por muito tempo nas condições cruéis em que o encontrara. Os guardas da prisão pareciam determinados a garantir que ele não durasse. O pequeno buraco onde o haviam enfiado não era muito maior do que seu corpo encolhido, e os guardas nem o estavam alimentando.

Parecia ainda menos provável que seu irmão e irmã tivessem sobrevivido. Ela não tinha visto nenhum sinal deles.

Mas agora não tinha escolha.

Pelo bem de Nathaniel, de uma forma ou de outra, estivessem eles vivos ou mortos, ela tinha que descobrir o que acontecera a eles, ou Nathaniel iria enlouquecer procurando seus corpos para cima e para baixo pelo rio.

Se ela pudesse, de alguma forma, encontrar Iska na prisão e escapar com ele, seria a melhor pilhagem que um jaetter já havia feito, roubar um ser humano bem debaixo do nariz do clã dos espíritos noturnos.

Ela chegou a um corredor de onde podia ouvir o som de passos e vozes logo à frente. Ficou perto da parede e avançou lentamente.

Enquanto espiava pela esquina, um guarda correu em sua direção, lança em punho. Willa se jogou contra a parede, se entrelaçou e desapareceu assim que o guarda passou por ela.

Antes que ela pudesse respirar, mais dois guardas vieram pelo corredor arrastando uma garota humana que gritava atrás deles. A garota balançava o corpo em solavancos e movimentos violentos, cambaleando para um lado e depois para o outro, tentando escapar dos guardas, mas eles a seguravam pelos pulsos com as mãos ossudas e não a soltaram.

— O que há de errado com esta aqui? — perguntou o maior dos dois guardas arrastando a garota pelo corredor.

— Ela fica tentando fugir — respondeu o outro. — Lorcan disse que ela não estava cooperando, então devemos jogá-la no abismo.

Willa observou com horror os dois guardas puxarem a garota aos gritos.

Eles a estavam levando em direção ao labirinto onde a jogariam no vazio negro do abismo sem fundo e ela nunca mais seria vista.

Willa apertou os punhos e cerrou a mandíbula. Uma necessidade desesperada de ajudar a garota cresceu dentro dela, só que ela não sabia o que fazer. Não podia saltar na frente dos guardas e dominá-los de repente. Sentiu-se muito desamparada.

Pegue o que você veio buscar — ela disse para si mesma, com ferocidade, tentando focar sua mente. *Encontre-o e vá.*

Ela avançou mais fundo na prisão, esgueirando-se invisível e inaudível de sombra em sombra, fundindo-se aqui e disparando acolá. Willa logo se viu cercada por crianças capturadas que choramingavam amontoadas em celas de prisão por todo o corredor e guardas que gritavam com elas através das grades nas portas. Algumas das crianças estavam feridas e fracas, outras fortes e desafiadoras, resistindo. Mas o que a atingiu foi que os humanos ainda estavam ali — e pelo menos alguns deles ainda estavam vivos.

Parecia que os guardas mantinham os vários prisioneiros em diferentes tipos de cela, alimentando alguns de forma extravagante e deixando outros famintos, falando palavras amáveis com certas crianças e isolando outras na escuridão total. Ela não conseguia compreender por que os guardas faziam tudo aquilo. Mas, de alguma forma, parecia estranhamente familiar para ela. Havia algo naquilo que a lembrava com vividez de seus próprios pesadelos.

Apenas pegue o que você veio buscar — ela repetiu para si mesma, e tentou continuar. *Você é uma ladra. Encontre-o e vá.*

No fundo da prisão, onde não havia guardas, ela seguiu um túnel longo e sinuoso com dezenas de celas do tamanho de buracos para corpos encolhidos. Pequenos dedos humanos se estendiam através das grades de gravetos enquanto ela passava. Tentou forçar seu caminho na confusão sombria de pesadelo, mas os sons e cheiros eram insuportáveis.

Por fim, ela chegou à cela que procurava, onde havia alimentado Iska com biscoitos.

Ela se agachou e olhou para a escuridão do buraco, o corpo de um menino jovem de cabelos escuros estava largado no chão.

— *Acorde* — Willa sussurrou para dentro da cela.

Mas o menino não respondeu.

— *Iska, acorde!* — sussurrou ela de novo, desta vez mais alto.

Mas o menino na cela não se mexeu.

Ela olhou para o corredor, sabendo que a qualquer momento um guarda poderia vir correndo em sua direção, e então se virou de novo para a cela.

— Iska, sou eu, a Willa — disse ela. — Você tem que se levantar. Temos que ir!

Mesmo assim, a forma amontoada na cela não se moveu.

Ela sentiu seu mundo começar a se fechar, o calor subir para seu rosto e ficar cada vez mais difícil respirar.

Sua mão tremia enquanto ela a colocava lentamente dentro da escuridão da cela para tocar o corpo.

57

— Iska... — disse ela de novo ao colocar a mão no ombro do menino, que não esboçou nenhuma reação.

Ela o sacudiu para acordá-lo, para se certificar de que ele estava bem. Mas ele não fez nenhum movimento.

Ela se aproximou e colocou a mão em seu braço descoberto.

Sua pele estava fria.

Fria demais.

Ela engoliu em seco e lentamente retirou a mão.

Olhou através da treliça de gravetos tentando obter um ângulo diferente do menino deitado no chão da cela. Precisava ver seu rosto para ter certeza.

Parece com ele... Mas o cabelo... Talvez o cabelo não esteja certo... É castanho-escuro, não preto como era o de Iska.

Quando ela finalmente encontrou um ângulo onde pudesse ver um pouco do rosto do menino percebeu que não era ele. Não sabia quem era aquele pobre garoto morto, mas não era Iska.

No entanto, quem quer que fosse, o lugar dele não era o chão daquela cela. Devia haver alguém procurando por ele, alguém que o amava, alguém como Nathaniel ou sua vovozinha, alguém que fizera parte da vida dele, e ele, parte da vida dessa pessoa.

Willa olhou para o corredor, seu coração tão dominado pela emoção que ela não conseguia se mexer.

A única coisa que a fez recobrar a consciência foi que nada daquilo fazia sentido. *Por que estão tratando esses inúmeros prisioneiros de maneira tão diferente? Por que estão cuidando de alguns, mas não de outros? O que estão fazendo com eles? Qual é o propósito de tudo isso?*

Enquanto as perguntas disparavam em sua mente, ela se lembrou de uma coisa de anos atrás. Ela e Gredic estavam deitados no chão da floresta e cobertos de sangue depois de terem apanhado na primeira noite da iniciação como jaetters.

Willa percebeu que os guardas não tratavam alguns prisioneiros bem, e outros mal. Tratavam mal a todos, no início, "destruindo-os", depois, aos poucos, os alimentavam e cuidavam deles, tornando-os cada vez mais dependentes e obedientes.

Eles estão iniciando-os — Willa pensou com horror. *Eles estão adotando essas crianças no clã e transformando-as em jaetters.*

E ela sabia o motivo. Ela vira aquilo durante toda sua vida, no teto em ruínas do grande salão, nos corredores ecoantes e nos refúgios vazios, nas histórias que sua vovozinha lhe contara havia muitos anos. O clã do Recôncavo Morto estava morrendo. Menos crianças nasciam a cada ano.

Quando o padaran a levou para seus aposentos atrás do trono, ela vira o medo nas profundezas de sua mente e até onde ele estava disposto a ir para salvar o clã. Ele tinha adotado as ferramentas e as armas dos humanos. Havia assumido a língua deles. Até tinha começado a matar os animais da floresta, algo que nenhum Faeran de antigamente faria. Porém, mesmo com todas as mudanças que ele tinha posto em prática, o clã continuava a definhar ano após ano.

Ela entendia agora que o padaran havia ordenado aos guardas dos espíritos noturnos que capturassem aquelas crianças humanas com um propósito. Se crianças não estavam nascendo, elas seriam roubadas, criadas nos costumes do clã e enxertadas na vida jaetter à força. O padaran iria treiná-las da mesma forma que treinara Willa, Gredic e os outros — com alimento e cuidados, ameaças e violência, tudo medido com cuidado, até que eles se tornassem servos fiéis do clã. *Não existe eu, apenas nós.* Willa não tivera escolha sobre fazer ou não parte da toca do Recôncavo Morto. Não tivera escolha sobre querer ou não se tornar uma jaetter. Essas crianças também não teriam.

Mas, olhando agora para o corpo do menino morto deitado na cela, ela sabia que algumas delas não iriam sobreviver. Morreriam ali. Os guardas então arrastariam seus corpos para o labirinto e os jogariam no abismo negro.

A desesperança cresceu dentro dela. Olhou para o corredor de celas. Como poderia encontrar Iska em meio àquilo? Como saberia que ele já não estava morto e acabado?

Reunindo suas forças, ela passou para a cela seguinte e olhou para dentro.

— Iska? — ela sussurrou, mas sem esperança. Uma garotinha gemeu e olhou para ela com olhos suplicantes. Willa sentiu uma pontada no coração, mas sabia que não poderia ajudá-la. Eles eram muitos.

Apenas pegue o que você veio buscar, Willa — ela repetiu para si mesma. *Encontre-o e vá.*

Ela se forçou a seguir para a próxima cela.

— Iska... — ela sussurrou.

Mas em cada buraco que ela olhava surgia um novo pesadelo.

58

Willa procurou Iska cela após cela, mas não conseguiu encontrá-lo. Ela desceu um dos corredores laterais até um lugar onde as celas estavam quase vazias. Parecia ser onde isolavam certos prisioneiros em um local não utilizado da prisão.

— Iska, você está aqui? — ela sussurrou na escuridão.

Também não o achou ali.

Desceu por outro corredor lateral e continuou buscando, usando os olhos, o nariz, os ouvidos, todos os sentidos do seu corpo focados em encontrá-lo.

Encontre-o, Willa — ela repetia em pensamento.

— Iska... — ela sussurrou na cela seguinte, tentando evitar que sua voz perdesse as esperanças, mas a cela estava vazia.

— Ajude-me! — veio um suspiro mais adiante no corredor.

Willa correu para a porta da cela e olhou para o buraco.

Um par de olhos castanhos a espiava, cheios de esperança.

— Iska! — disse ela, o coração pulando de alegria.

— Sou eu — disse ele, seus dedos e os de Willa se tocando por entre a treliça de gravetos.

— Estou tão feliz por ter encontrado você — Willa disse.

— Eu sabia que você voltaria! — Iska respondeu animado.

Podia ouvir os ecos da voz de Nathaniel na dele. Iska era uma parte enorme de Willa agora. E ele estava vivo! Iska estava realmente vivo!

Ela não se lembrava de ter dado a ele nenhuma indicação de que voltaria para ajudá-lo, mas partiu seu coração pensar que ele tinha ficado esperando por todo esse tempo.

Pressionou os dedos contra os dele através da treliça dos gravetos entrelaçados apenas para segurá-los. Havia muito para contar a ele.

— Você vive neste lugar? — ele perguntou. — Quem é você? De onde você vem? Você tem comida?

— Sou amiga do seu pai — disse ela, ignorando o resto.

O rosto de Iska corou de alívio e felicidade.

— Ele está bem? Onde ele está? Ele está aqui?

— Não, mas ele andou procurando por você.

— Eu sabia que ele procuraria — disse Iska, afirmando com a cabeça.

O menino parecia ter sobrevivido apegado à esperança: aguardando que ela trouxesse comida para ele, esperando que o pai o resgatasse. Mas Willa podia sentir no tom dele que Iska sabia que seu pai poderia estar morto.

— E a minha mãe? — Iska perguntou, sua voz embargada de medo. Ele parecia já saber o que Willa iria lhe dizer.

— Sinto muito, Iska — disse ela, com a voz trêmula. — Sua mãe faleceu na noite em que você foi capturado.

Tinha visto a luz nos olhos de Nathaniel quando ele falou da mãe de Iska. Ela viu a vida que Ahyoka levava com ele em sua casa. Cuidou de suas cabras e abelhas, sentou-se em seu túmulo e leu seu nome.

— Seu pai enterrou sua mãe na clareira perto de casa — ela disse com tristeza.

Os lábios de Iska se apertaram enquanto ele balançava a cabeça devagar e enxugava as lágrimas que escorriam de seus olhos.

— Eu a vi caída no chão — disse ele. — Perto do rio...

— Sinto muito, Iska.

— Mas quem são essas criaturas? — perguntou ele ferozmente, olhando para ela pela treliça. — Onde estamos? O que eles estão fazendo com a gente aqui?

— Você está na toca dos espíritos noturnos — disse ela. — Eles estão capturando crianças humanas.

— Mas eu não entendo. O que eles querem com a gente?

— Querem que vocês se juntem a eles — Willa afirmou séria. Não parecia possível, mas ela sabia que era o que eles estavam fazendo.

— Que a gente se *junte a eles*? — Iska repetiu horrorizado.

Willa ficou aliviada ao ouvir a repulsa na voz dele, que ainda havia algum espírito de luta dentro dele.

— Eu vim tirar você daqui — disse ela. — Para te levar de volta ao seu pai.

— Mas eu não consigo sair desta cela — disse Iska. — Tenho tentado cavar através dos gravetos, mas é impossível.

— Afaste-se da porta — disse ela.

Iska seguiu as instruções e Willa colocou as mãos na porta que os separava.

— Você não vai querer ficar vendo isso. Desvie seus olhos. Rápido.

— O que você vai fazer? — Iska perguntou, mas, naquele instante, a porta derreteu em uma parede de varas mortas-vivas, que se contorceram e desabaram no chão em uma pilha viscosa de vermes negros retorcidos.

Iska recuou aterrorizado e alarmado.

— Ah, meu Deus, o que é isso?

— Eu disse para você não ficar olhando! — Willa o repreendeu enquanto entrava, agarrava seu braço e o puxava para fora da cela.

— Vamos — disse ela, gesticulando para que ele a seguisse pelo corredor.

— Precisamos pegar meu irmão e minha irmã — disse ele enquanto a seguia.

— Me desculpe, Iska — disse ela, ao virarem uma esquina no corredor rapidamente. — Eu não os vi.

— Eu sei que eles estão aqui em algum lugar — disse ele. — Minha irmã não iria desistir.

— Mas onde eles estão? — ela perguntou.

— Por favor, Willa — disse Iska. — Não podemos sair sem eles.

O estômago dela revirou enquanto olhava incerta para as entranhas escuras do resto da prisão. Sabia como seria difícil encontrar mais dois prisioneiros no caos de todas aquelas celas e tirá-los com vida. Mas sabia também que se fosse Alliw quem estivesse presa ali, nunca poderia deixá-la para trás. Era o vínculo que não podia ser quebrado.

— Tudo bem, vamos começar a procurar por eles — disse ela. — Começando aqui nesses túneis laterais.

Enquanto corriam pelos túneis inferiores da prisão, procurando de cela em cela, as pernas de Willa pulsavam sob seu corpo, impulsionando-a para a frente. Seus olhos examinaram à frente, alertas ao perigo em cada curva. Iska correu ao lado dela, tentando acompanhá-la, sussurrando o nome da irmã através das celas.

Os corredores da prisão já eram perigosos para Willa, mas com Iska a tiracolo tornava-se muito mais. A pele dele tinha uma cor assustadoramente consistente em qualquer momento, o que com certeza os denunciaria.

— Você tem que correr mais rápido! — ela sussurrou de volta para ele enquanto corriam pelos túneis. — Se eles nos pegarem, estaremos mortos!

Ela nem deveria ter dito isso.

Naquele momento, três guardas vieram correndo e despontaram pelo corredor com lanças em punho.

59

Willa se jogou contra Iska e o prendeu na parede com seu corpo. Em seguida, fundiu-se à superfície marrom da parede de gravetos trançados justamente quando os guardas se aproximavam.

— O que você está fazendo? — sussurrou Iska.

— Pare de se mexer! — ela sibilou baixinho enquanto se agarrava a ele.

Quando os guardas passaram correndo, Willa viu que o maior deles era Lorcan, o comandante.

— Tenho alimentado os prisioneiros nas celas superiores como você ordenou — disse o guarda menor. — Mas dois deles não comem e há uma nas células inferiores que tentou escapar várias vezes. A criatura mordeu um dos meus guardas.

— Continue eliminando os fracos — Lorcan disse a ele. — E da próxima vez que essa das células inferiores tentar escapar, arraste-a para fora daqui e jogue-a no abismo. Eles precisam obedecer ou vão morrer.

Willa sentiu o fedor do corpo dos guardas quando eles passaram. Quando finalmente sumiram de vista, ela soltou um longo suspiro de alívio e saiu da frente de Iska.

— Como você... — ele começou a perguntar espantado, mas Willa agarrou sua mão e o puxou pelo corredor na direção oposta da que os guardas estavam seguindo. Se eles iam descer para os níveis inferiores, então ela subiria.

— Apenas confie em mim, Iska — disse Willa. — Siga-me o mais rápido que você puder.

Eles correram por um túnel após o outro, virando esquina após esquina, pelo corredor principal da prisão, então desceram o túnel lateral e as muitas curvas que se seguiram até que finalmente chegaram ao buraco que ela tinha usado para se esgueirar toca adentro.

— Engatinhe lá para dentro e se esconda — disse ela.

— O quê? Não posso — protestou Iska. — Precisamos encontrar meu irmão e irmã.

— Apenas me escute, Iska — disse ela. — Eu vou voltar à prisão para encontrar seus irmãos. Eu juro que vou voltar. Mas eu não posso ter você junto comigo. Você é muito visível.

— Por causa daquela coisa que você faz com a pele — disse ele.

— Isso mesmo — disse ela. — Eu posso me fundir, mas você não, então preciso ir sozinha.

— Vou esperar aqui, mas temos que encontrá-los — disse ele.

— Escute — disse ela, agarrando suas mãos com toda a força que conseguia e olhando-o nos olhos. — Se eu não voltar, significa que eu fracassei e você precisa voltar para casa sozinho e encontrar seu pai. Se eu não voltar, você tem que sair daqui sem mim.

— Entendi — disse ele, confirmando com a cabeça. — Cuidado.

Willa soara otimista para o bem de Iska, para que ele seguisse suas instruções, mas, enquanto voltava depressa pelo corredor em direção às celas da prisão, sentiu a bile subindo na garganta. Seu corpo inteiro estava se enchendo de pavor. Uma terrível premonição invadiu sua mente.

Você não vai sobreviver a isso, Willa — pensou enquanto corria.

Ela tinha vivido na vasta toca do Recôncavo Morto por toda a sua vida, mas, depois do tempo que tinha passado na floresta, Willa percebeu quão sem vida se tornara. No passado, tinha sido o domínio oculto do povo da floresta, seu povo de antigamente, vivendo em harmonia com as árvores e os animais ao redor — as fadas da floresta esculpindo suas gloriosas paredes verdes e vivas —, mas agora se tornara um esconderijo escuro e sem vida. Ela sempre soube que seus poderes não funcionavam bem nas tocas artificiais do povo do dia, mas aquele lugar não era muito melhor. Depois dos anos com o padaran, não havia mais nada ali, exceto gravetos podres e almas mortas, seguidores Faeran sem vida que tinham desistido da beleza do mundo.

Você nasceu aqui e vai morrer aqui.

As palavras vieram à sua mente quando ela dobrou a esquina final em direção ao seu destino.

Sem os seus aliados animais e todos os poderes da floresta, como iria encontrar os irmãos de Iska? Como ela iria lutar contra os guardas? Não havia árvores vivas, nem lobos, ursos ou lontras — nada que ela pudesse usar para obter força nem ninguém para pedir ajuda.

Você não vai conseguir — ela pensou enquanto corria em direção às celas da prisão.

60

Willa virou por um corredor e imediatamente encontrou dois guardas perto da entrada da prisão. Ela recuou, prendeu-se na parede e se fundiu.

— Aquela humana tem resistido muito — dizia um guarda ao saírem de uma das celas maiores.

— Então não seja brando com ela — o outro respondeu. — Quanto mais duro você for, mais rápido ela vai ser dominada.

A pele de Willa se arrepiou quando os guardas passaram diante dela. Esperou que eles subissem e saíssem da prisão em direção à área principal da toca antes de dar o próximo passo.

Naquele momento, uma ideia surgiu em sua mente.

A resposta estava bem ali na frente dela todo aquele tempo, mas foram necessários os guardas para lembrá-la.

Os gritos e berros que ela estava ouvindo, os olhos suplicantes olhando para ela através das grades das celas...

Ela tinha pensado que não havia ninguém que pudesse ajudá-la, mas estava errada. *Havia* alguém lá que poderia ajudá-la. *Muitos* poderiam ajudá-la. Todos eles tinham mães e pais para quem voltar. Todos tinham irmãos e irmãs como Iska. Ela estava cercada por eles.

Não havia animais ou árvores de que ela pudesse sugar a força, mas havia algo mais. Em cada uma daquelas celas não havia uma "coisa". Havia "eles" e "elas". Havia um *ser humano*, uma alma viva, que respirava e pensava, com vontades e desejos exatamente como ela — alguém lutando para sobreviver.

Ela rapidamente foi até a cela mais próxima.

— Oi, eu sou Willa, qual é o seu nome? — ela sussurrou.

— Eu não fiz nada. Por que estou aqui? — a voz perguntou com raiva.

Ela não podia ver o prisioneiro na cela, mas parecia um menino humano mais velho.

— Sinto muito, não fui eu que coloquei você aqui — respondeu enquanto estudava o lado de fora da porta. — Mas eu vou tirar você daqui.

— Quem é você? — perguntou o menino, aproximando-se da treliça e olhando para fora.

— Meu nome é Willa e eu preciso da sua ajuda.

— Eu sou Cassius — disse o menino, sua voz forte e agora determinada, quase esperançosa.

As portas das celas estavam fechadas por fora com nós de videiras firmes. Cada vez que ela utilizava seu poder para reanimar os galhos mortos retorcidos da toca, sua energia era sugada, então ela sabia que não poderia continuar usando-o. Era um processo lento, mas ela puxava e arrancava as vinhas com os dedos na esperança de desamarrá-las.

— Você é verde — disse uma vozinha feminina atrás dela.

Willa se virou para ver o rosto pálido de uma menina olhando-a por trás da treliça de gravetos do outro lado do corredor. A menina parecia não ter mais do que 7 anos, e Willa podia ver as listras de lágrimas que tinham escorrido por seu rosto.

— Sim, às vezes, eu sou — disse Willa. — Qual é o seu nome?

— Beatrice — disse a garota em sua vozinha minúscula.

— Eu já busco você em seguida, Beatrice — Willa disse, enquanto finalmente descobria como desatar as videiras e abrir a porta da cela de Cassius.

— Não temos muito tempo antes que os guardas voltem — ela disse a Cassius quando ele saiu da cela. Ele tinha cerca de 14 anos, pele de tom castanho-escuro e cabelo preto curto. — Agora, ouça — disse Willa. — Você acha que consegue correr?

— Sim, consigo correr — disse Cassius.

— Eu quero que você leve Beatrice — Willa falou ao abrir a cela da menina. — Você pode fazer isso?

— Sim, posso — afirmou ele.

Parecia que ele faria qualquer coisa que ela pedisse naquele momento.

— Certo, muito bom — disse Willa, olhando para cima e para baixo no corredor em busca de qualquer sinal de guardas se aproximando.

Quando Cassius pegou Beatrice nos braços, Willa disse exatamente o que ele precisava fazer:

— Suba um pouco por esse primeiro corredor, logo em seguida vire à esquerda, siga pela curva, depois vire à direita, depois à esquerda, depois mais duas esquerdas e depois desça... — Podia ver que ele ouvia com atenção tudo o que ela dizia. — Se você encontrar qualquer guarda, recue para as sombras e se esconda. Se eles o encurralarem, tome cuidado com as lanças. São muito afiadas. Quando você chegar ao buraco de fuga, haverá um menino chamado Iska. Diga a ele que Willa enviou você. Ele vai lhe mostrar a saída. Está entendendo?

— Sim, entendi — disse Cassius, segurando Beatrice. — Estamos prontos.

— Agora vá, Cassius, corra! E diga a Iska para esperar mais gente.

61

Na cela seguinte, ela encontrou uma menina de 8 anos, deu-lhe as instruções e a mandou mancando seguir seu caminho.

Uma porta após a outra. Cela após cela. Prisioneiro após prisioneiro. Ela os libertou o mais rápido que conseguiu desamarrar as portas, perguntando se tinham visto as duas crianças que ela procurava e, em seguida, dizendo-lhes para correr, se esconder e ajudar uns aos outros a chegar ao buraco.

— Se você vir os guardas, corra o mais rápido que puder! — ela repetia a eles.

Já são 23 até agora — Willa pensou, enquanto ia para a próxima cela. Quanto mais ela libertava, mais sabia que os guardas viriam. Eles ouviriam o barulho. Eles veriam a comoção. Cada criança que libertava a afastava mais de sua própria liberdade.

Um garotinho com pele sardenta, cabelo ruivo e desgrenhado e um rosto enlameado tocou o braço de Willa enquanto duas das outras crianças corriam pelo corredor.

— Eu a vi! — disse o menino. — Eu vi a garota Cherokee. Ela estava na cela em frente à minha quando eu estava lá embaixo na parte ruim. Ela ficava me dizendo para não desistir.

— A parte ruim? — disse Willa. — Onde fica isso?

O garoto ruivo apontou para o fundo do corredor.

— Há um túnel lateral, que vira para a direita, depois de uma área onde houve um desmoronamento, com curvas que levam mais ao fundo. É a terceira porta.

— Obrigada — disse Willa. — Agora, corra.

Enquanto o menino escapava, Willa foi na direção oposta, descendo para o que ele havia chamado de "parte ruim" da prisão.

O teto apodrecido havia cedido tanto que ela teve que se abaixar para passar. Outras áreas ela teve que escalar. Mofo preto revestia as paredes de gravetos trançados. Um fedor úmido e insuportável enchia suas narinas. Por fim, ela chegou à terceira porta e olhou para a escuridão.

Willa viu os braços e as pernas primeiro, estavam encolhidos no canto da cela. As mãos, as coxas e todo o corpo estavam enrolados em alguma coisa...

A pele morena dos braços e das pernas estava suja, arranhada e machucada. O longo cabelo preto emaranhado caía em volta dos braços, das pernas dela e de algo mais que estava lá dentro.

E então os olhos se abriram e olharam para Willa — de cor marrom — e a observaram cautelosamente.

Ela está viva — Willa pensou com alívio.

Os braços e as pernas da menina recuaram ainda mais envolvendo com mais firmeza o menino que ela protegia na curva de seu corpo.

— Seja lá o que você for, fique longe de nós — disse a garota, sua voz cheia de um medo intenso enquanto ela se jogava mais para o fundo da cela. — Afaste-se de nós!

Willa recuou, assustada.

Encolhida naquela cela escura, a garota havia passado por muita coisa.

Willa se agachou devagar, abaixando-se para parecer menos ameaçadora e falou em sua voz mais suave.

— Meu nome é Willa — disse ela. — Sou amiga de Iska e de seu pai, e estou aqui para ajudá-la, Hialeah. Se você permitir, vou tirar você e Inali desta cela.

Hialeah olhou para ela em choque, parecia ser a primeira vez que alguém dizia seu nome em semanas.

— Como você sabe meu nome? — ela perguntou.

Eu o vi escrito em seu túmulo — Willa pensou, mas não disse isso em voz alta.

— Eu conheço seu pai — disse ela. — Ele me contou tudo sobre você e seus irmãos.

— Você vai nos tirar daqui? — perguntou ela com espanto, sua voz cheia de descrença e incerteza. — Isso é um truque?

Willa abriu lentamente a porta da cela.

— Não se aproxime! — Hialeah gritou para ela, abraçando forte o corpo do irmão que chorava.

— Eu não vou entrar — Willa disse, afastando-se da porta. — A escolha é sua... — disse ela, falando tão baixo agora que sabia que a garota mal conseguia ouvi-la. — Iska está esperando por nós, Hialeah, mas não temos muito tempo. Temos uma chance de sair. Mas precisa ser agora. Temos que correr. Temos que lutar. Não estou certa de que conseguiremos. Se nos pegarem, eles vão nos matar. Mas nós temos essa única chance: ou nos encolhermos aqui nesta cela ou corremos para casa. O que você quer fazer, Hialeah?

Hialeah olhou para ela, ainda agarrada ao irmão.

— Eu quero correr — disse ela.

Quando Willa estendeu a mão, Hialeah a pegou. Ela puxou a menina e seu irmão para fora do confinamento apertado da cela. Quando Hialeah se levantou, Willa viu que ela era surpreendentemente alta, com um corpo longo e magro, e braços e pernas que combinavam com seu porte. Tinha cabelos pretos compridos e lisos, que caíam até a cintura, e seu rosto estava repleto de uma determinação severa. Seu irmão mais novo, Inali, agarrado ao peito dela, olhava ao redor com olhos perplexos, mas tinha parado de chorar. Parecia que Hialeah estava segurando e protegendo o irmão mais novo havia semanas. Era o vínculo que não podia ser quebrado.

— Temos que nos apressar — disse Willa, conduzindo-os pelo corredor.

Quando Willa começou a correr, Hialeah correu com ela. A garota resistira em confiar nela no início, mas agora que entendia o que precisavam fazer estava se movendo rapidamente. Quando Willa acelerou, Hialeah a acompanhou no mesmo ritmo. As pernas da menina eram firmes e se movimentavam com força. Ela e Willa corriam lado a lado, ambas verificando à frente e olhando para trás, prontas para o pior.

— Só mais um pouco, Inali, estou aqui com você — Hialeah sussurrou para o irmão enquanto corriam. — Estamos saindo.

Quando chegaram a uma obstrução em seu caminho, onde parte do antigo túnel havia desabado e bloqueado a passagem, Willa escalou até o topo, e então se curvou para baixo; Hialeah entregou Inali a ela, subiu em seguida e pegou o irmão de volta dos braços de Willa do outro lado.

Enquanto corriam pelos corredores, passando pelas outras celas da prisão, Willa pôde ver que todas estavam vazias; ela havia libertado cada prisioneiro que pôde encontrar.

Willa, Hialeah e Inali correram por um túnel sinuoso após o outro.

— Não é muito mais longe — Willa disse a eles.

Quando viraram na última curva, Willa viu as últimas crianças fugindo no final do corredor. Estavam de joelhos e engatinhavam freneticamente para dentro do buraco.

Apenas um pequeno rosto permanecia espiando.

— Iska! — Hialeah gritou de alívio.

O coração de Willa se encheu de esperança. Eles iam conseguir! Todos eles iam conseguir!

Mas então veio um som rápido atrás deles, o bater de muitos pés e o barulho de armas.

— Corra! — Willa gritou para Hialeah, então se virou para se manter firme contra os guardas que se aproximavam.

O primeiro guarda avançou em sua direção e apontou a lança, Willa saltou para trás bem a tempo, mas outro guarda a atacou do outro lado. Havia um enxame de pelo menos uma dúzia deles.

— É a jaetter! — gritou Lorcan mais alto que os outros guardas dos espíritos noturnos enquanto os empurrava para alcançá-la. — É Willa! Peguem-na!

Dois dos guardas avançaram tentando acertá-la desesperadamente com as lanças. Willa se esquivou e se esquivou novamente. Ela olhou para trás e viu Hialeah correndo para o buraco com o irmão nos braços.

Um guarda avançou e agarrou Willa, mas ela conseguiu sair de seu alcance. Lorcan a atacou com a lança. Willa tentou pular para o lado, mas a ponta afiada roçou sua perna e a cortou fazendo um rasgo doloroso.

Foi quando Willa percebeu que a lança de Lorcan não era apenas uma vara de madeira como antes, ela havia sido equipada com uma das pontas de flecha de sílex que ela mesma havia fornecido ao clã, tão afiada que poderia facilmente cortar músculos e ossos.

Um dos outros guardas a atacou com a lança e a apunhalou no braço. Raios de dor irradiaram por seu ombro e sua mão arrancando um grito de seus pulmões. Ela tentou se esquivar da espetada seguinte; tentou lutar contra todos eles, mas não adiantou. Não conseguia mais segurá-los ali. Ela se virou e fugiu para o buraco.

Podia sentir que se afastava mais deles a cada passo que dava. Seu coração se encheu de esperança de que ela conseguiria. Mas, enquanto ela fugia, Lorcan arremessou sua lança mortal como um dardo. A arma disparou pelo ar e atingiu Willa no pescoço com um golpe chocante que a derrubou no chão.

Ela olhou para o final do corredor e a última coisa que viu foram os filhos de Nathaniel desaparecendo no buraco de fuga.

62

Seu corpo estava deitado de bruços, espalmado no chão. Uma dor torturante fazia com que o ferimento latejasse onde a lança cortara a carne de seu pescoço. Ela não conseguia erguer a cabeça para ver os guardas correndo pelo túnel em sua direção, mas sabia que eles estavam vindo. Podia ouvir seus gritos. Podia sentir o barulho de seus passos nas vibrações do chão. Ela tinha segundos de vida. E depois de a apunhalarem no coração com suas lanças, os guardas iriam agarrar Iska, Hialeah e Inali, que tentavam fugir rastejando.

De alguma forma, ela precisava parar os guardas. Nada mais importava para ela.

Ela fechou os olhos, pressionou as mãos no chão de gravetos trançados e conjurou a arte da floresta mais sombria que já havia usado na vida. Willa havia crescido pedindo a ajuda gentil às gavinhas das plantas ao seu redor e aprendido a mover as árvores vivas com a força de sua vontade. Mas isso era diferente. Para trazer de volta aqueles velhos gravetos — para acordar os mortos —, ela tinha que infundi-los com seu próprio sangue, com sua própria vida. Ela precisava deixar os vis galhos pretos absorverem os nutrientes de sua alma. Cada vez que ela fazia isso, seu corpo se tornava mais fraco, a energia da sua vida era sugada. Mas não lhe restava escolha. Ela pressionou o pescoço sangrento no chão, infundindo-o com o resto de seu poder vital. Podia sentir os gravetos do solo sugando a vida de seu sangue tão rapidamente que ela foi inundada pelo frio. Enquanto os guardas corriam para agarrá-la, o chão embaixo deles explodiu em uma lama de galhos mortos-vivos pretos e retorcidos.

O primeiro guarda gritou de horror ao cair no chão cheio de vermes. Os gravetos se contorceram, agarraram e sugaram a vida de seu corpo murcho à medida que ele afundava em meio aos galhos. Willa ofegou de espanto quando a onda de energia dele percorreu o chão ao seu redor. E então algo sacudiu em seu corpo, enchendo-a com uma onda de força que ela nunca havia sentido antes. Por apenas um momento, o chão se tornou as raízes, e ela, a árvore. Os guardas restantes retrocederam em choque e medo.

— Ela é uma fada da floresta! — gritou um deles, enquanto todos recuavam e fugiam.

Tentando recuperar o fôlego, ela ficou em pé, seus braços e suas pernas trêmulos, não apenas de exaustão, mas pela força pulsante que tinha invadido seu corpo. Ela apertou a mão trêmula na ferida que sangrava em seu pescoço e saiu aos tropeços em direção ao buraco na parede.

Todas as outras crianças haviam engatinhado pelo buraco e escapado da toca. Apenas Iska, Hialeah e Inali permaneciam esperando por ela. Quando a viram chegando, correram para ajudá-la.

— Seu ferimento está feio — disse Hialeah, rapidamente arrancando pedaços de tecido de seu vestido e começando a enrolar o pescoço de Willa. — Temos que parar o sangramento.

— Ganhei alguns segundos para nós, mas Lorcan e os outros guardas vão dar a volta até o outro lado e encontrar outra maneira de passar — Willa falou ofegante. — Vocês precisam engatinhar por aquele buraco e não voltar mais.

— Mas, Willa... — Iska tentou interrompê-la.

Porém Willa continuou falando:

— Do outro lado deste buraco, você precisa correr o mais rápido e para o mais longe que puder. Subam pela cordilheira e depois sigam para o oeste através da floresta até encontrarem o riacho.

Falar doía. Mexer-se doía. Seu pescoço latejava. Ela podia ver que o sangue cobria por inteiro as mãos de Hialeah enquanto ela se ocupava da bandagem — mas, ao contrário de Iska, que só balançava a cabeça em negação, Hialeah ouvia atentamente cada palavra que ela dizia.

— Quando eles perceberem o que aconteceu, os espíritos noturnos vão enviar grupos de busca — disse ela a Hialeah. — Eles enxergam muito melhor do que vocês na escuridão, então não andem à noite. Sigam o riacho no sentido da corrente e procurem uma caverna bem pequena nas rochas. Rastejem para dentro e entrem na água para esconder seu cheiro. Fiquem quietos e escondidos até de manhã. Quando o sol nascer, muitos dos guardas dos espíritos noturnos voltarão para a toca. Essa será sua chance. Siga o riacho pelo resto do caminho no sentido da corrente até que ele se junte ao rio, e então o siga por todo o caminho até sua casa. A jornada será difícil, Hialeah, serão muitas horas e muitos quilômetros, mas você consegue. Leve seus irmãos para a casa, para o seu pai. Isso é o que você precisa fazer. Está entendendo?

— Eu entendo — respondeu Hialeah olhando para Willa com olhos firmes ao amarrar o resto da bandagem. — Eu vou fazer isso.

— Não! — Iska disse, agarrando as duas. — Você tem que vir com a gente, Willa!

— Ela não vem — Hialeah declarou, sua voz sombria e firme.

— Sinto muito, Iska, ela tem razão — disse Willa. — Eu não vou com você, e você não vai me ver de novo depois disso. Eu vou ficar aqui. Vou fechar este buraco atrás de você e conduzir os guardas para longe, até que eles não saibam para onde você e os outros foram. Agora que eles me viram estarão procurando por mim. Aquele que me matar ou capturar será digno de grande orgulho no clã. Nesse meio-tempo, se você e os outros conseguirem se distanciar o suficiente, terão uma chance.

— Você não pode se entregar — disse Iska, balançando a cabeça negativamente.

— Você não está prestando atenção — disse Hialeah. — Ela tomou a decisão dela. Ela não quer você com ela.

— Só preciso de mais uma coisa — disse Willa, olhando para os dois. — Seu pai me ensinou algumas letras das palavras em inglês, mas não conseguimos terminar.

— Me diga do que você precisa — disse Hialeah.

— Enquanto estava em sua casa, aprendi as letras do nome da minha mãe, mas não o do meu pai. Como você escreve "Cillian"?

Enquanto Hialeah soletrava depressa as letras para ela, Iska tentou continuar discutindo.

— Willa, não, não desista de nós. Esqueça tudo isso. Venha com a gente.

Mas, enquanto Iska dizia as palavras, a mente de Willa estava concentrada nos sons do nome do pai; ela ouviu os ecos do passado distante, do que viera e do que viria, da esquerda, da direita e do Rio das Almas. Ela se virou para Iska sabendo mais do que nunca o que tinha que fazer.

— Aconteça o que acontecer, Iska — disse ela —, o mais importante para mim é que vocês três voltem para o seu pai. Ele os ama e precisa de vocês. Você entende? Você deve ir para casa.

— Mas o que você vai fazer? — gritou Iska. — Você não pode lutar contra eles sozinha!

— Não vou lutar contra eles — disse ela. — E eu não estou sozinha.

63

A última vez que ela viu Iska, Hialeah e o pequeno Inali eles estavam engatinhando pelo buraco e escapando escuridão adentro.

No momento em que se foram, ela começou a arrancar e torcer os gravetos na borda do buraco, os empurrou e puxou, entrelaçando-os uns nos outros. Seus dedos ensanguentados dançaram pela velha casca apodrecida até que os galhos começaram a se mover sozinhos sugando a força vital da pele e dos ossos de Willa, entrelaçaram-se como cobras negras, deslizando até que o buraco foi fechado e os galhos pararam.

Enquanto estava encolhida contra a parede, tentando se manter firme, ela imaginou Iska e Hialeah escapando da toca com o irmão mais novo, correndo pela floresta com as outras crianças. *Continuem correndo* — ela disse a eles em sua mente. *Continuem correndo*.

Um urro barulhento chegou rapidamente pelo túnel vindo da parte mais alta da toca. Pés que batiam e pernas que impulsionavam, respirações altas e vozes berrantes, lanças ecoando e dentes tiritando, mil outros sons, todos correndo em sua direção.

Segurando a bandagem encharcada de sangue em seu pescoço, e sabendo o que deveria fazer, Willa se levantou devagar para encontrá-los.

Seus olhos ficaram vidrados enquanto esperava por eles.

Willa via em sua mente; podia ver tudo. O longo enfraquecimento da raça Faeran e a ascensão do padaran, deus do clã do Recôncavo Morto. As armadilhas de aço, as crianças capturadas e o rosto brilhante. As palavras de sabedoria orientadora, a força imponente e as vozes ausentes. Os pais correndo, a irmã gritando e o riacho vermelho fluindo embaixo da toca. Ela via tudo.

Mas mesmo durante todos esses acontecimentos terríveis, ainda havia um vestígio de esperança na voz de sua vovozinha quando lhe ensinara as lições de antigamente, e houvera um fulgor de raiva nos olhos de Gillen quando ela vira as injustiças no Salão do Padaran — e essas eram as mudas que um dia poderiam crescer para a luz mais uma vez.

Quando vinte guardas chegaram atacando pelo corredor, Willa não pôde deixar de prender o fôlego. Ela queria correr, se fundir, se esconder, mas endureceu as pernas o melhor que pôde e firmou os pés.

Em sua mente e em seu espírito, ela se separou do mundo — como um galho quebrado de uma árvore —, do som, do medo, da dor que ela sabia que estavam por vir.

Lorcan avançou e acertou a haste da lança no rosto de Willa com um golpe tão violento que a derrubou.

Caída de costas no chão, espasmos de dor insuportáveis irradiaram por sua cabeça e seu pescoço.

Ela ficou deitada ali, muito quieta.

Fechou os olhos.

Desacelerou o coração.

Estancou o sangramento de suas feridas.

E parou de respirar.

— Ela está morta? — perguntou um dos guardas, golpeando o corpo caído com a lança.

Lorcan se agachou no chão e segurou o pescoço dela com a mão para mantê-la firme no lugar enquanto se inclinava e ouvia seu coração.

Ele ouviu por dez segundos.

E mais trinta segundos.

E então ele se levantou novamente.

— Ela está morta — declarou ele.

64

— Amarre as mãos ao corpo — Lorcan ordenou sem rodeios. Dois dos guardas imediatamente ajoelharam-se e amarraram os pulsos de Willa com as videiras.

— Agora arrastem — disse Lorcan.

Enquanto a arrastavam pelo corredor, Willa deixou o corpo mole e sua cabeça caída com o cabelo cobrindo o rosto.

Enquanto a puxavam pelo chão, ela inspirou em silêncio e sem ser notada, e pouco a pouco liberou algumas batidas do coração, bombeando sangue apenas o suficiente para se manter viva.

Ela sabia para onde Lorcan e os outros guardas a estavam levando.

Tempo era tudo que ela precisava agora. Tempo para as crianças correrem. Tempo para as crianças se esconderem. Tempo para as crianças fugirem para o mundo e voltarem para os braços de suas mães e seus pais, voltarem para onde pertenciam.

Ela ouviu os silvos primeiro, depois os rosnados e o escárnio, e sentiu o ar mudar quando os guardas a puxaram até o Salão do Padaran, que já estava lotado com centenas de integrantes do clã do Recôncavo Morto.

Os outros Faeran cuspiram e gritaram com ela, furiosos por sua traição.

Seus companheiros jaetters eram os piores de todos, avançando e mordendo-a enquanto os guardas a arrastavam por entre a multidão clamorosa, suas pernas arranhando o chão.

— Traidora! — Kearnin e Ciderg gritaram ao saltarem para a frente e atingirem sua forma inerte fazendo propagar raios de dor pelo corpo de Willa.

Quando olhou pela fenda estreita de seus olhos, através do emaranhado de seus cabelos caídos, ela viu Gredic observando, ele estava atônito demais para falar ou se mover, enquanto os guardas arrastavam o cadáver dela diante dele. Ela também podia ver sua velha amiga Gillen, o rosto transtornado de desespero. E muitos da multidão Faeran permaneceram em um silêncio horrorizado ao ver uma garota morta sendo trazida até eles.

Finalmente, Lorcan a agarrou e jogou seu corpo brutalmente no chão aos pés do padaran.

A dor da pancada reverberou em seus ossos, mas ela não gritou e não se mexeu.

— A fada da floresta está morta! — Lorcan declarou. — Que a sabedoria do padaran sempre nos guie.

O padaran sentou-se em seu trono olhando para o corpo de Willa com uma satisfação sombria; os ombros curvados e seus espinhos levantados ao redor do pescoço e da cabeça faziam com que ele parecesse ainda mais corpulento do que era. Havia uma bandagem enrolada em seu pé direito, mas a pele de seu rosto e braços brilhava com o bronze, as cores cintilantes de seu poder divino, e seus olhos fulguravam com certeza.

Enquanto estava deitada ali no chão, Willa pensou que já tinha estado naquele local antes. Já tinha sido arrastada. Já tinha sido chutada. Já tinha sido alvo daquela fúria e de ataques. Mas ela sabia que aquela seria a última vez que seria trazida diante do padaran. Esta seria a última vez que ela veria o antigo Salão dos Pássaros Cintilantes.

Em meio a todos os golpes e à dor, Willa se voltou para dentro de si mesma. Ela não lutou para se defender. Não gritou. Suportou os socos e os chutes, as mordidas e as espetadas. Suportou tudo. Sabia que a morte estava próxima, mas, quando ela viesse, seria do seu próprio jeito.

Tudo que ela precisava era de tempo.

Willa estava largada no chão, ferida, amarrada e espancada em frente ao padaran, mas não se sentiu derrotada. Tinha dado aos filhos de Nathaniel um buraco para eles atravessarem e o tempo de que precisavam. Imaginou Hialeah conduzindo os dois irmãos pela floresta. Podia vê-los escalando as rochas do riacho. Eles estavam indo para casa.

— Nada mais tem sentido — Nathaniel tinha dito a ela, mas agora teria. Ela havia salvado os filhos dele. Havia salvado Nathaniel.

Lentamente, Willa liberou o músculo de seu coração e permitiu que voltasse a bater. Ela sentiu o sangue começar a bombear rápido e forte em suas veias. Começou a levar ar para os pulmões em respirações profundas e constantes.

Ali, deitada no chão, ela lentamente ergueu os olhos e olhou ao seu redor: para o padaran, para os jaetters e para todos os membros do clã.

Finalmente era hora de fazer o que tinha vindo fazer.

65

Deitada no chão do grande salão com as mãos ainda presas pelos pulsos, Willa levantou a cabeça devagar e começou a se recompor.

Sobressaltos e confusão irromperam da multidão quando a viram se movendo.

— Ela está viva! — Gillen gritou, correndo entre os jaetters para tentar ajudá-la, mas o enorme Ciderg a agarrou e a empurrou para trás.

— Willa está se movendo! — gritou alguém na multidão.

— Mas ela estava morta! — gritou um dos guardas que vira Lorcan derrubá-la. — O coração dela tinha parado!

Todos observaram incrédulos Willa — com as mãos ainda amarradas — erguer-se apoiada no ombro, colocando as pernas embaixo do corpo e levantando o tronco com lentidão.

Uma onda de murmúrios e medo percorreu a multidão.

Ela parou alguns metros à frente do trono e olhou diretamente para o padaran.

O padaran olhava fixamente para ela, seus lábios se curvando com perversidade. Ao contrário de muitos outros no grande salão, ele não parecia amedrontado por ela ter ressuscitado dos mortos. Parecia estar pensando na melhor maneira de matá-la na frente de todos os membros do clã para torná-la um exemplo do que acontecia com aqueles que levantavam a voz contra ele. No entanto, não mostrou nenhum sinal de medo de que ela possuísse algum poder artificial que pudesse, de fato, representar perigo para ele. E foi nesse momento que ela teve certeza de que seu palpite sobre ele estava certo.

Tudo não passa de um truque — ela pensou —, *um disfarce, um entrelaçamento. Sempre foi assim.*

O padaran se levantou do trono e ficou em pé, com toda sua altura, na frente dela e da multidão que o observava, a majestade estava com seus espinhos brilhantes eriçados ao redor da cabeça e com sua lança de aço de poder firme na mão.

— Você se atreve a se levantar diante de mim? — rosnou ele.

— Eu me levanto na frente de quem eu quiser — ela respondeu.

— Você é uma traidora do clã! — rugiu o padaran erguendo a lança para ela.

Willa tentou ficar em pé, mas Lorcan atingiu a parte de trás de suas pernas com a haste de sua lança e a fez cair dolorosamente de joelhos.

— Ajoelhe-se diante do seu padaran, seu verme!

— Ela é uma traidora! — gritou alguém da multidão.

— Ela atacou o padaran com as armadilhas de aço dos humanos! — um dos jaetters sibilou.

— E ela libertou os prisioneiros! — gritou um guarda. — Todos eles escaparam!

— Traidora!

As pessoas começaram a gritar por toda parte.

— Amarrem-na! — Ciderg berrou erguendo o braço musculoso.

Willa ficou de pé de novo quando uma parede de rostos cinzentos sarapintados e enfurecidos e punhos cerrados vieram em sua direção. Gredic e seu bando de jaetters que rangiam os dentes irritados a cercaram com os demais agressores. Gillen e alguns outros empurraram as pessoas à frente para alcançá-la e lutavam para ajudá-la, mas eram impotentes contra aquela massa de corpos.

A multidão a cercou, agarrando-a por todos os lados. Ela sentiu centenas de dedos com garras cravando em seus braços, suas pernas, seus cabelos, seu pescoço. Sua pele se arrepiou e se contraiu com mãos e corpos que pressionavam contra ela. Ela tentou fugir desesperadamente, tentou se libertar deles, mas estavam por toda parte ao seu redor, inundando Willa com suas mãos.

Ela sentiu como se estivesse a momentos da morte, mas então um pensamento inundou sua mente:

O Rio das Almas.

Ela podia vê-lo e podia ouvir a voz de sua vovozinha em sua mente.

— Você está para sempre entre seu povo. — Sua vovozinha tinha lhe dito: — *O passado, o presente e o futuro que virá.*

Fazendo tudo que podia para acalmar seu medo, ela parou de lutar ou tentar fugir da multidão Faeran ao seu redor. Olhou para os rostos carrancudos daqueles que tentavam machucá-la. E olhou nos olhos de Gillen enquanto a garota lutava para protegê-la. Olhou para todos eles.

Acredite — Willa disse para si mesma. *Acredite no seu povo.*

Respirando fundo, ela parou no meio da multidão aglomerada, esticou os pulsos amarrados acima da cabeça e gritou na língua antiga:

— Quero que todos vocês parem agora!

O som surpreendente das palavras Faeran ecoou pelo salão subindo até as asas decadentes dos antigos pássaros esculpidos que adornavam o teto.

Sussurros percorreram a multidão: a pequena fada da floresta ousara falar na língua antiga no Salão do Padaran!

— Apenas parem! — ela gritou novamente, desta vez tanto em palavras Faeran quanto em inglês para que todos pudessem entendê-la. — Fiquem parados e me escutem!

A multidão observou admirada as vinhas dos pulsos de Willa começarem a se mover por vontade própria, retorcendo-se e desenroscando-se vivamente até se desamarrarem e caírem no chão.

Lorcan avançou para acertá-la com o cabo de sua lança como fizera anteriormente, mas ela agarrou o cabo de sua mão e instantaneamente destruiu a madeira e a jogou no chão.

A multidão gritou consternada e recuou de medo.

— Ouçam-me — disse ela olhando para os muitos rostos. — Vocês sabem que meu nome é Willa e tenho sido um membro leal deste clã por toda a minha vida. Eu só preciso que vocês ouçam o que eu tenho a dizer...

— Ouçam-na! — gritou Gillen.

— Ela é uma traidora! — um jaetter sibilou.

— Deixem a pequenina falar! — gritou um Faeran na multidão.

— Eu não vim aqui para morrer — disse Willa. — E eu não vim aqui para lutar ou fazer mal a vocês...

Enquanto ela continuava falando sentiu que muitos dos que estavam na multidão se aproximavam tentando ouvi-la. Eles a pressionavam, mas agora a sensação era diferente. Eles a estavam ouvindo, a tocavam com as mãos, aglomeravam-se ao redor dela.

— Vim ao grande salão esta noite para falar a todos vocês sobre *Naillic*.

Era como se ela tivesse enfiado um pedaço de pau em um ninho de vespas. Um zumbido de sussurros e agitação ecoou entre a multidão. De repente, a parede começou a se mover. Ela sentiu novas forças vindo em sua direção e outras se afastando.

— Já ouvi essa palavra antes — disse alguém.

— O que isso significa? — perguntou outro.

— É proibida! — sussurrou um dos jaetters.

— Não diga isso! — outro sibilou.

— A morte virá! — gritou um dos Faeran mais velhos.

— Não diga essa palavra! — alguém alertou.

— Mas não é apenas uma palavra — disse Willa. — Naillic é um *nome*, o nome de um menino Faeran que nasceu neste clã.

— Prendam-na! — gritou o padaran do alto de seu trono.

Lorcan e os outros guardas avançaram para seguir as ordens do líder, mas era tarde demais. A multidão a engolfou em um rio de corpos Faeran, um Rio de Almas.

Willa apontou para o padaran, que estava em pé ao lado do trono.

— Aqueles que sabiam a verdade foram mortos. Aqueles que levantaram sua voz foram silenciados. A memória do passado foi empurrada de nossa mente. Mas vim aqui para dizer a vocês que o nome dele é Naillic. Ele não é um deus todo-poderoso e reluzente. Ele é um Faeran normal e mortal, assim como o resto de nós!

— Não a deixem falar mais uma palavra sequer! — gritou o padaran para seus guardas. — Matem-na!

Os guardas pressionaram a massa de pessoas, empurrando com os braços e apunhalando com suas lanças, forçando o caminho em direção a Willa, mas gritos de terror e raiva subiram da multidão. Gredic e muitos dos jaetters atacaram, mordendo e arranhando no caminho em sua direção.

A multidão de pessoas ao redor dela se ergueu em um enxame, como abelhas ao redor de uma rainha em desenvolvimento em uma nova colmeia, pressionando-a, protegendo-a.

— Ele afirma ser o grande líder do clã! — ela gritou acima do clamor crescente da multidão. — Ele diz que devemos estar sempre juntos, que devemos sempre cuidar uns dos outros, mas por acaso ele cuidou daqueles que amamos?

— Ela é uma traidora! — Ciderg cuspiu tentando abrir caminho no meio da multidão para chegar até ela.

— Ela fala a verdade! — um dos anciãos exclamou.

— Não confie nela — gritou alguém.

— Ela é uma fada da floresta! — outro gritou.

— Confiem no padaran!

— Deixem-na falar! — gritou Gillen. — Escutem-na!

— Matem-na!

Sentindo a ascensão do clã ao seu redor, Willa se virou para o padaran e apontou para ele.

— Todos nós sabemos que todos os Faeran nascem com um gêmeo a quem estamos ligados e conectados para o resto de nossa vida: a mão esquerda e a direita, a frente e as costas. Mas onde está seu irmão, Naillic? Onde está Cillian? Onde está o homem que era meu pai?

66

Ela finalmente disse as palavras que viera dizer. E, quando as disse, todos os Faeran no grande salão olharam para o padaran em completo choque, lentamente percebendo o significado da acusação. Murmúrios abafados de confusão e incerteza percorreram a multidão.

— Ela é uma traidora, matem-na! — o padaran ordenou a seus guardas novamente, apontando seu longo dedo torto para ela, mas centenas de Faeran a cercaram bloqueando os guardas.

Escalando a base de uma das esculturas velhas e apodrecidas do grande salão, Willa gritou para o padaran entre as cabeças da multidão.

— Meu pai era outro traidor, assim como eu, não era, tio? — ela gritou. — Ele continuava se apegando aos antigos costumes, como tantos de nossos entes queridos que desapareceram.

Willa sabia que muitos no clã haviam perdido pessoas queridas, aqueles que falavam, que resistiam, que colocavam o amor por sua família à frente de sua obediência ao padaran.

Ela não tinha certeza se alguém a estava ouvindo, mas então uma voz chamou o padaran da multidão.

— Conte-nos o que aconteceu com Cillian!

E então muitos dos Faeran começaram a se empurrar em direção ao trono, ansiosos para entender.

— Conte-nos!

— O que aconteceu com Nea e com a pequena Alliw? — gritou outra pessoa do fundo.

O coração de Willa inchou quando ela ouviu o nome de sua mãe e irmã. Alguém devia ter se lembrado de sua família de anos antes, mas estava com muito medo para levantar a voz até aquele momento. *Saber traz a morte.*

— Durante toda a minha vida, você me disse que os humanos tinham matado meus pais! — gritou ela para o padaran. — Mas eu suspeito que a verdade é que minha mãe e meu pai cometeram um crime aos seus olhos, o crime de criar suas filhas à maneira deles, falando a língua Faeran com elas e ensinando-lhes o conhecimento do nosso povo. E, o pior de tudo, meu pai sabia seu nome, sabia quem você realmente era, Naillic. Ele era um lembrete constante de que você não era o padaran, não era um deus.

Enquanto ela falava, os Faeran olhavam do padaran para ela, sussurravam e discutiam entre si, tentando unir as partes da verdade.

— Você me chama de traidora do clã pelo que eu disse e pelo que fiz — Willa gritou ao padaran e aos guardas que o cercavam. — E você diz que sou uma traidora porque libertei os humanos das prisões lá de baixo. Mas eu nunca apunhalei um Faeran com uma lança, nunca dei um soco em alguém do clã usando o punho. Eu vivo nos costumes antigos em que os membros de um clã cuidam uns dos outros e se amam.

Willa lançou um olhar pelos rostos da multidão, todos estavam olhando para ela agora.

— O padaran não apenas mata o próprio povo, mas também aprisiona e mata os animais da floresta que já foram nossos amigos e aliados! Ele abandonou os costumes da floresta que nos mantêm vivos! Ele envia seus guardas para matar pessoas inocentes do povo do dia e capturar seus filhos! Ele envenena nossos ouvidos com mentiras sobre os humanos enquanto guarda suas máquinas nas tocas particulares dele tentando entender para que elas servem!

— Se não nos adaptarmos, todos vamos morrer! — berrou o padaran, tentando intimidá-los com sua força de vontade, mas a turbulência se propagava pela multidão como centenas de abelhas zumbindo em uma colmeia corrompida.

Ela se voltou para o padaran:

— Eu lhe pergunto mais uma vez, Naillic. Conte a todos nós. Onde está o seu irmão? Onde está Cillian?

— Pare de dizer o nome daquele traidor! — cuspiu o padaran fervilhando de uma raiva venenosa. Todo o corpo dele parecia brilhar com seu poder cintilante enquanto ele apontava sua lança para ela.

— Você matou seu próprio irmão! — gritou alguém.

Não havia perda maior para um Faeran do que perder seu gêmeo. E não havia crime mais hediondo entre o povo Faeran do que matar seu próprio gêmeo. Era o vínculo que não podia ser quebrado, e Naillic o havia quebrado. A multidão inteira explodiu de fúria.

— Ele é um assassino de gêmeo! — alguém gritou na língua antiga, e isso trouxe uma explosão de alegria ao coração de Willa. Tinha pensado que nunca mais ouviria a língua novamente, mas agora eles a estavam gritando. O clã estava se levantando contra o padaran!

— Onde está minha mãe? — gritou alguém.

— Você matou minha irmã! — gritou outra.

— O que você fez, Naillic? — gritou uma voz no fundo.

— Todos os traidores do clã devem ser mortos! — o padaran gritou de volta para eles, segurando sua lança de poder como se fosse arremessá-la contra a multidão. Eles se encolheram de medo, mas não fugiram.

— Todos vocês — Willa gritou para o povo Faeran enquanto apontava para o padaran. — Quero que vocês olhem agora para Naillic com os próprios olhos. Vocês conseguem vê-lo? Realmente conseguem vê-lo? Ele não é um deus cintilante. Ele está enganando a todos nós. Ele está se *entrelaçando*! Ele tem as habilidades de uma fada da floresta. Ele vem de uma família poderosa de fadas da floresta. Ele vem da *minha* família! Mesmo enquanto ele desprezava os antigos Faeran que construíram este glorioso salão, mesmo enquanto ele tomava este lugar sagrado em seu próprio nome, estava usando seus próprios poderes Faeran para nos enganar. Ele está se disfarçando para se parecer com tudo o que queremos que nosso líder seja. Mas é tudo mentira!

Enquanto todos na multidão olhavam para o padaran com espanto, o brilho de seu rosto e corpo parecia desaparecer.

— Eu vejo! — alguém exclamou com espanto.

Muitos dos Faeran se aproximaram para olhar mais de perto. Outros apontaram e sussurraram com rostos cheios de suspeita e surpresa.

O brilho da aura do padaran diminuiu, e a pele enrugada e cinza de seu corpo enorme e velho começou a se tornar mais visível.

— Eu também vejo! Ele está nos enganando! — alguém exclamou.

— O povo Faeran do passado usava os poderes da floresta para se esconder dos inimigos! — Willa gritou. — Naillic é o primeiro das fadas da floresta a usar seus poderes para se esconder de seu próprio povo, para enganar os olhos de todos os Faeran que o veem.

Com a ajuda de Gillen e vários dos outros Faeran que estavam ao seu redor, Willa rapidamente desceu da base da escultura antiga e atravessou a massa de pessoas em direção à passagem que levava aos aposentos privados do padaran.

— Parem ela! — comandou o padaran acenando freneticamente para Lorcan e para os outros guardas.

— Temos que ajudá-la! — Gillen gritou reunindo os Faeran ao seu redor. — Temos que proteger Willa!

— Venham todos comigo! — Willa gritou acima da comoção. — Venham ver o que o grande padaran acumulou em seus refúgios!

— Ninguém passa! — o padaran ordenou a seus guardas enquanto se apressava para bloquear a passagem.

— Sigam-me! — Willa gritou novamente erguendo o braço acima da cabeça.

E de repente a multidão se precipitou em direção ao palco onde ficava o trono.

— Eu ordeno que vocês parem! — rugiu o padaran.

Mas o povo não parou. Eles se derramavam ao redor dele como água em volta de uma pedra. Sua pele estava totalmente cinza agora, o corpo pingando de suor e o rosto mutilado por anos de disfarces e dissimulação. O padaran avançou com sua lança e apunhalou no peito um dos Faeran que se aproximava jogando-o morto para o chão. Em seguida, ele se lançou de novo e apunhalou outro.

Lorcan agarrou uma lança de um dos outros guardas e avançou para a batalha. Ele enfiou a lança em um desordeiro após o outro, empurrando-os para trás, cambaleantes, com feridas sangrentas. Mas então cinco rebeldes o cercaram e o derrubaram, arrancaram a lança de suas mãos e a cravaram em seu coração.

Lorcan, o comandante da guarda do padaran, estava finalmente morto.

O padaran agarrou uma tocha da parede e bloqueou a entrada de sua toca.

— Para trás! — ele gritou para a multidão invasora brandindo a tocha acesa de um lado para o outro. — Vou queimar quem chegar perto!

Liderando um bando de jaetters, Gredic e Ciderg atacaram os insurgentes para retomar a área ao redor do trono e proteger o padaran.

Ciderg agarrou um deles pela cabeça e o atirou para o lado. Uma nova onda de guardas e jaetters agressores pressionou a multidão com suas lanças. Mas então o enxame da multidão enfurecida avançou contra Ciderg atingindo-o com muitos golpes.

— Não! — gritou Gredic tentando salvar o irmão, mas já era tarde demais. O corpo de Ciderg caiu no chão com um estrondo.

Uma nova tempestade de confusão e violência irrompeu ao redor enquanto jaetters e guardas lutavam contra a multidão crescente.

— Não entrem! — gritou o padaran ao agarrar mais duas tochas e as colocar na entrada da passagem para criar uma barreira de chamas. As tochas estouraram e fumegaram e a chama ardeu alto enquanto ele acrescentava mais e mais tochas à barricada.

No meio do caos, um grupo de três jaetters irritados abriu caminho por entre a multidão: um cravou as garras no rosto de Gillen; os outros dois derrubaram Willa no chão. Os jaetters agressores extasiados ao virem para cima dela.

As chamas das tochas do padaran queimavam alto, juntando-se e chamuscando as paredes.

— Se vocês tentarem entrar aqui, todos vão queimar! — gritou o padaran para os amotinados ao se retirar para seu refúgio particular.

Uma das tochas caiu e atingiu o chão de gravetos trançados, que pegou fogo.

À medida que as labaredas se espalhavam pelo chão e pelas paredes, o grande Salão do Padaran começou a se encher de fumaça, e gritos de terror subiram do caos da multidão.

67

Willa se viu envolvida em uma onda de correria, pessoas gritando e de chamas ardendo. Um pé a atingiu na cabeça, outro a pisoteou nas costas. Ela tentou se levantar, mas a multidão correndo a atropelou.

Esmagada no chão, ela viu Gillen lutando para se aproximar.

— Gillen! — Willa gritou estendendo a mão para ela. Por um momento, seus dedos se tocaram e elas quase foram capazes de agarrar a mão uma da outra, mas então a multidão varreu Gillen como a correnteza de um grande rio e ela se foi.

Cheia de nova determinação, Willa rosnou e tentou se levantar, apenas para ser derrubada novamente.

Por fim, alguém na multidão parou para ajudá-la. Segurou seu braço e a puxou para cima. Ela então conseguiu respirar. Willa firmou as pernas embaixo do corpo e foi capaz de ficar em pé. Alguém estava salvando sua vida. Ela se virou com esperança no coração, mas viu o rosto de Gredic e sentiu as mãos dele apertarem dolorosamente seus braços.

— Você vem comigo, Willa — ele rosnou enquanto a arrastava pela multidão em fuga.

Willa tentou se afastar com um solavanco, mas não fez diferença. Ele a segurou com mais força do que antes, como se soubesse que aquela era sua última chance. Não iria soltá-la.

O medo borbulhava dentro dela, então Willa lutou e se debateu contra ele, mas Gredic era muito forte. Ele a arrastou para fora do Salão do Padaran, que estava tomado pelas chamas, e seguiu por um dos corredores laterais enfumaçados.

Zangado com a resistência de Willa, Gredic a jogou contra a parede e a imobilizou com a força de seu corpo.

— Pare com isso, Willa! — Gredic gritou na cara dela.

Ela não conseguia se mover, não conseguia respirar. Ele a pressionava com tanta força que era como se uma pedra tivesse caído em cima dela.

— A toca vai queimar — disse ele, seu tom áspero de medo. — Você me entende? Tudo vai queimar! Mas você e eu vamos parar de lutar um contra o outro.

Willa podia ver o que estava acontecendo. Ele havia perdido seu irmão gêmeo e seus aliados jaetters e agora estava sozinho, o que o apavorava mais do que qualquer coisa que já tivesse enfrentado. Seu instinto agora era de unir o clã, mesmo se fosse com alguém que ele odiava.

— Nós vamos escapar. Estamos juntos agora, Willa.

Ela podia ver a violência nos olhos de Gredic, a necessidade de controle, de domínio, porém, mais do que qualquer coisa, ela podia ouvir o desespero em sua voz. Tentou se livrar dele, mas ele continuava a segurá-la firme e pressioná-la contra a parede.

— Estamos juntos agora, Willa — ele repetiu como se pudesse forçar o pensamento para dentro da mente dela.

Willa sabia que não havia saída para aquilo. Ele nunca a soltaria. E, mesmo se ela conseguisse escapar dele, ele a seguiria. Ele iria caçá-la.

Ela precisava de um disfarce diferente, de um caminho diferente.

Só conseguia enxergar uma saída.

Às vezes, precisamos fazer coisas que não queríamos fazer, coisas que vão contra tudo que já fizemos antes.

Ela parou de lutar contra ele.

Ficou muito imóvel e olhou em seus olhos injetados de sangue.

— Tudo bem — cedeu Willa, concordando com a cabeça. — Vamos sair juntos pelo labirinto até meu antigo refúgio. Eu conheço uma maneira de sair por lá.

Gredic grunhiu, satisfeito por ela estar finalmente começando a cooperar com ele, mas agarrou o braço dela, temendo um truque, e a empurrou na frente dele como um dos prisioneiros humanos.

Ela tentou soltar o braço dele, mas Gredic não aliviou. Ele a empurrou e a arrastou pelos túneis da toca, deixando a fumaça e as chamas gritando atrás deles.

— A toca toda está queimando lá em cima — disse ela, consternada.

— Vamos conseguir fugir sozinhos — disse Gredic. — Estamos juntos agora — repetiu ele com uma forte insistência que fez disparar um arrepio pela espinha dela.

Quando eles enfim alcançaram o labirinto, ela o guiou pelos túneis de pedra que iam em direção a sua toca.

Willa sentiu o aperto em seu braço relaxar um pouco quando ele percebeu que ela os guiava na direção certa. Ela tropeçou e caiu no chão. Gredic, por reflexo, se abaixou para colocá-la de pé. Ela saltou e se afastou dele com toda a velocidade. Mas ele estendeu a mão com a mesma rapidez, agarrou-a pelos cabelos, puxou-a de volta e a levantou do chão. Ela gritou de dor ao cair para trás e colidir no chão, onde bateu a cabeça com força.

— *Você não vai escapar, Willa!* — Gredic grunhiu ao prendê-la no chão com a mão ao redor de seu pescoço.

A recusa de Willa à sua oferta, sua rejeição a ele o encheu de raiva:

— Você vai se arrepender da escolha que fez ao tentar fugir de mim de novo. Eu posso ver agora o monstro mentiroso e nojento que você realmente é. Mas você não é tão inteligente quanto pensa. Depois que eu terminar com você aqui, vou encontrar aqueles três pequenos humanos com quem você parece se importar tanto. Você se esquece do tempo que estamos juntos, Willa. Eu sei exatamente onde você os escondeu. E, depois que terminar com você, vou encontrá-los e garantir que nunca cheguem em casa.

Willa explodiu de raiva e se contorceu nas mãos de Gredic girando o corpo e batendo nas mãos em garra dele.

Ela saltou e disparou para fora de seu alcance, então avançou corredor abaixo.

Seguiu a passagem sinuosa, mas podia ouvir os passos dele vindo atrás. Não havia como fugir dele por muito tempo, e ele estava perto demais para ela se fundir à parede de pedra.

Willa entrou no túnel à esquerda, depois virou à direita. Gredic a seguiu de perto, rosnando de raiva.

Quando ela chegou ao fim do túnel longo e sinuoso e pegou a passagem à esquerda, o fez conscientemente. Mas, ao sentir o ar esfriar, seu peito se apertou de pânico, apesar de sua decisão. Era uma escolha da qual ela não poderia se arrepender.

A escuridão do abismo estava a poucos passos de distância.

Ela chegou à beira do buraco escuro no fim do túnel e não havia mais nenhum outro lugar para ir.

Estava encurralada.

O buraco do abismo caía por centenas de metros para a escuridão total. Ninguém sabia qual era sua profundidade, ou se tinha um fundo.

Gredic avançou e a agarrou com as mãos ossudas.

Ele a agarrara muitas vezes ao longo dos anos. Já fazia tempo demais que Willa lutava contra ele. Mas, desta vez, ela não tentou fugir, não tentou se esquivar ou enfrentá-lo. Enquanto ele avançava, ela o puxou para si, colocou os braços em volta dele e o segurou.

E, depois que terminar com você aqui, vou encontrá-los e garantir que nunca cheguem em casa — Gredic tinha dito. Esse tinha sido seu erro.

Ela se inclinou para trás.

— Estamos juntos agora, Gredic — ela sussurrou em seu ouvido.

Em um espasmo violento de pânico selvagem, Gredic tentou escapar dos braços de Willa, mas era tarde demais.

Os dois caíram juntos.

68

Willa caiu na escuridão do abismo. Sua mente gritava de medo de que aqueles fossem os últimos segundos de sua vida. A sensação de queda reverberou em seu estômago e membros. Seu cabelo flutuou em torno de sua cabeça. O ar frio passou por ela, tocando suas bochechas, seus braços, suas pernas; foi ficando cada vez mais frio conforme ela caía, cada vez mais fundo na escuridão.

Gredic e ela haviam se soltado. Ela sabia que ele devia estar caindo com ela, mas não conseguia vê-lo.

Quando ela chegou ao fundo, o golpe da queda a atingiu com tanta força que disparou raios de dor por suas costelas. Teve seu rosto violentamente apunhalado quando mergulhou nas corredeiras agitadas de um rio subterrâneo. Seu corpo mergulhou fundo na água, impulsionado pela força da queda. Não havia um acima ou abaixo, apenas um redemoinho selvagem e cambalhotas repetidas conforme a corrente se apoderava dela e a arrastava para longe.

Willa tentou bater os braços e as pernas em movimentos repetidos, tentou nadar para o que ela pensava ser a superfície e inspirar uma porção desesperadamente necessária de ar, mas o rio era poderoso demais.

Ele a lançou por seus túneis subterrâneos tortuosos, fluindo através de cavernas aquáticas e calhas estreitas. Não havia superfície para alcançar. Não havia ar. Apenas água fluindo pelas pedras.

Mas não estava sozinha. Tinha dentro de si tudo que todas as criaturas da floresta já haviam lhe ensinado. Ela era tudo que todos os seus amigos já lhe haviam dado de presente. Ela era um falcão voando e uma pantera rugindo. Era um urso curando e um lobo correndo. Mas o mais importante naquele momento: ela era uma *lontra do rio*.

Ela parou de lutar contra a água, parou de tentar nadar contra a corrente, parou de tentar exercer sua vontade. Ela relaxou e se deixou levar com a corrente, deslizando através da água, *com* a água, fazendo parte da água, como seus professores lhe ensinaram. Girar e rodopiar, escorregar e deslizar: a água era seu domínio.

Não havia acima ou abaixo, esquerda ou direita, havia apenas uma direção: o fluxo do rio. E ela se moveu por ele o mais rápido que pôde, sabendo que sua única esperança estava do outro lado da escuridão, do outro lado das cavernas e túneis pelos quais passava. Não precisava de olhos, ouvidos ou de outros sentidos. Só precisava ir para onde a água queria que ela fosse e chegar lá o mais rápido possível.

O fluxo do rio a lançou em uma caverna com um bolsão de ar. Por fim, sua cabeça irrompeu na superfície da água. Ela inspirou o abençoado ar, enchendo os pulmões com o ar frio e úmido da caverna. Então ela prendeu a respiração e voltou para baixo, continuando pelo próximo túnel até chegar à caverna do outro lado.

O rio subterrâneo enfim emergiu das cavernas e fluiu rápida e suavemente por onde parecia ser um mundo de rochedos gigantes.

Flutuando facilmente na corrente agora, com a cabeça bem fora da água, ela sugou o ar em porções profundas e agradecidas.

Acima da água, das rochas e das árvores que ladeavam o rio, mil estrelas lançavam sua luz cintilante por todo o céu noturno. Willa nunca tinha ficado mais aliviada por estar viva.

Algo flutuando na água bateu em seu ombro. Assustada, ela se afastou e se virou para se defender.

Mas, quando percebeu o que era, seu coração se encheu de um tipo diferente de pavor.

O corpo de Gredic flutuava rio abaixo com ela. Ele havia se afogado lutando contra o que não podia ser combatido.

Ela sabia que deveria estar feliz em vê-lo morto, mas não estava.

Os jaetters tinham sido despedaçados. Kearnin, Ciderg e pelo menos uma dúzia de outros foram mortos na batalha. E, agora, Gredic tinha partido também.

Ela sabia que deveria estar triunfante por ter derrotado seus inimigos, mas a solidão escurecia sua alma. Gredic e os outros jaetters tinham sido membros de seu clã. Ela os conhecera desde sempre e por toda a sua vida.

Uma memória de anos anteriores veio à sua mente. Logo depois que sua irmã e seus pais morreram, ela e Gredic tinham sido puxados para o grupo dos jaetters. O padaran e seus guardas haviam levado Willa e Gredic à floresta sozinhos para a iniciação. Quando os guardas terminaram com eles, ela e Gredic foram largados exaustos e sangrando no chão da floresta. Jaetters não nasciam; eram feitos. Willa lembrou-se de estar deitada ali na terra e nas folhas, olhando para Gredic no chão a poucos passos de distância. Estremecendo de dor, ela se levantou e o ajudou a se levantar também. Ele se afastou mancando por alguns passos, pegou dois gravetos longos em forma de lança do chão da floresta e colocou um deles na mão de Willa.

— Não desistimos, Willa — ele disse a ela.

Enquanto ela flutuava rio abaixo com o corpo de Gredic ao lado dela, Willa foi batendo braços e pernas na água até a beira do rio, alcançou as árvores baixas e puxou um galho de um arbusto. Voltando para água, Willa abriu os dedos frios e brancos de Gredic, envolveu-os em torno do galho e, em seguida, deixou que a corrente o levasse rio abaixo com sua lança na mão.

— Não desistimos, Gredic — sussurrou ela.

Ela foi deixada à deriva, sozinha, sob um céu negro e salpicado de estrelas. Era silencioso, quase pacífico, mas havia uma luz fraca e laranja piscando na superfície lisa do rio.

Ainda batendo os pés na água, Willa olhou para trás, para a encosta da Grande Montanha.

Era como se ela sempre estivesse lá, sempre vigiando.

A toca do Recôncavo Morto pegava fogo. Era uma grande labareda, com chamas serpenteantes, e fumaça negra subindo para o céu da meia-noite. De longe, quase parecia que a própria Grande Montanha estava ardendo.

69

Deixando Gredic flutuar rio abaixo sozinho, Willa se arrastou para subir na margem rochosa.

O ar da noite pairava sobre ela em uma névoa de fumaça cinza e luz laranja bruxuleante.

Foi quando ela percebeu algo pingando no chão, era seu próprio sangue.

Nas últimas horas, ela havia sido atingida no pescoço por uma lança, arrastada pelo chão, jogada contra a parede, chutada e pisoteada. Agora que havia saído da água fria do rio, e a urgência opressora da fuga tinha desaparecido, seu corpo começou a doer em lugares que ela nem sabia que podia sentir dor. Hialeah tinha enfaixado a ferida ensanguentada em seu pescoço e as raízes retorcidas do chão haviam infundido seu corpo com um choque surpreendente de poder vital, mas ela sabia que estava perdendo sangue demais. Não poderia ir muito longe naquelas condições.

Ela olhou em direção à toca em chamas. Não queria voltar lá, mas havia uma chance de que uma área em particular tivesse sobrevivido ao fogo e pudesse ajudá-la.

Willa escalou, mão após mão, subindo pelas pedras e árvores, em direção ao fogo. Ela observou as labaredas consumirem uma área após a outra, o crepitar dos gravetos em chamas e a rajada do vento feroz abafando todo o resto, com o odor de madeira queimada permeando o ar.

Não diga isso em voz alta até desejar destruir tudo e todos, incluindo a si mesma...

O aviso de sua vovozinha sobre dizer "Naillic" ecoou em sua mente. Seu antigo refúgio, o grande salão e o lar de todo o povo Faeran estava sendo destruído pelo fogo. Ela não pôde deixar de sentir o peso disso enquanto subia.

No momento em que alcançou o Recôncavo Morto, a maior parte da toca havia queimado até as ruínas, pilhas fumegantes de destroços carbonizados, os galhos secos de suas velhas paredes e pisos fornecendo amplo combustível para sua própria destruição. Onde antes havia uma vasta colmeia de túneis e cômodos feitos de galhos retorcidos, agora não existia nada além dos restos enegrecidos de paredes desintegradas e montes de cinzas fumegantes.

Todos os Faeran do clã tinham fugido da toca para escapar do fogo, por isso toda a área estava abandonada e a maior parte do que restava estava irreconhecível. Mas havia uma pequena parte da toca, no fundo do desfiladeiro, onde o fogo não poderia chegar. Era isso que ela esperava.

Willa escalou através das cinzas e dos escombros até chegar à parte mais baixa e mais antiga da toca.

Ela estivera naquela área apenas algumas horas antes com Gredic, mas agora parecia completamente diferente. Todas as passagens e paredes de gravetos trançados tinham sido queimadas, e tudo o que restava era o labirinto de túneis de pedra e cavernas antigas onde ela e sua vovozinha tinham vivido.

Willa entrou e então fez o caminho pelo túnel que levava à sua toca, descendo o corredor com as figuras pintadas do passado Faeran. Apesar da queimada que ocorrera acima, as pinturas nas paredes de pedra tinham sobrevivido. Willa chegou até o Rio das Almas, onde milhares de mãos tocavam a parede: de sua mãe e de seu pai, de Alliw e dela própria, a esquerda e a direita, a frente e as costas, todos juntos.

W I L L A e A L L I W, ela pensou, lembrando-se dos estranhos símbolos humanos.

— Olá, irmã — disse ela, tocando a mão viva na marca da mão de sua irmã ao passar. — Estou feliz que você tenha conseguido passar por isso.

Finalmente, Willa chegou ao refúgio onde sua vovozinha a havia criado.

As áreas do chão que eram feitas de galhos trançados tinham queimado e desaparecido. E o intenso calor do incêndio tinha derretido seus casulos e todos os seus outros pertences. A maioria das pequenas árvores e outras plantas que sua vovozinha havia cultivado nos pequenos círculos de luz estavam mortas, murchas pelo calor.

Todas, exceto uma.

A pequena árvore ainda estava viva.

Ela suspirou de felicidade e sorriu. Estava dentro de uma vasilha de pedra em uma plataforma de rocha, protegida e segura em seu pequeno nicho. Era uma árvore antiquíssima, em tamanho miniatura, seus pequenos galhos retorcidos pelo tempo, mas suas folhas minúsculas estavam verdes com o espírito vivo. O coração de Willa se aqueceu ao ver que a pequena árvore esperava por ela.

— Olá, minha amiga — disse ela ao se aproximar. — Eu sei que provavelmente foi difícil respirar nas últimas horas, mas não se preocupe. Vou levar você a um lugar seguro, com muita luz, água e nutrientes.

Ela pegou várias das folhas que haviam caído da árvore e as pressionou no ferimento em seu pescoço. O alívio da dor foi imediato. Ela sentiu o intenso poder da pequena planta surgindo em sua pele, através de seus músculos e, mais fundo, em seu sangue. Uma por uma, ela tratou as mais dolorosas de suas feridas.

— Obrigada, vovozinha — sussurrou ela, não apenas por nutrir e proteger a arvorezinha todos esses anos, não apenas por ensiná-la a usar a planta, mas também pelos muitos outros dons da mente que ela lhe dera. Pelo amor que envolvia tudo.

— Proteja-a, agarre-se a ela — sua vovozinha tinha suplicado antes de morrer.

Willa não havia entendido na época. Mas ela sabia agora que sua vovó não estava lhe dizendo para se agarrar à pequena árvore, ou ao segredo do nome proibido de Naillic, ou mesmo ao antigo conhecimento da floresta. Ela estava implorando para que Willa se agarrasse ao que estava em seu coração: seu amor, sua compaixão, e a prudência de sua alma; não apenas a seu instinto de se fundir; mas, às vezes, sua disposição em se mostrar e se fazer ouvir, de jogar a lança, de acionar a armadilha, de movimentar coisas que não poderiam ser desfeitas.

Sua vovozinha vinha assistindo ao declínio do clã do Recôncavo Morto por muitos anos, e Willa percebeu o que ela já sabia: que o clã do Recôncavo Morto não tinha começado a morrer por causa da chegada do povo do dia, mas pela ascensão do padaran que viera depois — a supressão das palavras Faeran, a desconexão da floresta, o afogamento do amor, da compaixão e da empatia e pelo crescimento do medo, da maldade e do controle.

Sem amor, não poderia haver famílias, nem filhos, nem anciãos. Não poderia haver futuro.

Enquanto segurava a pequena árvore, Willa chegou a uma conclusão, algo que ela não achava que poderia ter entendido antes. Durante anos, sua vovozinha tinha sido incapaz de lutar contra o crescente poder do padaran e seu controle sobre o povo Faeran. Ir contra ele significava a morte. Willa percebia, agora, que ela mesma tinha sido a última tentativa de sua vovozinha. Ela era a sua última esperança de viver e amar e seguir o caminho do coração.

— Eu vou protegê-la, vovozinha, eu juro que vou. Eu protegerei o que está no meu coração — Willa sussurrou na língua antiga. — Eu nunca abrirei mão disso.

Willa carregou lentamente a pequena árvore para cima e para fora dos velhos túneis de pedra, caminhou entre as cinzas até chegar ao que já tinha sido o centro da toca do Recôncavo Morto.

Ela olhou ao redor para o vasto campo de cinzas.

Sua premonição de que nunca mais veria o Salão do Padaran — o Salão dos Pássaros Cintilantes — estava correta.

As paredes, outrora magníficas do grande salão, tinham queimado e desmoronado. O salão não estava apenas vazio ou danificado, ele *não existia mais*.

O grande trono do padaran tinha queimado até se tornar uma pilha carbonizada e enegrecida.

Ela avançou lentamente para a área que ficava atrás do trono.

Então começou a distinguir uma forma escura no chão que estava queimada e enegrecida, mas ela podia ver o contorno do que uma vez fora uma perna e a massa alongada de uma cabeça chamuscada e fumegante. Os joelhos e cotovelos estavam dobrados em direção ao peito, a pessoa tinha morrido encolhida de medo.

Uma sensação nauseante invadiu o peito de Willa. Era o cadáver do padaran, os ossos carbonizados de seus dedos ainda estavam agarrados à lança de poder.

Ele correu para seus aposentos privados e bloqueou a porta para proteger os preciosos objetos feitos por humanos das mãos da multidão. Recolhera o espelho e as outras coisas feitas por humanos e ficou cobiçando-as até o fim. Estava com tanto medo de perder o controle sobre elas que não quis ir embora, nem mesmo com a fumaça e o fogo a caminho.

A lança de poder e os outros objetos de metal tinham sobrevivido ao fogo, mas ele não.

Ela olhou para o que restara de seu tio por vários segundos e então se foi.

Percorrendo o caminho para fora dos destroços queimados da toca pela última vez, ela encontrou um local no centro da destruição.

Então se ajoelhou, cavou nas cinzas e na terra com as próprias mãos e plantou a árvore no solo.

— Eu sei, eu sei, você não quer que eu te deixe aqui — disse ela gentilmente. — Mas basta você esperar para ver. Você gostará deste novo local quando o sol nascer, as chuvas vierem e as cinzas caírem nos rios. Haverá abundância para as suas raízes crescerem.

Depois de alguns momentos sentada com a pequena árvore, ela se levantou e começou a se afastar; deu alguns passos, mas então parou, virou-se e olhou para trás, para a árvore, tão pequena e frágil no meio das cinzas, sozinha.

Talvez você não tenha que esperar — ela pensou. *Talvez eu possa lhe dar um pouco de vantagem, ajudá-la, como você sempre me ajudou.*

Ela caminhou de volta para a pequena árvore e se ajoelhou sobre as cinzas na frente dela. Em seguida, tocou com os dedos as pequenas raízes e o tronco da árvore e fechou os olhos.

A princípio, nada aconteceu, mas depois ela começou a cantar baixinho a melodia que sua vovozinha lhe ensinara quando ela tinha 6 anos, na noite em que seus pais e sua irmã morreram, as raízes da árvore começaram a se estender, aprofundando-se nas cinzas.

— É isso aí, pequenina — sussurrou ela. — Continue crescendo...

À medida que as raízes extraíam os nutrientes das cinzas do passado, a árvore começou a crescer, seus galhos se estendendo para cima e se espalhando para fora, as folhas se desenvolvendo, brilhantes e verdes, e o tronco engrossando conforme subia em direção ao céu.

Era uma canção de morte e de vida, de crescimento e renascimento, com palavras tão antigas quanto as florestas enevoadas.

Logo a árvore tinha crescido e ficado tão alta quanto ela, os galhos tão largos quanto seus braços estendidos.

— É isso, pequenina, continue crescendo... — repetiu ela, e a árvore continuou crescendo. Cresceu e cresceu, até que o tronco ficou grosso, os galhos, fortes, e as folhas se elevaram muito acima dela.

Willa sorriu sentindo a energia da árvore fluindo através de seu corpo e coração, e seu próprio poder fluindo através da árvore. E, no momento em que ela sorriu, os galhos acima de sua cabeça se enrolaram, se reavivaram e brilharam na forma de pássaros voadores cintilantes, brilhando com uma abundância de vaga-lumes azuis fantasmas, essa abundância cintilante alcançando os céus iluminados pelas estrelas acima. Ela estava esculpindo como os Faeran de antigamente.

Quando Willa enfim terminou, a árvore magnífica e brilhante tinha mais de 30 metros de altura no centro da devastação cinzenta que uma vez tinha sido o Recôncavo Morto, a lua brilhando entre seus galhos e iluminando o mundo ao redor.

Willa olhou para a árvore e sorriu de felicidade.

— Bem, é um bom começo, pequenina, um começo muito bom mesmo — disse ela, com o coração transbordando. — Acho que você consegue sozinha a partir daqui.

E só então, com a pequena árvore instalada em seu novo lar, ela se levantou e foi embora.

70

Quando Willa saiu da devastação fumegante da toca e adentrou a floresta noturna, a magnitude de tudo o que tinha acontecido começou a penetrar sua mente.

O padaran — o deus do clã — estava morto.

A antiga toca de seu povo havia queimado até não existir mais.

Gredic nunca mais seria capaz de atacá-la.

Seus companheiros jaetters — seus rivais e algozes — haviam partido.

E o clã estava despedaçado, lançado aos ventos da incerteza, sem abrigo, sem um líder para uni-los em uma causa comum.

Willa sentiu tudo girando dentro dela. O que tinha feito? Foi ela quem causou tudo aquilo? Tinha destruído o povo Faeran?

Muito triste para absorver tudo, ela apenas continuou andando.

Pouco tempo depois, encontrou um menino Faeran, um pouco mais velho do que ela, vagando sozinho entre as árvores, uma expressão atordoada no rosto. Era um dos poucos jovens Faeran que Willa já havia visto que ainda tinha pintas no rosto e listras como ela em vez de pele cinza manchada. Ele fora um jaetter como ela e os outros, mas nunca a havia atormentado nem roubado sua pilhagem.

— Você está bem, Sacram? — perguntou ela ao se aproximar, mas ele não respondeu e não a olhou.

Um corte irregular pingava vermelho da testa de Sacram, seu ombro estava queimado e sangrava, seu cabelo estava chamuscado e o rosto enegrecido de fuligem. O menino estava resmungando para si mesmo, mas Willa não conseguia entendê-lo, seus olhos estavam vidrados, como se ele tivesse absorvido mais do que sua mente poderia assimilar.

— Sacram, sou eu, Willa — disse ela tocando o braço dele, tentando fazer com que ele soubesse que ela estava ali.

Ele não resistiu ao toque dela nem se afastou, mas também não respondeu.

— Eu vou ajudar você — disse ela pegando o braço dele e conduzindo-o. — Vamos por aqui, em direção aos outros...

Enquanto ela e o menino perdido caminhavam juntos, ela se perguntou que tipo de vida eles levariam agora. No caos de um clã disperso, aquele garoto permaneceria um jaetter como era antes? Os jaetters continuariam a existir? Será que esse menino sobreviveria ao inverno? Ou ele era uma daquelas abelhas voando em busca de uma colmeia que fora destruída?

Ela caminhou com Sacram por quase uma hora, descendo a montanha, afastando-se dos últimos restos em chamas da toca do Recôncavo Morto, seguindo os rastros e as folhas perturbadas que lhe diziam que pelo menos alguns dos outros Faeran de seu clã haviam fugido nessa direção.

— Onde está todo mundo? — o menino perguntou, inexpressivo.

Ela nem tinha certeza se ele estava falando com ela ou consigo mesmo ou com alguém que não estava lá.

— Onde está todo mundo? — ele murmurou de novo com tristeza, repetindo sem parar.

Ela sabia que ele precisava de ajuda, ele tinha visto muito e estava sofrendo pelo que ocorrera com o clã. Mas se ela pudesse levá-lo de volta para junto dos outros, então ele conseguiria superar.

Enquanto caminhava pela floresta com o menino, Willa decidiu que não iria apenas ajudá-lo. Ela ajudaria a reunir todos os membros do clã novamente. Isso era o que ela precisava fazer não apenas pelo bem deles, mas por sua própria tranquilidade com o clã, ela sabia que essa dívida com o clã estava alojada no fundo de sua alma.

Agora que o padaran havia partido, as coisas iam mudar. As pessoas precisariam de ajuda. Precisariam reaprender os costumes da floresta. Precisariam voltar a ouvir o próprio coração e a confiar umas nas outras, construir famílias novamente. Todos precisariam trabalhar juntos, lado a lado, para fazer uma toca melhor para eles mesmos.

Willa começou a sentir um tipo desconhecido de esperança em seu coração, o tipo de esperança que só poderia vir depois da desolação, depois da destruição, uma sensação de que talvez, apenas talvez, o que sempre tinha sido imutável estava prestes a mudar.

Ela sentiu um cheiro no ar.

— Estamos quase lá, Sacram — disse ela ao menino. — Alguns dos outros do nosso clã estão logo à frente. Vamos pegar um pouco de comida e água para você, e você poderá ver todos e começará a se sentir bem de novo. Tudo vai ficar bem.

O rosto do menino não mudou, não se iluminou com esperança. Mas sua caminhada pareceu ganhar nova força e velocidade.

Por fim, ela avistou um pequeno grupo de vinte ou trinta Faeran na floresta adiante.

Willa segurou o braço do menino quando os encontrou, apenas para se certificar de que ele ficasse firme em pé e para mostrar aos outros que ela era uma amiga, não uma inimiga.

— Eu só queria ter certeza de que Sacram encontraria seu caminho — disse ela ao se aproximar. — Eu vim para ajudar no que puder.

No início, ninguém parecia vê-la ou ouvi-la, todos estavam apenas cambaleando com os olhos fixos num ponto adiante ou no chão.

— Eu vim ajudar — repetiu ela, mais alto desta vez.

Uma das mulheres ergueu os olhos, apontou para ela e gritou:

— Lá está ela!

— Ela voltou! — disse um dos homens.

O coração de Willa deu um salto quando eles a reconheceram e a receberam entre eles, ela fazia parte do clã novamente.

Ela levou Sacram até a mãe dele.

— Quero ajudar no que puder — disse Willa. — Vamos reunir todos. Vamos ajudar uns aos outros a procurar comida e a nos manter aquecidos.

— Não precisamos da sua ajuda — disse a mãe do menino agarrando Sacram pelo braço e puxando-o para longe dela.

— Queimadora! — um dos homens sibilou.

— Saia daqui, queimadora! — disse outro, fechando a cara e depois cuspindo nela. — Não queremos você aqui!

— Destruidora! — gritou a primeira mulher.

Willa deu um passo para trás, assustada e confusa, seu coração afundando em desespero.

— Eu não comecei o fogo — disse ela, mas eles não pareceram se importar.

Muitos deles haviam acreditado nela por um tempo curto, e finalmente puderam ver através do entrelaçamento de Naillic. Tinham se juntado ao redor dela e a protegido, mas a maioria dos que a apoiaram foi abatida pelos guardas do padaran, e os outros foram varridos pelo medo da multidão em fuga.

O medo segue o medo.

Os Faeran tinham vivido no Recôncavo Morto por centenas de anos. Tinha sido sua proteção, seu modo de vida, sua colmeia. E tinha sido ela quem cerrara o punho e erguera a voz.

Sem a toca, não haveria paredes, nenhum calor, nenhuma proteção, nenhum clã, não do jeito que era antes. Eles não se importavam com o que ela dissera ou com o que poderia fazer. Eles a odiavam.

Então ela viu uma garota jovem avançando pelo grupo. Willa sentiu uma onda de alívio, Gillen estava viva! Seu rosto estava manchado com marcas de fuligem e seu ombro estava gravemente queimado, mas ela parecia tão forte como sempre e parecia tão aliviada por Willa ter sobrevivido quanto Willa estava aliviada por ela.

— Vocês não veem? — Gillen gritou para o resto do grupo. — Willa nos prestou um grande serviço! Ela derrotou o padaran!

— Você quer que a gente agradeça a ela por incendiar o nosso lar? — escarneceu um dos Faeran mais velhos.

— Ela nos deu uma nova chance! — insistiu Gillen, sua voz cheia de esperança e determinação. — Nós estamos livres! Vamos recomeçar. Vamos construir uma nova toca.

— A liberdade é ótima até começar a nevar — disse outro.

— Ou passarmos fome — disse alguém. — Estou com fome agora!

— Willa conhece os costumes antigos — argumentou Gillen. — Ela pode nos ajudar!

— Ela é uma traidora do clã! — alguém cuspiu.

— Traidora! — chamou outro.

Quando Willa olhou em volta, para todos os rostos, surpreendeu-a que muitos dos Faeran mais velhos no grupo parecessem odiá-la ainda mais do que os outros. Ela esperava que eles se lembrassem dos antigos Faeran sobre os quais sua avó lhe havia ensinado, mas, em vez disso, eles pareciam os mais obstinados, os mais zangados por terem sua vida perturbada. Mas ela podia ver no rosto esperançoso de alguns dos mais jovens Faeran que eles entendiam que as coisas poderiam ser diferentes agora, que um novo tipo de clã poderia ser criado. Quando se voltou para sua velha amiga Gillen, seus olhos se encontraram com um olhar firme e corajoso. Willa podia ver. Algo havia mudado em Gillen. Algo havia despertado uma nova coragem nela, e Willa sabia que haveria outros como ela.

— Agora que o padaran se foi — disse Willa, tentando se dirigir a seus parentes Faeran —, vamos encontrar uma maneira melhor de viver...

— Saia daqui! — um dos Faeran mais velhos sibilou rangendo os dentes.

— Queimadora! — alguns dos outros voltaram a gritar. — Queimadora!

— Eu vim ajudar... — insistiu Willa, mas podia ver que a maior parte do clã estava contra ela.

Estava claro que a mudança viria em breve. Gillen e os outros liderariam o clã de uma maneira nova. Eles começariam a encontrar uma maneira melhor. Mas Willa podia ver que muito poucos queriam alguma coisa com ela.

A mãe de Sacram correu e apontou para ela, o rosto franzido de repulsa:

— Ela é a destruidora do clã! — gritou a mulher.

Gillen e vários outros tentaram detê-la, mas não adiantou.

Muitos dos Faeran silvaram e gritaram para Willa. E então alguns dos homens pegaram longos gravetos do chão e investiram contra ela. Outros atiraram pedras. Ela se abaixou e cobriu a cabeça com as mãos e os braços enquanto fugia, as pedras atingindo suas orelhas, seu pescoço e seus ombros com golpes dolorosos.

Ela correu para uma vala estreita de um riacho, tropeçou sob um tronco caído e se enrolou em uma bola trêmula.

Escondida naquele pequeno buraco escuro, ela enterrou o rosto nas mãos e chorou.

71

Willa esfregou os olhos e rastejou para fora do tronco. Limpou a sujeira, tirou as centopeias e os pedacinhos de casca do cabelo e dos braços e olhou ao redor.

Mais uma vez tinha sido expulsa de seu clã. O que faria agora? Para onde iria? Será que deveria uivar chamando Lúthien? Será que deveria voltar para o lago sagrado dos ursos? Deveria encontrar a mãe cerva e a cervinha no riacho? Willa sabia que tinha o conhecimento e a habilidade para viver com segurança na floresta por conta própria por muitos anos. Mas também sabia que uma árvore precisava de mais do que água e solo para sobreviver.

Quando escalou para fora da valeta do riacho e subiu em um monte num terreno elevado, ela teve um vislumbre de movimento do outro lado do rio.

Seu coração deu um salto. A pantera-negra e um puma marrom-escuro andavam ao longo da margem.

Os dois grandes felinos moviam-se com rapidez e determinação, viajando para o leste, como se estivessem em uma longa jornada pela montanha até uma terra distante.

Eram feras tão belas e majestosas, cheias de poder e confiança, que a maravilhavam. Ela podia ver que eles haviam sofrido algum tipo de ferimento de batalha, mas que não pareciam diminuir a velocidade com que prosseguiam.

Willa estava muito feliz em vê-los. Não sabia quem ou o que eles eram, ou por que animais normalmente solitários estavam viajando juntos daquele jeito, mas ela amava como eles prosseguiam um com o outro.

— Adeus, minha amiga — sussurrou ela na língua antiga para a pantera-negra, desejando-lhe boa sorte para onde quer que sua jornada a levasse.

Depois de tudo o que acontecera desde a noite em que Willa tinha sido baleada, e enquanto observava a partida da pantera, ela sentiu uma solidão tão profunda e dolorida, uma sensação de que estava realmente sozinha agora. Mas havia algo na pantera que lhe deu esperança também, esperança na amizade, esperança na aliança, esperança em um futuro que ela sabia que ainda não podia imaginar. Ela sabia que não era como a pantera-negra. Não tinha o coração feroz ou as garras afiadas como muitos de seus amigos animais. Não era uma líder ou uma lutadora, nunca havia levantado uma arma ou dado um golpe contra alguém ou alguma coisa, e jurou que nunca o faria. Era apenas uma garota Faeran, um espírito noturno chamado Willa, tentando encontrar seu caminho.

— Willa da Floresta — disse para si mesma, sabendo um pouco melhor agora exatamente o que aquilo significava.

Ela disse as palavras baixinho, mas, no momento em que as pronunciou, a pantera-negra parou na trilha, virou a cabeça e a encarou do outro lado do rio. Seus olhos amarelos olharam diretamente para Willa.

O instinto normal de Willa quando era avistada por um predador era se fundir ao ambiente folhoso e desaparecer, teria sido fácil fazer isso ali, seria fácil nunca mais ser vista, mas não era isso que ela queria.

Seu coração batia forte no peito, porém ela conteve o entrelaçamento com o ambiente, Willa queria que a pantera a visse.

A pantera a observou longamente. Será que estava se perguntando de onde ela tinha vindo e exatamente o que era? A pantera se perguntava se ela seria uma boa aliada na luta contra os perigos sombrios e misteriosos do mundo?

Willa sustentou o olhar da pantera com seus olhos verdes luminosos.

— Willa da Floresta — disse ela de novo, e sorriu. Era uma criatura da floresta, com a tradição e o espírito da avó dentro dela. Falava a língua antiga e a nova. Podia sentir o movimento dos rios e ouvir os sussurros das árvores. E achou que, um dia, talvez, ela e aquela pantera poderiam se encontrar novamente.

72

Com o passar das horas, a névoa enfumaçada das chamas da meia-noite lentamente deu lugar ao amanhecer que se aproximava, com Vênus, a Estrela da Manhã, erguendo-se das silhuetas negras dos cumes das montanhas, subindo para o azul-escuro do céu com seu brilho translúcido.

Quando o sol começou a nascer atrás da Grande Montanha, os pensamentos de Willa se voltaram para os humanos.

Só esperava que, com todo o caos e violência da noite, nenhum dos guardas ou jaetters tivesse encontrado Cassius, Beatrice ou qualquer uma das outras crianças enquanto fugiam pela floresta e montanha abaixo.

Não parem de correr — ela pensou em seus jovens amigos do povo do dia —, *continuem correndo por todo o caminho até em casa.*

E então ela pensou sobre as últimas três crianças humanas a escaparem pelo buraco.

Sigam o riacho no sentido da corrente e procurem uma caverna bem pequena nas rochas — ela dissera para Hialeah. *Fiquem quietos e escondidos até de manhã.*

Ela não sabia o que faria no mundo agora que a toca tinha sido destruída, ou para onde iria, mas queria terminar a única coisa que ela havia começado: precisava ter certeza de que os filhos de Nathaniel conseguiriam chegar em casa.

Ela seguiu pelo riacho em direção ao local por onde tinha dito para eles se esconderem.

Quando ela se aproximou da área, sua mente se encheu com pensamentos sombrios que ela não conseguia controlar. Tinha visto muitas lutas e mortes. E se as crianças nunca conseguissem chegar ao esconderijo? E se tivessem sido atacadas ou recapturadas?

Quando viu Hialeah agachada perto da fenda nas rochas, o peito de Willa se inundou de alívio.

Ela está lá — Willa pensou. *Ela conseguiu.*

Hialeah tinha a pele castanho-clara e belos olhos castanhos que formavam uma combinação marcante enquanto ela olhava para além das rochas, examinando a floresta em busca de perigo. Seus longos cabelos negros e lisos caíam uniformemente em ambos os lados do rosto, e sua boca tinha uma expressão séria. Seu vestido marrom simples estava sujo por causa das semanas de prisão e da descida até o leito do riacho, e estava rasgado onde ela o cortara para fazer uma bandagem para o pescoço de Willa, mas mesmo assim a garota parecia forte e capaz.

Willa avançou por entre as rochas gigantes tombadas e quebradas até que não estivesse a mais do que a alguns passos de Hialeah, então se revelou devagar, tentando não a assustar.

O rosto de Hialeah imediatamente se iluminou.

— Você conseguiu! — disse ela, vindo na direção de Willa. Willa levou um susto quando Hialeah passou os braços em volta dela e a puxou para perto.

Willa não pôde deixar de sorrir. Provavelmente tinham a mesma idade, mas Hialeah era mais alta e mais forte do que ela, e havia algo revigorante em seu abraço. Era uma sensação estranha e gloriosa ser abraçada por aquela corajosa garota humana, sentir os braços de sua amizade ao redor dela.

— Obrigada por salvar a mim e aos meus irmãos — disse Hialeah.

— De nada — Willa respondeu com alegria.

Quando elas se separaram, Hialeah olhou Willa com mais atenção, verificando a bandagem no pescoço.

— O corte... — Hialeah disse espantada — e suas outras feridas... Elas estão quase curadas.

— Recebi uma ajudinha de uma velha amiga — disse Willa.

— Você voltou! — Iska exclamou com entusiasmo ao se arrastar para fora da caverna segurando o irmão mais novo pela mão.

— Sshh! Era para estarmos escondidos! — Hialeah o repreendeu.

— Está tudo bem agora — insistiu Iska. — Willa está aqui! Ela vai nos proteger!

— Não sei se posso proteger alguém... — Willa começou a dizer, mas, seguindo o exemplo de sua irmã, Iska pulou em Willa, passou os braços ao redor dela e a abraçou.

— Durante a noite, decidimos que não sairíamos daqui até você chegar. Willa franziu a testa e olhou para ele.

— Eu disse que não nos veríamos mais, que vocês deveriam ir para casa sem mim — disse ela, confusa.

— Vimos as chamas durante a noite — disse Iska. — Sabíamos que algo ruim tinha acontecido.

— Estávamos preocupados com você — disse Hialeah.

— Eu sabia que ela conseguiria — Iska disse com orgulho e rebeldia.

— Não, você não sabia — Hialeah o contradisse. — Você ficou preocupado com ela a noite toda; todos nós ficamos, até mesmo Inali estava perguntando de você.

Willa se sentia feliz em ver que seus amigos estavam bem e em ver seus rostos sorridentes, mas sabia que eles tinham um longo caminho a percorrer antes de chegarem em casa.

E sabia que seriam aqueles mesmos rostos sorridentes que iriam mudar tudo quando as três crianças voltassem para a vida de seu pai.

Ela sentia que seu tempo com Nathaniel tinha sido tão raro e divino quanto o brilho suave dos vaga-lumes azuis fantasmas em uma noite longa e escura, mas o reencontro dele com seus verdadeiros filhos seria como o nascer do sol. A débil magia que tinha aquecido o coração ferido de Nathaniel por um breve momento se apagaria com o brilho do dia seguinte.

E ela sabia que, com os filhos dormindo à noite em casa, o homem Nathaniel não teria mais necessidade de uma estranha criatura dos espíritos noturnos pendurada em um casulo no teto de seu quarto.

Ela sabia de tudo isso, o que a encheu de uma tristeza desanimadora, mas tentou permanecer forte em seu coração, agarrando-se à ideia de que tinha pelo menos uma coisa boa em sua vida.

— Vou contar qual é o caminho para casa a partir daqui — disse Willa. — A viagem é longa e difícil, mas continuem seguindo este riacho até que ele encontre o rio, e então sigam o rio até o vale.

— Mas não sabemos o caminho — disse Iska com uma firmeza repentina que a surpreendeu.

— Se vocês seguirem o rio, não vão se perder — disse Willa.

Ela sabia que não poderia ir com eles. A dor seria grande demais. Era o lar *deles*, não o seu. O homem Nathaniel era o pai *deles*, não o seu. Sabia que não suportaria vê-los juntos como uma família, como havia sido com ela e Nathaniel. Willa não suportaria dizer adeus a ele novamente.

— Mas e se alguém nos atacar no caminho? — Hialeah questionou, parecendo se juntar à teimosia repentina e desconcertante do irmão.

— Os espíritos noturnos foram dispersados — disse Willa. — Eu não acho que nenhum dos guardas ou jaetters virá aqui para baixo.

— Mas eles podem... — disse Iska. — Eles podem estar vasculhando o rio, procurando uma presa fácil.

— Eles podem estar muito zangados com o que aconteceu ontem à noite e querer vingança contra qualquer humano que encontrarem — Hialeah afirmou, unindo-se ao irmão.

— Se nos encontrarem, eles vão nos matar! — Iska insistiu, balançando a cabeça com vigor. — Você tem que vir com a gente, Willa.

— Eu peço desculpas, Iska, mas não posso — respondeu ela.

A expressão no rosto de Iska se transformou em decepção.

— Por que não? — perguntou ele com a voz trêmula de emoção.

— Seu pai está sentindo muito a falta de vocês... — ela começou, incerta, olhando para Iska, Hialeah e Inali. — Mas quando ele vir vocês três...

Suas palavras minguaram e desvaneceram. Ela sabia que não tinha uma explicação para dar a eles. Mas, quando todos a encararam com seus olhares determinados, ela percebeu que não desistiriam.

— Tudo bem — cedeu ela, por fim. — Vou levá-los rio abaixo até o vale. Vou levá-los para casa, e então diremos adeus.

73

Normalmente, teria sido uma jornada de quatro horas de descida até o vale, caminhando ao longo da margem estreita do rio e escalando as rochas maiores, mas com os três humanos demorou muito mais. Apesar de seu entusiasmo inicial, Iska tinha dificuldades para acompanhar. E, embora Hialeah não reclamasse de carregar Inali quilômetro após quilômetro, Willa podia ver que a garota também estava com dificuldades.

— Eu vou levá-lo — disse Willa pegando Inali nos braços, o pequeno humano se agarrou a ela como um filhote de gambá no pelo da mãe. Quando ela se movia muito rápido ou saltava para uma rocha particularmente distante, Inali a agarrava com força e sussurrava em seu ouvido:

— Não me solte.

As crianças faziam barulho demais quando viajavam. Falavam alto. Caminhavam fazendo barulho. Respiravam alto. E sua pele de tom único se projetava tão visivelmente na floresta que era impressionante que aquela espécie algum dia tivesse sobrevivido às suas jornadas pelo mundo. Willa tinha certeza de que todos os predadores da área ouviriam seus passos pesados e pouco ágeis e veriam seus rostos e braços contrastantes.

Mas, por outro lado, ela gostou de como, assim que pegou Inali nos braços, Hialeah começou a ajudar Iska nas escaladas mais íngremes, e às vezes Iska a ajudava também, irmão e irmã, a percorrer o caminho para casa. Os humanos nem sempre nasciam aos pares de gêmeos como os Faeran, mas o vínculo estava lá. Ela podia ver.

Enquanto viajavam para casa, encontraram um bando de jaetters com lanças afiadas fazendo uma varredura ao longo da margem do rio. Willa se abaixou atrás de uma pedra com Inali e puxou Iska em sua direção.

— Shhh... — sussurrou ela para Inali tocando os lábios dele com o dedo. Hialeah rapidamente se colocou atrás de um pinheiro.

Garota esperta — Willa pensou. *Está aprendendo rápido.*

Depois, eles viram um grupo de seis madeireiros com machados e picaretas caminhando por uma trilha na floresta.

Apenas continuem andando — Willa disse aos homens em sua mente, enquanto ela e as crianças se agachavam nos arbustos ao lado da trilha.

Trabalhando juntos nas horas seguintes, eles se esconderam e se esgueiraram, correram e escalaram, até que os abetos e pinheiros das encostas das montanhas começaram a dar lugar às árvores frondosas do vale.

Por fim, ela e as três crianças chegaram às piscinas de água que refletiam as pedras ao longo da margem do rio. Willa se lembrou de olhar para aquelas piscinas e ver o próprio rosto virar estrelas na noite em que foi baleada.

— Chegamos — disse ela baixinho para os outros, sem conseguir evitar que a tristeza transparecesse em sua voz.

— Ela tem razão, esta é a nossa parte do rio! — Iska exclamou animado parecendo não notar o tom solene de Willa. — Estas são as nossas pedras! Estamos quase em casa!

Quando ele disse essas palavras, o coração de Willa se encheu de uma tristeza lenta e silenciosa, ela sabia que logo se separaria de seus companheiros e estaria sozinha novamente.

Eles se aproximaram da casa pelo mesmo caminho que Willa tinha chegado na primeira noite em que viera encher sua sacola. Ela se lembrava de ter se preocupado com a possibilidade de um cão feroz e homens violentos com bastões de matar. E se lembrou de ter estudado a toca do povo diurno feita de árvores assassinadas e pedras quebradas a partir dos ossos do rio.

Parecia muito diferente agora.

Além do refúgio que ela compartilhava com sua vovozinha, aquele era o único lugar em que ela se sentia acolhida.

Sabia que não deveria se aproximar da casa. Sabia que doeria. Mesmo assim, ela continuou andando, Iska de um lado, Hialeah do outro e Inali em seus braços.

A casa apareceu em seu campo de visão.

Ela só queria ter um último vislumbre do homem chamado Nathaniel, e então iria partir.

Mas, quando observou a casa, o celeiro e o moinho, não o encontrou. Ele não parecia estar do lado de fora e a casa parecia imóvel e silenciosa.

Imóvel e silenciosa demais.

A varanda vazia.

A porta fechada.

As janelas fechadas.

Os cômodos escuros.

Alguma coisa ali a fez ter certeza de que a casa estava vazia e que ele não tinha simplesmente saído, ele havia partido para sempre.

Iska e Hialeah não pareceram notar nada disso. Willa colocou Inali no chão. Em seguida, as três crianças correram alegres e ruidosamente pela grama, subindo os degraus e batendo à porta da frente da casa.

Willa observou e ouviu.

— Ele não está aqui! — Iska afirmou enquanto corria pela casa, olhando na cozinha e nos demais cômodos.

— Ele se foi — Hialeah disse, sua voz cheia de confusão e decepção.

Quando Willa entrou pela porta da frente para a sala principal da casa, ela olhou para o local onde Nathaniel mantinha a espingarda. A arma não estava mais lá, nem a mochila que ele usava para viagens longas.

Iska subiu correndo as escadas, correu de cômodo em cômodo e gritou do alto.

— Ele também não está aqui em cima! Parece que ele levou as roupas.

Willa olhou para o console sobre a lareira: a fotografia da família não estava mais ali.

Ele não tinha apenas ido caçar. Nem ido à cidade para comprar suprimentos. Ele havia partido para sempre.

— Por que ele saiu? — perguntou Hialeah, sua voz quase não saindo.

Willa balançou a cabeça.

Não pode ser — ela pensou. *Ele não pode ter partido. Ainda consigo sentir o cheiro dele.*

74

— Para onde ele foi? — Iska perguntou.
— Ele não se foi há muito tempo — disse Willa. — Acho que nos desencontramos por pouco.

— Precisamos ir atrás dele — disse Hialeah.

Willa percebeu que ela estava exausta, mas não iria desistir.

— Mas nem sabemos para que lado ele foi! — Iska gritou em desespero. Willa sabia que não era normal ele perder as esperanças, mas o desaparecimento do pai depois de todo aquele tempo era mais do que ele poderia suportar.

— Não se preocupe — disse Willa, tocando seu braço. — Ele não pode ter ido longe. Há um lugar em que eu sei que ele vai parar antes de ir embora daqui, vamos encontrar o cheiro dele e rastreá-lo. Não se preocupe: ele deixa pegadas grandes.

Willa os levou para fora e pelo gramado na frente da casa. Hialeah caminhava estoicamente ao lado dela, carregando Inali nos braços, mas Willa percebia pelo seu silêncio e sua expressão fechada que ela estava preocupada. Era a irmã mais velha, a protetora, aquela que sabia o que fazer, mas estava a segundos de desabar.

Enquanto eles caminhavam por entre os arbustos de oxidendro e entravam na campina, Willa viu Nathaniel do lado oposto. Ele estava em pé sobre as sepulturas, a arma e a mochila penduradas no ombro, de cabeça baixa, fazendo as últimas orações e dando o último adeus. Parecia que ele estava deixando o que um dia fora sua vida e partindo em uma nova jornada, talvez para nunca mais voltar. Havia perda demais ali, dor demais. Ele tinha perdido a esperança. E agora iria deixar o mundo, as montanhas, as florestas, tudo o que ele um dia amara.

— Papai! — Iska gritou, já correndo na direção de Nathaniel.

Hialeah correu depressa atrás dele, ainda carregando o irmão mais novo.

Ao ouvir os gritos de Iska, Nathaniel fechou os olhos com muita força, como se não pudesse acreditar no que estava ouvindo, era como se ele pensasse que sua mente estava lhe pregando peças cruéis. Ele fechou os olhos com força, bloqueando a dor.

Mas enquanto Iska corria em sua direção e continuava gritando, Nathaniel finalmente abriu os olhos e se virou.

Um olhar de choque cobriu seu rosto, sua expressão mudou como se ele não fosse se permitir acreditar no que estava vendo. Ele estava de pé sobre os túmulos dos filhos, mas os filhos corriam em sua direção.

E então, de repente, ele cedeu: Nathaniel largou a espingarda e os suprimentos e caiu de joelhos enquanto os filhos mergulhavam em seus braços, gritando, falando tudo ao mesmo tempo. Ele os envolveu ao seu redor e os puxou para perto. As crianças estavam esfarrapadas, sujas, arranhadas e machucadas, mas estavam ali e estavam cheias de alegria.

O homem Nathaniel começou a soluçar com lágrimas de alívio e gratidão. Ele abraçou os filhos com força chorando e os beijando rápido e repetidamente, um após o outro, segurando seus rostos nas mãos e olhando para eles, em seguida, puxando-os para perto de novo.

— Vocês estão vivos! Não posso acreditar! — ele murmurava. — Graças a Deus, vocês estão vivos!

Iska falava rápido e com entusiasmo contando ao pai sobre tudo o que tinham passado, como ele havia sido capturado, como sobreviveu na prisão, como Willa lhe deu biscoitos para comer e como tinham trabalhado juntos para fugir. A estoica Hialeah não disse uma palavra a princípio, mas, assim que o pai olhou para ela e perguntou gentilmente como ela estava, ela desabou e chorou em seus braços.

Enquanto isso, Willa permaneceu parada onde estava. Na floresta, nos limites da campina. Completamente imóvel. Seus olhos observavam tudo. Seu coração batia forte no peito. Ela não entrou na clareira. A clareira não era mais dela. A clareira era de Nathaniel e de sua família. Era o lugar de descanso final da família perdida e dos abraços da família encontrada, mas não era dela.

Ela olhou para a Grande Montanha, com a névoa se dissipando de seu pico arredondado. *A montanha sabia.* A montanha sempre esteve observando, e ainda observava, e continuava com ela, a montanha sabia.

Quando ela se virou e olhou para os humanos de novo, viu que Nathaniel enfim tinha o que mais queria no mundo: finalmente havia encontrado seus filhos.

Willa respirava de maneira irregular e instável, puxava o ar lenta e profundamente, ondas de emoção se derramando através e crescendo dentro dela, mas, enquanto os observava, Willa não podia deixar de sentir algo crescendo em seu íntimo, apenas por vê-los juntos, preenchidos com tanta felicidade e alegria. Ela sentiu seu coração se enchendo grandiosamente, quase uma sensação de orgulho, uma sensação de que havia feito algo de valor. E isso era tudo a que ela podia se agarrar: que tinha feito o que se propusera fazer.

Então, ela se virou e foi embora, silenciosa e invisível, para a floresta, pelo mesmo caminho pelo qual tinha vindo.

Enquanto caminhava de volta para o rio, ela disse adeus a todos em sua mente.

Disse adeus a Gredic e aos outros jaetters; aos sobreviventes de seu clã, que encontrariam um novo caminho sem ela.

Disse adeus para sua mãe e seu pai, que tinham falecido havia muito tempo.

Disse adeus para sua irmãzinha gêmea, Alliw, com quem brincava quando criança e que agora vivia na antiga pedra do Recôncavo Morto.

Disse adeus a sua vovozinha, que lhe dera tudo o que a tornara e o que ela seria, que a nutrira e cuidara dela, de uma semente até se tornar uma árvore.

Disse adeus ao menino Iska, que havia falado com ela pela porta de sua cela na prisão; e a seu irmão mais novo, Inali, que ela havia carregado nos braços; e a sua ousada irmã, Hialeah, que havia conduzido os irmãos pelo vale durante a noite até encontrar um esconderijo na caverna ao lado do rio.

E, enxugando as lágrimas dos olhos enquanto se afastava, disse adeus ao homem Nathaniel que, numa noite assustadora, depois de perder tudo de que gostava, lhe fez um único gesto de gentileza e deu início a tudo.

De repente, uma grande mão agarrou seu ombro e a virou com força.

Assustada, Willa ergueu o rosto para ver os olhos azuis brilhantes de Nathaniel olhando para ela. Ele e os três filhos a cercavam, todos a observavam.

— Aonde você pensa que vai? — perguntou Nathaniel.

— Eu... eu... — ela gaguejou.

— Como tudo isso é possível, Willa? — questionou ele, espantado.
— Como você conseguiu fazer tudo isso?

Willa pensou sobre como, quando e por que ela tinha feito o que fez.

Então ela olhou para Nathaniel e disse:

— Eu só queria fazer uma coisa boa.

Quando Nathaniel a fitou, suas sobrancelhas franziram, seus olhos se estreitaram e ele apertou os lábios, como se estivesse lutando para entendê-la.

— Mas aonde você vai agora? — perguntou ele, sua voz cheia de tristeza.

— Não sei — disse ela baixinho.

Nathaniel balançou a cabeça como se estivesse frustrado com a resposta. Ajoelhou-se na frente dela, segurou-a gentilmente pelos ombros e a olhou com firmeza.

— Você entende o que aconteceu, Willa? Você desapareceu. Depois que os madeireiros atacaram, você simplesmente foi embora. Eu pensei que você tinha partido para sempre. Eu pensei que você tinha me deixado. Não pude suportar mais. Não havia mais nada aqui para mim, exceto memórias e dor.

Willa ouviu o relato em estado de choque. Podia ouvir a tensão em sua voz. Não fazia ideia do que ele tinha passado desde que ela partira.

— Mas agora — Nathaniel continuou, a voz suavizando — com as crianças de volta... e com você... Willa, por favor, não vá. Você faz parte da minha família. Eu amo você.

— Nós todos amamos você! — exclamou Iska tocando seus ombros.

— Fique com a gente — disse Hialeah, segurando a mão dela. — Você pode dormir no meu quarto se quiser.

— Ou você pode dormir na árvore, se quiser. Você pode dormir onde quiser — disse Nathaniel. — Não importa. Apenas fique com a gente.

Atordoada demais para falar, Willa olhou para seus rostos esperançosos.

Isso estava realmente acontecendo? Ou será que tinha adormecido sob o tronco, depois de ser desprezada por seu clã, e tudo aquilo não passava de um sonho?

Ela sempre havia pensado no amor como a coisa mais rara e delicada, e que deveria haver um limite para a quantidade de amor que um humano ou um Faeran poderiam dar ou sentir, um limite para quanto amor poderia haver no mundo. Ela tinha pensado que, uma vez que o homem Nathaniel tivesse se reunido novamente com seus verdadeiros filhos, não haveria lugar para ela. Mas o amor não era a pedra. Era o rio. O amor era como as estrelas brilhantes no céu da meia-noite, como o sol que sempre nasce e a água que sempre flui.

Uma parte dela, bem no fundo, temia que quanto mais ela amasse o povo do dia, menos ela amaria a floresta, que suas memórias dos costumes da floresta desapareceriam e que seus poderes diminuiriam. No entanto, ali, com Nathaniel e seus filhos, não parecia que seu mundo estava diminuindo. Parecia que estava se expandindo, crescendo, mudando. O amor era infinito de muitas maneiras. Parecia que ela poderia continuar abrindo seu coração para a magia do mundo, e a magia do mundo continuaria a preenchê-lo.

A única maneira de ela poder viver, crescer e se tornar a garota que sua vovozinha se esforçara tanto para que ela se tornasse era com os nutrientes da terra e o calor de uma família.

Por fim, incapaz de encontrar as palavras de que precisava em um idioma que eles pudessem entender, ela lentamente se inclinou para a frente e colocou a cabeça contra o peito de Nathaniel.

Lágrimas brotaram dos olhos de Willa, que passou os braços ao redor do homem.

As três crianças comemoraram e gritaram, pois sabiam o que significava, e Nathaniel sussurrou:

— Este é seu lar agora, Willa.

Mova-se sem fazer barulho. Roube sem deixar vestígios — Willa pensou, lembrando-se do que estava pensando naquela primeira noite em que caminhara sorrateiramente em direção a casa.

— Acho que posso ter roubado o coração de vocês — disse Willa.
— E vocês roubaram o meu.

Fim

Agradecimentos

Willa, a garota da floresta se passa nas Grandes Montanhas Fumegantes, na divisa entre os estados da Carolina do Norte e do Tennessee, nos Estados Unidos. Como uma das cadeias de montanhas mais antigas da Terra, as Grandes Montanhas Fumegantes não é apenas o parque nacional mais visitado do país, é também o que tem a maior diversidade biológica com mais de 1.600 espécies de plantas com flores, 100 espécies de árvores nativas, 30 espécies de salamandras, 50 espécies de samambaias e muito mais.

Eu gostaria de agradecer aos Amigos do Parque Nacional das Grandes Montanhas Fumegantes, à Associação das Grandes Montanhas Fumegantes e ao Serviço Nacional de Parques dos Estados Unidos, por todo o trabalho importante que realizam para administrar e preservar essa querida região do nosso país.

Agradecimentos especiais a Steve Kemp, por trabalhar comigo no manuscrito. Ele foi uma fonte maravilhosa e um fluxo constante de conhecimento sobre as Grandes Montanhas Fumegantes.

Agradecimentos especiais a Esther e Bo Taylor — membros respeitáveis do Grupo Oriental dos Índios Cherokees e valorosos guardiões da língua Cherokee. Entre os muitos papéis importantes que desempenham na comunidade, Esther é coordenadora de mídia na Escola Cherokee de Ensino Fundamental e Bo é um contador de histórias e arquivista, bem como diretor-executivo do Museu do Índio Cherokee na cidade de Cherokee, Carolina do Norte. Obrigado por sua orientação e assistência no manuscrito de *Willa, a garota da floresta*.

E um agradecimento especial a Sara Snyder, ph.D., diretora do Programa de Língua Cherokee da *Western Carolina University*.

Também gostaria de agradecer à minha editora, Laura Schreiber, e à editora-chefe, Emily Meehan, e a toda a equipe do Disney Hyperion, por seu contínuo apoio e sugestões. Sinto-me honrado todos os dias por fazer parte da família Disney Hyperion.

Meu mais profundo agradecimento à minha esposa, Jennifer, que trabalhou de perto e de forma tão zelosa comigo durante todo o processo para ajudar-me a transformar a história no que ela se tornou.

Um agradecimento especial à minha filha, Camille, por nossas trilhas matinais no mundo de Willa, nossas longas caminhadas ao longo do rio, nossas escaladas pelas rochas cobertas de musgo e por todas as anotações da história que fizemos juntos ao longo do caminho. Que você sempre veja os muitos tons de verde, Camille. E obrigado a minhas filhas Genevieve e Elizabeth por seus comentários e suas ideias sobre a história de Willa.

Obrigado à equipe de editores freelancers que contribuíram com a história: Sam Severn, Jenny Bowman, Kira Freed e Jodi Renner.

Obrigado aos meus assessores de imprensa e empresários, Scott Fowler e Lydia Carrington, por tudo o que fazem, e ao meu agente literário, Bill Contardi, que começou tudo isso.

Finalmente, gostaria de agradecer às pessoas acolhedoras do oeste da Carolina do Norte e do leste do Tennessee, por seu apoio, incentivo e entusiasmo contínuos.

ROBERT BEATTY
Asheville, Carolina do Norte

ASSINE NOSSA NEWSLETTER E RECEBA
INFORMAÇÕES DE TODOS OS LANÇAMENTOS

WWW.FAROEDITORIAL.COM.BR

Há um grande número de portadores do vírus HIV e de hepatite que não se trata.

Gratuito e sigiloso, fazer o teste de HIV e hepatite é mais rápido do que ler um livro.

Faça o teste. Não fique na dúvida!

CAMPANHA

FiqueSabendo

FARO EDITORIAL

ESTE LIVRO FOI IMPRESSO EM JULHO DE 2022